雨花忠魂

雨花英烈系列纪实文学

去留肝胆

朱克靖烈士传

王成章 著

江苏凤凰文艺出版社
JIANGSU PHOENIX LITERATURE AND ART PUBLISHING, LTD

图书在版编目（CIP）数据

去留肝胆：朱克靖烈士传 / 王成章著 . — 南京：
江苏凤凰文艺出版社，2016（2023.5重印）
（雨花忠魂 . 雨花英烈系列纪实文学）
ISBN 978-7-5399-9137-5

Ⅰ . ①去… Ⅱ . ①王… Ⅲ . ①纪实文学 – 中国 – 当代
Ⅳ . ① I25

中国版本图书馆 CIP 数据核字 (2016) 第 066159 号

去留肝胆：朱克靖烈士传

王成章 著

出 版 人　张在健
责任编辑　黄孝阳　聂　斌
封面设计　马海云
责任印制　刘　巍
出版发行　江苏凤凰文艺出版社
南京市中央路 165 号，邮编：210009
网　　址　http://www.jswenyi.com
印　　刷　阳谷毕升印务有限公司
开　　本　880 毫米 ×1230 毫米　1/32
印　　张　7
字　　数　184 千字
版　　次　2016 年 6 月第 1 版
印　　次　2023 年 5 月第 4 次印刷
书　　号　ISBN 978-7-5399-9137-5
定　　价　35.00 元

“雨花忠魂·雨花英烈系列纪实文学”
丛书编委会名单

不朽的精神　永远的丰碑

罗志军

南京雨花台，是新民主主义革命时期共产党人最集中的殉难地。在这里，无数革命先烈用鲜血和生命，铸就了不朽的精神丰碑。

信仰如山，信念如磐。在雨花台英勇就义的革命烈士有近十万人之多，其中留下姓名的就有1519位。他们当中不少人出身富裕家庭，受过良好教育，牺牲时正值青春年华。为了心中的理想和追求，他们毅然舍弃优厚的生活条件，走上充满荆棘的革命道路，虽身陷铁窗炼狱却临危不惧、顽强不屈，不惜流尽最后一滴血，献出年轻而宝贵的生命。他们的事迹展示了共产党人的崇高理想信念、高尚道德情操、为民牺牲的大无畏精神。今天，人们每每参观雨花台烈士陵园，悼念雨花台烈士群体，都感受到巨大的心灵震撼和精神洗礼。

习近平总书记视察江苏时指出，“要注意用好用活丰富的党史资源，使之成为激励人民不断开拓前进的强大精神力量。”雨花英烈的革命人生辉煌壮丽，雨花英烈的崇高精神高山仰止。江苏省委宣传部、省作家协会组织创作的这套“雨花忠魂·雨花英烈系列纪实文学”，以文学的形式集中讲述何宝珍、邓中夏、恽代英、冷少农、罗登贤、朱克靖等多位雨花英烈的革命故事，为弘扬雨花英烈精神提供了生动教材，为广大党员干部永葆本色提供了精神之“钙”。

今年是中国共产党成立95周年。在全面建成小康社会、实现中华民族伟大复兴中国梦的历史征程上，我们要大力继承和弘扬雨花英烈精神，铭记他们催人泪下的英勇事迹、永载史册的不朽功勋，自觉做到信仰、忠诚、为民、担当，开拓进取，扎实工作，加快建设经济强、百姓富、环境美、社会文明程度高的新江苏，以“两个率先”的崭新业绩告慰雨花英烈的在天之灵。

雨花英烈精神不朽，理想信念之树长青！

目　录

第一章
重新回到母亲的怀抱

大风起兮云飞扬。

天空下，一只鹰在飞翔，鹰翼下是变幻的山河，战火下的人间城郭。鹰密切注意云的变化，继续它的飞行。

这只鹰的名字就叫——战争。

这是1937年的秋末冬初，赣江之右，名城南昌已略显寒意。天色苍郁，路上落叶纷飞。愈到秋深，南昌的红叶愈是红艳，远远看去，就像火焰在跳动。

南昌的街头走着一位四十出头的人，他身材适中，戴着一副眼镜，一双眸子似乎总是闪耀着光芒，书生气中又透出几分英武。微黑的皮肤，神情沉着而又内敛，他是朱克靖。

天气微凉，走在南昌街头的朱克靖心中却暖意融融，他对南昌是太熟悉了。他任国民革命军第三军党代表兼政治部主任时曾在这里驻守，在这里担任过江西省政府秘书长，在这里参加八一南昌起义，在这里度过十年漂泊的最后一段艰苦岁月。此时，他要找到党组织，重返战场，投入中华民族全面的抗日战争。

正当朱克靖边走边沉思之际，一个熟悉的身影闪入眼帘，他猛地扑向对方："希夷（叶挺字）？果真是你！"

"克靖兄！是你呀！"

朱克靖意外地遇见了好友叶挺。

久别重逢，两位老友都有些欣喜若狂，两双大手紧紧地握在了一起。

突然，朱克靖将目光转向叶挺身后的一位似曾相识者，"这位是？"

"叶剑英呀！我们的参谋长！"叶挺兴奋地告知。

十年前，朱克靖就在广州认识叶剑英，一别太久，叶剑英长得更魁梧了，模样儿都有些变了。若不是叶挺介绍，几乎跟故人失之交臂了。

他用力地握住叶剑英的手："这真是'十年离乱后，长大一相逢。问姓惊初见，称名忆旧容'。今晚，少不得'别来沧海事，语罢暮天钟'了！"

这真是一个风雷激荡的年代，不知发生过多少可歌可泣的事情。

这三位真正是志同道合的老友。

朱克靖名宏夏，字竹懿，亦作竹怡，克靖是他的号，曾用名朱笃一等，1895 年 10 月 11 日出生于湖南省醴陵县北乡株树下村。1919 年，朱克靖考入北京大学，1922 年加入中国共产党。1923 年，受党委派，到苏联莫斯科东方大学学习。1925 年 7 月，朱克靖回国，8 月 26 日被党派到广州，出任中国国民革命军第三军党代表兼政治部主任。

1926年7月，随第三军参加北伐战争。同年11月当选为共产国际执委会委员。1927年4月，朱克靖被武汉国民政府任命为江西省政府秘书长，他利用这一身份积极开展工作，推荐朱德担任南昌市公安局局长，让方志敏主持国民党江西省党部的工作。

大革命失败后，朱克靖和朱德等一同争取第三军官兵参加南昌起义。

1927年8月1日2时，在周恩来、贺龙、叶挺、朱德、刘伯承的领导下，发动了南昌起义。起义部队沿用“国民革命军第二方面军”的番号，由贺龙兼代总指挥，叶挺兼代前敌总指挥，刘伯承任参谋长，郭沫若任政治部主任。下辖三个军：第十一军由叶挺任军长，聂荣臻任党代表；第二十军由贺龙任军长，廖乾吾任党代表；第九军由韦杵任军长（未到职），朱德任副军长，朱克靖任党代表。

起义部队南下失败后，朱克靖同党组织失去联系，先后在北京、天津、桂林、南昌等地坚持革命活动。

叶挺比朱克靖小一岁，1924年进入莫斯科东方大学学习，并于当年在此加入中国共产党。北伐革命中，叶挺是独立团团长，朱克靖是三军党代表，叶剑英是四军参谋长；南昌起义时，叶挺是前敌总指挥，朱克靖是九军党代表；广州起义时，叶挺是工农红军总司令、起义军军事指挥部总指挥，叶剑英是副总指挥。

老友邂逅，寒暄之外，互诉离情。就来了个竹筒倒豆子，哗哗啦啦地说个没完。

此时，在中国共产党的抗日民族统一战线旗帜下，国共谈判合作抗日，取得重大进展，主力红军已改编为国民革命军第八路军，叶剑英担任参谋长；南方红军游击队改编为国民革命军陆军新编第四军，叶挺任军长，正值组建军部、军直机关和部队的集结整训时期。

叶挺组建新四军，需要大量干部和专业人才，叶挺识才爱才，恰当此时，偶遇克靖，叶挺大喜过望，速把克靖拉回寓所，急不可待地敞开心扉，直抒胸臆：

“克靖兄，想必你已听说过，南方红军游击队已改编为新四军，由我出任军长。”

“组建新四军，我已听陈毅说起。你出任军长，并不知晓。”克靖说道。

原来，两个多月前，朱克靖得知国共合作的消息后，十分兴奋。其时，他正在和薛暮桥等人筹划成立一个南昌文化界救国会，为抗日救国贡献力量。11月，陈毅来到南昌，与国民党当局谈判南方游击队改编新四军之事，并在南昌市民德路971号月宫饭店挂牌设立“南方红军游击队总接洽处”。朱克靖、薛暮桥等人作为南昌文化界代表人物见到了陈毅。陈毅说：“南方红军游击队要统一改编为新四军，由我党领导，你们可以动员从上海撤退到内地的文化人和知识青年参加新四军。不过军部尚未成立，要迟一点才能参加。克靖兄有何打算？”此刻，朱克靖已经找到了党组织，欣喜地说：“容我安排一下，不久即可重返战场。”陈毅拍了拍他的肩膀，高兴地说：“欢迎你回来！”

“克靖兄，你同我们一起干吧！我要成立军服务团，请你当团长，如何？”叶挺似乎急切需要对方答案。

“好啊，太好了，就这样办！”朱克靖非常兴奋，爽快地答应道。

“尽收勇士归麾下，压倒倭儿入笼中。”这是朱德总司令赠给陈毅诗中的两句。新四军建军之初，广泛吸收和接纳海内外知识分子，其中许多是爱国华侨。

没有文化的军队是愚蠢的军队，有文化的军队是不可战胜的。

新四军筹备处设在汉口太和街26号，不久，朱克靖到达武汉，协助叶挺筹组新四军。在武汉，他见到了周恩来。

当党组织征求朱克靖对安排职务的意见时，他说：“只要对抗战有益，分配我做什么工作都行。”周恩来认为现在是国共合作，朱克靖大革命时任过第三军党代表兼政治部主任，在国民党军上层关系较多，当新四军战地服务团团长，便于做统战工作。朱克靖欣然受命，随即，他投入到对国民党军界上层人士的统战工作之中。

战争时期风云际会，英雄辈出。

剑在匣中，其鸣嘤嘤；削铁锉钢，来日方长。

1938年2月21日，新四军战地服务团在南昌成立，直属军部领导，专门负责战地宣传和民运工作。

2月22日，《新华日报》的一篇题为《新四军组织战地服务团》的通讯记载："新四军战地服务团团长朱克靖已于昨日就职，该团将用简单灵活之组织方式进行赣、苏、粤、鄂、浙、闽、豫、皖等战区之抗日救亡工作。"

团长朱克靖为筹建新四军战地服务团，四处奔走，筹措经费，收罗人才。团员来自五湖四海，多数是来自延安抗大、陕北公学、八路军学兵队的人员和上海、江浙的流亡学生。还有少数文艺家，如青年作家丘东平、舞蹈家吴晓邦、戏剧家李增援等人。在战地服务团的旗帜下，各地爱国青年纷至沓来，云集南昌。

特别是一群朝气蓬勃的女大学生，弃笔从戎，卸去红妆穿上军装后，成为新四军中一道亮丽的风景线，很多都是来自上海、南京、武汉等大城市的姑娘。

朱克靖像个不知疲倦的陀螺不停地旋转着。

多少个奋斗的不眠之夜，他辗转反侧。

当一个人全身心地献身于革命事业的时候，他的生命图谱必然更加绚丽。

战地服务团团员大多是青年学生，其中不乏西装革履烫发旗袍的少爷小姐。朱克靖平易近人，经常和他们谈心，他看到了他们的长处，离开大城市，离开富裕的家庭，投奔新四军，有很高的抗日救国热情，而且很多人有一技之长。朱克靖细心地照顾他们，正确地引导他们，帮助他们克服"骄、娇"二气，使他们很快地融入抗日军民的生活。战地服务团有很多女兵，这些风华正茂的姑娘们依旧保持着自己爱美的天性，她们热情似火，常常为了赶排一台新戏，忙得连饭都顾不上吃。朱克靖心疼这些纯真热情的姑娘们，总是在她们面前不厌其烦地唠叨些生活琐事，像长辈一样关心爱护这些年轻的团员。一些女孩子爱说爱笑嘻嘻哈哈，喜欢叫婆婆妈妈的朱团长为“朱妈妈”。

一开始没有军装，集体出去，穿得五颜六色，后来统一发了军装又发了证章。当时司令部的证章是圆形深红色底子，上半圆上有弧形排列的“陆军新编第四军司令部”十个字。服务团的也是圆形，但是白色底子，上面半圆弧形上排列“陆军新编第四军”，中间横列“战地服务团”几个字。臂章则是统一的：一个战士持枪冲锋，并有“抗敌”二字。

在南昌街头，人们经常看到一些身穿灰色粗布军装、佩戴“抗敌”臂章的年轻人，他们有的刷标语、贴漫画，有的演出活报剧，还有的教唱革命歌曲或发表演讲。新四军战地服务团名气很大，十分显眼，当时的南昌是一个充满抗战激情的城市。

年除夕这天晚上，服务团在位于三眼井的新四军军部举行第一次庆祝晚会，晚会中以吴晓邦表演的《义勇军进行曲》和《春天里来百花香》两出独舞，倾倒了全场的观众，因为与会的同志多为老红军，从来没有见过这种样式的舞蹈。此外，周敏唱的《救国军歌》博得了全场的喝彩声，吴福海的踢踏舞和口琴独奏也掌声如潮。

朱克靖带着这批青年跋山涉水，不畏艰险，到各抗日民主根据地演出，开展民运工作。经过抗日战争的锻炼，他们脱下旗袍西服，穿上了军装草鞋，渐渐变成革命战士，或者成为领导干部。著名画家沈柔坚后来回忆他参加战地服务团时说：“在这新环境里，我为那朝着一个共同的目标，生气蓬勃，友爱温暖的气氛所感召，如入一个新的世界。见到朱团长，他那学者的风采和长者的风度，他的学识渊博与平易近人，想来是那样仪态可掬、和蔼可亲……”

部队战地舞台上，战地服务团正在演出：

男：月儿弯弯影儿长，流亡的人儿想家乡。

女：问你家在哪里？

男：出城外，大道旁，村口正对着松花江。

女：莫非就是王家庄？

男：王家庄，是家乡，近年不知怎么样？

女：问你如何不回去？

男：提起来，话儿长，日本鬼子动刀枪。

女：日本鬼子怎么样？

男：怎么样？似虎狼，奸淫烧杀又掳抢。

女：他们要抢什么东西？

男：什么东西，他都抢，粮食骡马都抢光。

女：他们要烧什么地方？

男：什么地方，都烧光，大火这村到那庄。

女：他们要杀什么人？

男：什么人，也难防，不管大爷和大娘。奸淫谁家的女儿郎，女儿郎，都遭殃，不管是媳妇大姑娘。

女：（愤怒地跺着脚）我们一齐打回去！

男：（也跺着脚）打回去，回家乡，要把鬼子都杀光。

舞台上展现的流亡惨景和悲愤歌声，目不忍睹，耳不忍闻。台下官兵悲愤交加，泪如雨下，振臂疾呼："杀敌报国，还我河山！"官兵们在爱国激情感染下，群情激愤，场下哭声、口号声响成一片。

1938年4月4日，新四军战地服务团随军部告别南昌，奉命向皖南岩寺集中整编。新四军出发时，有几千南昌市民赶来车站欢送，战地服务团的同志们在一片掌声如雷、歌声如潮中登上了火车，离别了南昌，勇气百倍地奔赴"炮火连天响"的抗日前线去！

第二天清晨车到兰溪时，恰逢倾盆大雨。有一大群前线退下的士兵要上车。他们有的唉声叹气，有的吵吵嚷嚷，用粗鲁的话语，骂他们的长官："他妈的，当官的只管自己享福，不管咱们当兵的死活！"服务团的同志们立即下车并帮助他们上车。但国民党军队的伤兵最难缠，有几个同志下车慢了一点，就挨了他们的骂，几乎要动起武来。情势有些紧张，朱克靖北伐战争时当过军政治部主任，有处理士兵闹事的经验，他和秘书长白丁（徐平羽）商量，利用这次难得的机会，为士兵作慰问演出，以扩大新四军的政治影响，做好友军的统战工作。

战地服务团团员们全体站在大雨中，热烈地唱着歌呼着口号，欢送这些士兵。团员们齐唱《慰劳伤兵歌》，这首由田汉作词、聂耳作曲的歌被团员们唱得那么亲切、真挚、动人，使伤兵们抑郁不平的心情得到了舒展。当唱到“你们正为我们老百姓……受了极名誉的伤”时，伤兵们流出了眼泪；当唱到“帝国主义……是这样的疯狂……要把中国当成一个屠场”时，伤兵们流露出愤怒的表情；当唱到“我们要争生存，否则就要灭亡，我们要争做自由的人，否则就要变成牛羊”时，伤兵们频频点头，情绪庄严；当最后反复唱到“我们拼着最后的一滴血，守住我们的家乡”时，伤兵们热烈鼓掌，很多人激动得泪流满面。士兵们被团员们的真诚和热情款待感动了，自动派代表向团员们道歉：“谢谢你们为我们演唱！欢迎你们再来我们部队！”还竖起大拇指，啧啧称赞，激动地说：“啊！你们就是新四军！我们在前线打仗这么久，从来没有受到这样的款待！”而后，士兵们跟服务团团员们一起唱起歌来，一齐呼着口号，挥手而别了。

岩寺是歙县的一个小镇，不远的绿色群山，从旁流过的潺潺溪水辉映着镇东古塔，给人以宁静、秀丽的印象。

战地服务团在南昌时有一百多人，到岩寺后人数增加到三四百人了。编为七个队，成立了党支部。行政上设立总务科、宣传科、民运科，各个业务工作组，如戏剧组、绘画组、歌咏组、舞蹈组、通讯组、民运组等广泛开展各项工作。

服务团每到一地总要调查当地社会情况，和群众谈心、交朋友，广泛宣传抗日主张和抗日民族统一战线政策。晚上召开群众大会之前，大家一齐动手，搭台，挂幕布，点汽灯。会上，团长朱克靖总是亲自向群众发表热情洋溢、鼓舞人心的讲话。

最激动人心的是4月下旬的一个晚上，那是粟裕率领先遣支队和陈毅率领一支队将要挺进江南敌后的前夕，朱克靖和白丁动员团员们报名上前线。大家脸涨得通红，争先恐后地举手报名，眼中闪着兴奋的泪光。

1938年6月17日，粟裕在韦岗出其不意打了日军一个伏击战。陈毅当即口占七绝一首，“故国旌旗到江南，终夜惊呼敌胆寒，镇江城下初遭遇，脱手斩得小楼兰。”

11月，新四军军部决定派军战地服务团，到前方粟裕二支队慰问演出。粟裕与朱克靖都是湖南人，朱克靖生于1895年，比粟裕大12岁。南昌起义时，粟裕带着警卫队战士与朱德、朱克靖第一次见面。

朱克靖骑着一匹黑马，带着四十几个文艺兵组成的服务团出发了。

连续两天的山地行军后，队员们脚上都磨起了水泡，但为了能尽快见到心目中的战斗英雄粟裕，大家又打起了精神，在下雨后泥泞的山道上吃力地前行。终于赶到狸头桥，住在二支队司令部驻地附近的一个小村子。

有个外号叫“小皮球”的女团员急不可耐地问朱克靖：“团长，什么时候能见到粟司令？”朱克靖看她头脸上和身上尽是黄油泥，就开玩笑地对她说：“现在就去见他，走！我们一道去！”好几个人也凑上去说：“皮球！那你就去！”小皮球不好意思地用带着黄油泥的手搔搔头，头发上立刻又沾上了黄油泥，弄得头上黑一块、黄一块的，引得众人止不住哈哈大笑。

朱克靖对大家说：“我保证明天把粟裕首长请来，给你们讲讲战斗的故事，你们也要用好戏犒劳我们的战斗英雄啊！”

第二天下午，细雨霏霏，朱克靖果然和粟裕一前一后来到了团员们的住宿地。朱克靖向大家介绍道：“这就是大家仰慕已久的粟裕同志，我们二支队的粟副司令。”

粟裕向大家点点头，和蔼地微笑着，屋里顿时爆发出一阵热烈的掌声。

“我和同志们都很高兴，今天，在江南的抗日前线，能够听到身经百战的粟裕将军的报告。”说完，朱克靖又带着大家鼓掌，并请粟裕将军在他身后的一条长凳子上就坐。

粟裕没有就坐，他仍旧站立着，微笑着望着大家。他一开口便说：“我不是来做报告的。老天不帮忙，下毛毛雨，叫你们不好演戏。你们不远千里而来，我是来看望你们的。你们到了江南前线，我是战斗在江南前线的一个兵，我向你们表示热烈欢迎！”说着，他举手敬礼。朱克靖立即代表大家还了礼，并带头鼓掌。

粟裕拿起放在身旁长凳子上的一只洋瓷碗，喝了一口白开水，开始讲起韦岗战斗，讲到动情处，他还把自己写的一首《韦岗处女战》念给大家听：“新编第四军，先遣出江南。韦岗斩土井，处女奏凯还。”念完了，他才在掌声中拉着朱克靖的手一同在长凳上坐下。

有团员提议，朱团长唱山歌最拿手，欢迎朱团长唱一个。

朱克靖被推上台了。

“哎呀来——
各位同志欢迎我唱山歌，
我的肚里货不多，
哆来咪发锡拉嗦”

就这么几句，逗得大家哄堂大笑。

1939年2月，战地服务团再次奉命去二支队演出，再次听了粟裕作的关于他亲自指挥的官陡门战斗的生动报告。刚演了两场，就接到服务团立即回军部执行新任务的命令，粟裕也接到回军部开会的通知，就主动承担起护送服务团战士回军部的任务。原来，军委副主席周恩来到皖南云岭新四军军部视察工作，他是借视察第三战区工作的机会，专程来新四军传达和贯彻中共中央六届六中全会精神的。陈毅、项英、粟裕、朱克靖都参加了这次重要会议，听取了周恩来根据中共中央六届六中全会精神作的《关于统一战线工作》、《目前形势和新四军的任务》的报告，周恩来再次强调中国共产党及其领导的军队必须“独立自主”地宣传抗日，发动群众，扩大武装，建立、巩固和发展抗日根据地。

周恩来同陈毅、粟裕、朱克靖等人都进行了交谈，广泛听取意见，代表中央确定了新四军今后发展的战略方针：“向南巩固、向东作战、向北发展”。所谓“向北发展”，主要方向便是苏北。

最难忘的是，周恩来还和叶挺、项英一起来服务团，在朱克靖的陪同下，视察了服务团各组的工作，看望团员们，并观看演出。周恩来题词留念：“为创造民族革命的艺术而奋斗！”

会议期间，参加过南昌起义的周恩来、叶挺、陈毅、粟裕、朱克靖、傅秋涛留下了一张珍贵的合影。3月14日，新四军军部欢送周恩来返重庆，他们又与周恩来同志合影留念。

1939年周恩来在新四军军部期间，叶挺和朱克靖的党籍问题终于得到解决。朱克靖由军政治部组织部长李子芳和服务团副团长谢云晖二人介绍，重新入党，军分会批准为特别党员。

当时跟随朱克靖的朱之生问朱克靖：“叶挺党籍恢复了，你呢?”

朱克靖说：“我从来没有脱离党的工作，当然是一起解决了。”

他又重新回到母亲温暖的怀抱！

也是这年春天，军部首长动议创作一首新四军军歌。3月间，首先由陈毅写出歌词初稿《十年》，后经叶挺、项英、周子昆、李一氓、朱镜我、朱克靖、袁国平、黄诚、马宁等集体修改定稿，于1939年6月发表在新四军的刊物上，署名为“集体创作，陈毅执笔”。经何士德再三谱曲并试唱后，这首歌被军部规定为官兵必学必唱曲目，昂扬振奋的旋律，威武雄壮的气势，表现了新四军军人一往无前的战斗精神。

新四军军部进驻泾县云岭后，朱克靖很少留在军部，绝大部分时间都是率战地服务团到新四军各战斗部队活动。

1939年的纪念晚会，是在正午日军十二架飞机轰炸云岭和中村等地之后，晚上仍然坚持演出的。当音乐家何士德指挥演唱了两部合唱《新四军军歌》和四部合唱《国际歌》后，坐在台下观看的美国记者史沫特莱女士兴奋地称赞说：“奇迹！奇迹！”

1939年秋，叶挺军长到江北视察，战地服务团组成第三突击队随行，团长朱克靖亲自率领。有一次演出，扮演日本鬼子的游龙和仇伯，演得很逼真，突然一个持枪战士跳上台来，一把揪住游龙要打，幸好被站在台边的朱克靖拦住。

1940年春节前夕，朱克靖奉命率战地服务团协助军政治部民运部，到茂林慰问抗日军人家属，并打算借此机会在茂林各界群众中进行一次抗日救国宣传教育，以扩大共产党和新四军的政治影响。当时茂林属国民党政府管辖，虽然新四军民运工作人员和中共皖南特委派人做了大量的工作，具备了一定的群众基础，但国民党仍将基层政权牢牢地控制在手里，国民党军、政、特人员横行，军战地服务团和军政治部民运部要完成这项任务有一定的困难。

朱克靖分析了茂林的情况，采取了正确的决策。他先拜访了茂林圣公会会长、新四军的支持者、在茂林德高望重的陆绍泉老先生，随后又拜访了茂林镇长和其他一些开明士绅，获取了他们对新四军工作的理解和支持。然后又召集茂林的社会名流开座谈会。会上，茂林女婿、新四军民运部科长曾如清向大家介绍了朱克靖不平凡的经历，令在场的人肃然起敬。乘此机会，朱克靖从抗日大局着眼，说明了慰问抗属、鼓舞士气的重要性。得到大家的首肯后，他立即“杀出伏兵”，称，依照“有钱出钱，有力出力”的抗日原则，希望大家捐献财物粮草，送给抗属一个温饱欢乐的春节。

他的翩翩风度，文雅自若、技艺高超的谈吐，使人心悦诚服，再加上陆绍泉老先生等人做工作，茂林镇上的一些名流们，增强了抗日的信心和责任感，推动了慰问活动的开展。

朱克靖趁热打铁，又在茂林小学广场上召开了慰问抗日军人家属的大会。会上，朱克靖作了生动有力、鼓动性极强的演讲，然后服务团演出了《送郎上前线》《一条扁担换一根枪》《韦岗处女战》《放下你的鞭子》等短剧和抗日歌曲，激发了茂林人民的抗日热情。

1940年的“三八”国际妇女节快到了，朱克靖提出应该写一个反映女兵的戏。

新四军女兵，都是出于一腔报国的正义情怀而毅然参加到革命队伍里来的。俗话说，“三个女人一台戏”，队伍里有这么多千姿百态、经历各异的女性，还愁出不了戏剧创作素材么。

朱克靖说：“妇女节的戏，要由女同志来写，集体创作，由林琳、王于畊执笔。”二人商量了一下，找来一二十个女同志，开了个座谈会。参加座谈会的姑娘热烈地谈了各自走过的路，真诚而有趣，有斗争、有惊险，有欢笑、有眼泪。剧本出来后，演出很成功。

战地服务团团长，决不是后来通常的文工团长，而是要率领服务团去各地各界（包括国民党第三战区）联络交往的使节。

1940年4月，战地服务团百余人在朱克靖、谢云晖率领下到达溧阳水西村，这是朱克靖第二次到苏南。朱克靖代表陈毅，应国民党第三战区江南第二游击总指挥冷欣邀请，率战地服务团到广德田里戈村冷欣总指挥部活动。

朱克靖领教过国民党顽固派的反共阴谋，政治上更加成熟。寒暄过后，他和冷欣开始了正式谈话，冷欣表面上赞成国共合作，不搞摩擦，应抗战不应投降。但谈到有关共产党的理论问题时，朱克靖不能容忍了，双方展开了长时间的争论。朱克靖发现无法说服对方，就不再费舌，力图通过新四军战地服务团的演出来影响国民党友军。冷欣为防万一，发令只许军官不准士兵观看演出。服务团成功演出了陈白尘的《魔窟》，并举办画展，开展歌咏活动，即使那些冷欣很放心的军官看了演出后，也感触很深，产生了轰动效应，对服务团产生了羡慕之情。

这使冷欣惊讶不已，他在服务团团员座谈会上进行煽动，甚至还找团员个别谈心，威逼利诱，极尽挑拨离间之能事，妄图瓦解这支革命的队伍。但他的所有伎俩都未能得逞，不禁对服务团员政治上的坚定、作风上的严肃感到了由衷地敬服，忍不住询问朱克靖："你们是怎样训练这班年轻人的?""我们是共产党领导的队伍啊!"朱克靖含笑为他们的争论做了总结。冷欣无可奈何地笑了。

朱克靖在指导文艺创作为抗战服务上，付出了不少心血。新四军初到云岭时，日军飞机常来轰炸，当地民众没见过飞机，缺乏防空知识。于是朱克靖安排戏剧组的李增援编了个活报剧，通过一个小学教师向惧怕空袭的老乡宣传敌机空袭并不可怕，重要的是会防空，普及防空常识。

对于新四军经历的英勇战斗，朱克靖还会请前线回来的同志向战地服务团员们讲述战事情况，编排戏剧。他常常和编剧、演员一起认真研究剧本，反复修改，在排戏过程中，他常在场指点，充分调动团员们的创作才智，在朱团长的创作指导下，剧本内容丰富，演员演得惟妙惟肖，深入人心。如话剧《繁昌之战》，连演七八次，观众达五六万人，反响热烈。绘画组在街头绘制大型宣传画，揭露日军的暴行。民运组慰问抗日军属，在民众中召开座谈会，宣传抗日。歌咏组唱《大刀进行曲》《救国军歌》《挖战壕》等歌，慰问士兵，鼓舞士气，振奋人心。戏剧组天天到街头唱歌演活报剧，团员们认真创作，将《抓汉奸》《放下你的鞭子》《送郎上前线》等戏剧演得惟妙惟肖，博得群众的阵阵喝彩。

从新四军成立起，历时三年多，朱克靖带领战地服务团，挺进大江南北，到各地各部队慰问演出宣传抗日，开展民运工作。通过绘画、戏剧、舞蹈、歌咏等文艺形式宣传教育群众，动员群众参加和支援抗日战争。

在云岭，皖南的村村户户几乎都留下团员们活动的足迹；云岭的青山秀水无处不回荡着团员们嘹亮的歌声。朱克靖带领着一群"抗日的战士，革命的青年"，为抗战发挥了无可限量的作用。

战地服务团被誉为"铁军轻骑兵"，在这支轻骑兵的行列中，几近半数的巾帼轻骑兵在舞台上、在生活里都出演了极其重要又极其成功的角色。

朱克靖带领服务团，在战斗中经受考验，在铁与血的洗礼中不断成长。

前几年三十集电视剧《新四军女兵》热播，讲述的是一群热血女青年加入新四军并在战火中不断成长的心路历程，此剧以新的视角展现了战争年代中巾帼不让须眉的故事。有人说剧中的马靖平（黄维德饰）像极了朱克靖，但在朱克靖的革命生涯中，战地服务团团长只是其间的一部分，他奇特瑰丽的革命历程将渐次展开。

第二章
特殊使命，重任在肩

1939年11月7日，新四军军部决定第一、第二支队合并指挥，成立新四军江南指挥部，陈毅任指挥，粟裕任副指挥。

1940年1月19日，中共中央书记处给新四军指示中强调“江南陈毅同志处应努力向苏北发展”。为打开苏北抗战局面，中央批准中原局书记刘少奇的建议，决定八路军一部南下，新四军江南主力北上，建立苏北抗日根据地。

战将陶勇带老四团二营、叶飞带老六团到了苏北，分别和管文蔚部合编为苏皖支队和新四军挺进纵队，总共不过三四千人。

人数虽然不多，但老四团和老六团可是一支铁军，敢打敢拼，战功赫赫。

高粱长得有大半人高了，风吹高粱叶，一片沙沙沙的声音。大片大片的高粱，多数已经秀穗了，粉白色的高粱花漫天飞舞。

陈毅是军事家，又是政治家，他发现偌大的苏北竟无他的立足之地，三路人马先他分割占尽了苏北所有地方。拿陈毅的话来讲，当时苏北的各方势力，日伪军为老大，韩德勤为老二，李明扬代表的势力为老三，新四军排名老四。

面对十多万日伪军、国民党军，怎么对付呢？陈毅的方针是“击敌、联李、孤韩”。就是老四同老三联合起来，在抗日游击战中不断壮大自己，在反摩擦中打倒老二，最后消灭老大。

这是陈毅经过仔细调查研究制定的夺取抗日领导权、驱逐日寇出苏北的方针。

而他现在正面临一个重大的军事决断，这就是郭村之战后的谈判问题。

陈毅挟大胜之威兵临泰州城下，他要下一盘很奇妙的棋！

这一天，陈毅电召朱克靖渡江到江南指挥部，说有“特殊任务”要交给他。

朱克靖一接到电报，猛吸了几口烟，又有大任务了，立刻变得精神抖擞。

他马上从江南动身，军情紧急啊！

夜的长江，夜色苍茫。

夜长江是躁动不安的，朱克靖的心也无法平静下来。

江风不小，约有4级左右。

船在船夫双臂的摇动下，像一条鱼在水面上漂浮穿过，远处传来江水拍打岸堤的低沉声音。江边的树影，天上的弯月，朱克靖都无心去看。他注意着江面的动静，谛听着远处的风声、江涛声，辨别其中是否有敌人巡逻艇的声音。

这是朱克靖抗战以来第三次夜渡长江。前两次渡江地点是在安徽，这次渡江的地点，是在孤山附近。

朱克靖曾在《回忆与感想》一文中描述当时的心情："这次渡江时，不但怀着'中流击楫'的心情，而且衷心抑郁愤懑的情绪，犹如江潮的激怒，愿借江流热血，洗尽祖国的奇耻大辱。如此狼烟万里，烽火神州，谁能坐视？如此腥血熏天，城廓灰烬，谁能忍受？难道在大敌当前，人民颠沛流离的今天，竟不许祖国的优秀儿女，有一块杀敌复仇、救国自由之地么？"

来到苏北，朱克靖换乘一匹白马，风风火火地疾驰着，马像刚从水里捞出来一样湿漉漉的，骑马的朱克靖也是满头大汗。

朱克靖来到陈毅的指挥部。

陈毅说："克靖兄，请你来有重要任务。"

"克靖兄"是陈毅对他的惯常称呼，显示了他们的亲密无间。

"仲弘，是什么重要任务？说吧！"

"派你到泰州和李明扬谈判。"

"和师广谈判？"

这究竟是怎么一回事呢？

此前，蒋介石加紧在华中地区搞摩擦，准备掀起第二次反共高潮。蒋介石嫡系、国民党江苏省政府主席韩德勤，拉拢苏北最有影响的地方实力派李明扬、李长江参加"围剿"新四军。"二李"任国民党军鲁苏皖边区游击总指挥部正、副总指挥，他们具有一定的民族意识，又受到韩德勤的压迫和排挤。

李明扬是徐州萧县人，1890年出生在李石村林寨一个贫寒之家。读过几年私塾的李明扬给自己取号"师广"，意即以汉代守边名将李广为师。后来，他考入新式陆军学堂，参加了孙中山先生领导的同盟会，是“湖口起义”的主要领导人之一，又参加了护国讨袁（世凯）之役。李明扬曾先后赴日本和德国留学，专攻军事学。1924年，李明扬担任驻粤赣军总司令，与中共两广区委会委员长、黄埔军校政治部主任周恩来建立了友谊，他曾邀周恩来到部队驻地作政治演说，对周恩来的才干和人品十分钦佩。论资历李明扬比顾祝同、韩德勤都老。李长江早年在南京当脚夫，是行伍出身的大老粗，凭着血气之勇、江湖义气，升得很快。李明扬任江苏保安处长时，李长江随之任第四团团长、副处长。而且“二李”同桂系的李宗仁、白崇禧有历史渊源，在苏北国民党部队中有一定号召力。

遵照中共中央的抗日民族统一战线政策，陈毅提出“击敌、联李、孤韩”的发展苏北的战略方针，以联李为重点，与韩德勤开展了争夺“二李”的斗争。

新四军开进苏北之前，陈毅就对“二李”进行工作。他通过中共苏北特委副书记惠浴宇了解到李明扬部第二纵队司令颜秀五是苏北人，就要惠浴宇以同乡关系与他联络，并且经颜秀五的疏通，与李明扬、李长江取得了直接的联系。

这颜秀五原名颜振岭，字秀五，江苏省赣榆县沙河镇颜庄村人，幼年习武，随父读了几年旧书，喜欢行侠仗义，还常到上海一带活动。早年在海州结伙贩过私盐，盐贩子与官府税警常有血海深仇。当时惠浴宇在海州领头闹革命，名声很大，颜秀五一度还想投奔他呢。后来颜秀五从军，逐渐投靠了“二李”，任鲁苏皖边区游击总指挥部第二总队司令。当时颜秀五的部队与陈毅的部队防区相接，军号相闻，颜秀五听说新四军在江南英勇抗日，官兵平等，相当佩服。惠浴宇同颜秀五因系同乡，早就互相闻名，一经联系，交谊颇深。一天，陈毅向惠浴宇提出：“是否可以通知颜秀五秘密来这里谈一谈？”

二纵司令部设在泰州城西九里沟，离新四军驻地的吴家桥、焦家荡不过二十多里。当晚八九点钟，颜秀五只带两名卫士，由惠浴宇陪同，与陈毅见了面。颜秀五要求和陈毅单独谈话，陈毅欣然同意。他二人便在内室促膝谈心。两小时以后，陈毅招呼惠浴宇进去，当着颜秀五的面交代惠浴宇：颜秀五过去在上海参加过共产党，后来失去了组织关系。现在组织上已同意颜秀五为特别党员，只有你和管文蔚了解此情况并单独联系，不要让其他任何人知道。

从这以后，颜秀五充当了新四军与二李之间的牵线人，多次为新四军提供重要情报。

陈毅第一次赴泰州，是1939年8月下旬，是由惠浴宇通过颜秀五帮助联系的。陈毅没有见到李明扬，只见到李长江等人，目的在于联络感情，宣传抗日主张，希望与他们共同发展苏北的抗日事业。

陈毅第二次赴泰州，是1939年12月初。这时“二李”见新四军帮助护送的弹药完好无损，认为新四军有诚意，态度较前大为亲近，李明扬亲率部属百人于总指挥部前迎候。

陈毅在动身前做了认真准备，特地从战利品中挑选了三十支三八式步枪送给颜秀五。选了一匹日本战马，配上新鞍鞯，送给李长江，李长江对这匹战马很喜爱，就喂养在西山寺指挥部对面的平房中，亲手喂给草料。陈毅还向李明扬赠送了指挥刀。

“二李”待陈毅为上宾，泰州街上贴满标语：“欢迎四将军光临指导！”

陈毅和“二李”从运送弹药谈起，到国民党顽固派压迫异己，共同语言颇多。李明扬联系上次通过韩德勤的关系运弹药，层层克扣；而这次由陈毅帮助运，一箱未少，他一再称赞“新四军够朋友”。交谈间，陈毅以毛泽东、朱德的名义向李明扬致意，李明扬甚为感动，后来他曾得意地对别人说：“我在这里被打垮了，到延安去，玉阶（指朱德）会招待我的。”

接着，李明扬又回拜陈毅，观看了由陈毅夫人张茜主演的话剧《兄妹》，激动得老泪横流。

“二李”以“四将军”称呼新四军，既表达了他们对共产党领导的抗日军队的敬重，又以此避免韩德勤等反共顽固派对他们的刁难。李明扬还集合队伍请陈毅训话，并将韩德勤的反共密令告诉新四军。陈毅也面告“二李”，由于苏南顾祝同、冷欣的逼迫，新四军不得不到苏北抗日。“二李”也表示谅解，有助新四军东进抗日、反韩的意愿。这一切，为新四军挺进苏北创造了有利条件。

陈毅第三次赴泰州，是1940年3月。这时韩德勤的主力正围攻半塔集，挺进纵队主力前往增援，因而陈毅这次去泰州是很危险的。“二李”对陈毅接待的规格依然颇高，席间交谈中，陈毅再次宣传团结抗日的主张，谁知宴会进行到一半，韩德勤的参谋长带着二十多名卫士闯进“二李”公馆，原来是韩德勤的特务报的信。宴会的空气骤然紧张起来，陈毅却毫不在意地说：“不要说韩德勤的参谋长，就是韩德勤来也算不了什么。我们和他是老相识了，1931年在江西时，他就是我们的马前败将。眼下，你们在泰州还不好对付吗？”李明扬镇静了一下，要李长江陪陈毅等吃饭，他自己出去应付。陈毅在宴会结束后，以大桥驻地附近发现敌情、来不及告辞为由，连夜出泰州城，返回吴家桥。

1940年初，新四军一支队成立以叶飞、刘炎、管文蔚为首的挺进纵队，经扬中渡江进入江都的吴家桥、大桥地区扎营。李明扬力排众议，同意将自己的地盘郭村借给新四军暂时驻扎，为期一个月。

因为新四军挺进纵队立足未稳，势孤力单，时时面临被日伪军和顽军包围夹击的危险，所以过了一两个月，挺纵仍没有撤出郭村。另外，为了生存，挺纵又设卡收税征粮，招收新兵，宣传抗日。这一来就与泰州“二李”发生了矛盾。

郭村本是李明扬和李长江的地盘，韩德勤见新四军在苏北发展壮大，深感威胁，于是使用借刀杀人一石二鸟之计将李明扬骗到省府驻地兴化开会，又秘密派人前往泰州诱使李长江出兵攻打郭村新四军。

陈毅曾致函李明扬，请他以友情和抗日大局为重，体谅新四军挺进纵队的困难，双方协商解决，停止摩擦。李明扬不愿干令仇者快亲者痛的事，但迫于副总指挥李长江和部下几个纵队司令的压力，加上韩德勤施压，他违心地作了让步，勉强同意由李长江全权指挥部队，进攻新四军据守的郭村。他临去兴化韩德勤总部开会前，一再指示部下：如打赢，把这支新四军赶跑就行了，勿穷追，更不准乱杀战俘。

郭村保卫战箭在弦上，双方力量悬殊。

挺纵几千人，面对的是李长江十三个团的围攻。

此时，黑云压顶；

此时，惊涛拍岸；

此时，锋利的战刀，在风中铮铮作响！

李长江杀气腾腾，自以为胜券在握。向叶飞下最后通牒，限三天内退出郭村。李长江竟然下令打下郭村后放假三天（示意官兵可以随意掳掠）。

战将叶飞则引敌围困、积极备战、待援歼敌，欲与李长江决一雌雄。他认为郭村党的群众基础好，军民同仇敌忾。

军情十分危急！

真是风起云涌！

陈毅非常担心叶飞、管文蔚的安全，立即电令苏皖支队火速驰援，同时电告叶飞他于“6月28日便衣渡江”，从江南急赴郭村。

陈毅心急如焚，他忧心管文蔚和叶飞凶多吉少，路上吟成《悼管、叶》（原诗已佚），担心他们要做烈士了。

此时，颜秀五也特别揪心。二纵司令部的中尉政训员、女共产党员郑少仪（当时化名李欣），了解到李长江进攻的确切时间和兵力部署情报，颜秀五火速派贴身卫士朱学三护送郑少仪穿越十八里路，半夜赶到郭村送情报。

叶飞闻讯立即做了针对性的布置，下达了全村动员令，所有战斗力量全部进入防御阵地，准备迎击敌人。

行伍出身的李长江自恃兵力十倍于新四军，低估了新四军的战斗力，那叶飞勇猛善战，十分了得！在老百姓支援下，坚守了一整天。

夜晚挺纵一个营组成小部队进行反击，将李长江部逐出数里之外。29日，新四军苏皖支队赶来增援。战至30日，新四军两个营向扬（州）泰（州）线出击，占领重要据点宜陵，歼其三个支队（团）部。7月1日，李长江部属第三纵队第八支队（团）陈玉生部和第二纵队第二支队第5大队（营）王澄部举行战场起义，颜秀五巧妙地虚与委蛇、按兵不动。7月2日，李长江部集中所有兵力和火器向郭村进攻，以整团整营兵力冲锋。新四军顽强反击，“二李”部队吃了大败仗。

郭村之战，陈毅原意不在郭村打，既已开战，便全力支持。赶到郭村附近，时值酷暑，陈毅急急忙忙找来纸和笔，在树荫下挥汗如雨给“二李”写信，劝他们不要破坏团结抗战的大局。新四军在郭村大获全胜，陈毅立即参与决策，连续拿下塘头，直抵泰州城下九里沟。

简直就是风卷残云！

简直就是摧枯拉朽！

李长江全线崩溃，迅速败退。

新四军兵临泰州城下，破城乃举手之劳，但新四军收兵于九里沟的面粉厂，造成与“二李”谈判的有利条件。

六月二十八炮火飞腾
顽固派十路进攻包围郭村
要断绝人民的生路，
要消灭抗战的孤军，
…………
我们保卫了郭村，创造了抗战的光明，
我们保卫了郭村，我们更要大无畏地前进。

陈毅以绛夫为笔名，在郭村保卫战的凯歌声中写下了《保卫郭村》歌词。它歌颂了1940年6月28日至7月4日，史称“东进序曲”的郭村保卫战。

李明扬从兴化回来后悔愧交集，致函陈毅，请求休战。

陈毅现在情绪很好，他轻轻地拍着蒲扇。

警卫员点起几支洋蜡烛。

陈毅认为：战役和战术上的胜利，不等于战略上的胜利，要打开苏北局面，非把韩德勤打败不可。要打败韩德勤，就必须争取“二李”中立，不要逼他们过甚，不要使他们投奔韩德勤。这一打，究竟是把“二李”打到韩德勤一边去，还是打到新四军这边来，就要看我们政策和策略的威力了。

有打，有收。这是多么高明的策略。

当时韩德勤指挥的国民党总兵力号称十万人马，其中韩德勤系统八万人，新四军只有七八千人。争取“二李”，对于改变战场力量对比有重要意义。为争取“二李”中立，需要派人去泰州和“二李”谈判。

这是多么奇怪的一着棋！也只有陈毅才能出此招数。

派谁去好呢？这可大有学问。

郭村战前，挺纵曾经派团政治部副主任陈同生和保卫科长周山去谈判，陈同生先找到颜秀五，颜秀五压低声音说：“这里已开过反共军事会议，远在黄桥的何克谦也赶来出席了。你们想联李抗韩，打日本强盗，可是东吴却最恨你们借了他们的荆州，仗是非打不可了，你们准备怎样？”

陈同生反问他：“老兄准备怎样？这一出‘群英会’，你打算出周郎，还是出鲁子敬呢？”

颜秀五说：“我虽未读几本书，但我还是汉室子孙，只好出鲁肃了，虽免不了要被人笑我太无用，总之，我不会对你们放一枪。”

陈同生说：“秀五！还是你够朋友，我们共产党人做事，决不会背信弃义。”

当时李明扬去了兴化，陈同生竟被李大麻子李长江软禁了起来。

陈毅这一次，必须派出资历足以让“二李”尊重信服，又有和国民党军政上层谈判经验的人，才能保证谈判成功。

此时，周恩来电告陈毅提议派朱克靖与李明扬谈判。陈毅正有此意，朱克靖在第一次国共合作时期，担任国民革命军第三军党代表兼政治部主任，有相当的地位和影响力，当时第三军军长是朱培德将军，李明扬是该军的师长、副军长。他们是“三军袍泽”，私人交谊颇深。李明扬的夫人葛佩秋，是朱克靖的同学，他们算是通家好友。

陈毅先让一个被俘的军官给泰州送信，同时急电朱克靖过江来苏北，这就是朱克靖的“特殊任务”。

陈毅专门写了一封信，要朱克靖带给“二李”的副参谋长许少顿：“14日手书奉悉，晨间弟已托克靖兄赴泰报聘，并缕陈曲衷……”；“克靖兄已就道，必能助兄了解实情。”

一切安排妥当，陈毅意犹未尽，又为朱克靖的泰州之行，写下了著名的七律《送人赴泰州谈判抗日合作》：

停骖问我意何如？
词婉情真再致书。
军令今当斩马谡，
歧途何事泣杨朱？
仲连智免蹈东海，
武穆冤成走传车。
凭君寄语强梁辈，
摩擦自戕慎厥初。

“送人”即送朱克靖。

诗的首联陈毅表述了新四军争取与李明扬、李长江抗日合作的真情实意。

在颔联里，陈毅借古喻今，用两个反例委婉地劝导“二李”不要误入歧途，要与新四军团结合作，共同拯救民族于危亡之中。

在颈联里，陈毅将新四军比作鲁仲连，表明新四军反抗强暴、以国家民族利益为重的决心和担当；同时以岳飞的故事来警示李明扬、李长江，希望“二李”分清敌我，枪口一致对外，不要让同室操戈的历史悲剧重新上演。

尾联“强梁”则警示国民党顽军，与新四军同室操戈，无异于自杀，没有好结果。

陈毅对朱克靖此行寄予了厚望，让其转告国民党顽固派，要谨慎考虑，在民族存亡关头，一致抗日，不要搞摩擦，自相残杀。

这首七律，后来流传开来。1980年7月，为纪念新四军东进四十周年，陈毅的长子陈昊苏敬录此诗并书赠泰州市博物馆，以供后人缅怀前辈的抗敌功勋。

作为陈毅的信使，朱克靖昂首挺胸走进了历史。

他知道，前方有数不清的目光，在盯着他；兴许，也可能有上了膛的子弹在瞄着他，但他无所畏惧！

他的脸上充满自信！

1940年7月5日下午，骄阳似火，朱克靖身负重任，策马扬鞭，踏上征途。此去独闯龙潭虎穴，谈判能否成功，性命是否安全，都是未知数。管文蔚骑马送行，两人进一步分析了泰州的局势。管文蔚说：“陈司令与李明扬通了电话，要他们保持中立，他在电话中已经表示同意。”管文蔚一直把朱克靖送到塘头镇公路上。

他相信与李明扬的情谊，但对李长江心中没底。

说起朱克靖与李明扬的亲密关系，王炳毅先生在《“左倾将军”李明扬》一文中讲了个小故事：

1927年3月初的一天午后，李明扬正召集军官们开会，突然副官推门而入，呈递上总司令部蒋介石亲自签署的急电。命令他立即逮捕任二十六团政治指导员的共产党员王尔琢（一说当时朱克靖在广州开办第三军军官学校，恰好那里缺乏政工干部，周恩来决定让王尔琢到第三军第三师当党代表兼政治部主任、二十六团团长）和营长宋知荃等十四个人，罪名定为“图谋不轨，危害军事”。

李明扬觉得逮捕王尔琢等优秀军队干部，于情于理都说不过去，况且蒋介石竟越过第三军军长朱培德，直接给自己下电令，这本来就不正常。

李明扬考虑再三，决定抗命。他立即请来王尔琢，让他看了蒋介石的密电。王尔琢看罢脱口说道：“怪不得朱党代表提醒我们要保持警惕……”他说的“朱党代表”就是担任第三军党代表兼政治部主任的中共党员朱克靖。

送走王尔琢后，李明扬又密派亲信卫兵去找军党代表朱克靖、七师党代表吴绩熙等，要他们务必提高警惕，应付随时可能发生的事变。在必要时可以为他们提供掩护和帮助。

事后，李明扬拍电报给蒋介石，推说王尔琢等人事先得到风声，已主动脱离了部队，现去向不明……

朱克靖带四名卫士来到泰州西山寺。他告诉指挥部门卫：总指挥故交专程拜访李总指挥。

李明扬闻声迎出大门，抓住朱克靖的双手，端详良久，惊喜地说“朱克靖啊，从天而降啊，欢迎欢迎！”

朱克靖和李明扬别离十多年，乍见的时候，难免惊喜交集。

李明扬高兴地拉住朱克靖的手，问：“你这些年去哪里了？什么时候来苏北的？怎么不早点告诉我，我好早些派人去接你啊！”

朱克靖笑着说：“这些年四处奔走，我是昨天才到苏北的，今天就来看你，并且代表仲弘兄向老兄致敬。请指示今后苏北抗战合作的方针。”

“哈哈，这是很好的，我们原来是一家人，只应和合一气，不应相打相争的。郭村事件，原是长江听信了别人的播弄，不听我的话，因而发生不应有的误会。对仲弘兄豁达大度，我是万分敬佩的，他是聪明人啊！今后有了老友在中间调停，双方抗战合作，不成问题了，哈哈，我们都是‘老三军’的同事啊，你至少要在这里玩耍半个月不要走，佩秋你们也是十多年没有见了，请她来，我们大家好好谈谈。”李明扬高兴地说。

李明扬拉朱克靖进了院子，非要请朱克靖坐在指挥部的太师椅上，抽烟、喝茶。

李明扬理着长须，一板一眼自豪地说：“真没想到啊，在这里看到你。咱俩可谓三军同袍哪，交情深得可不一般。”

朱克靖微笑着说：“交情当然深得不一般啦，当年行军打仗我们还同榻而眠过呢。师广兄近年功勋卓著，不瞒你总指挥，我现在陈毅司令手下做事，我可是共产党啊！”

李明扬惊诧地睁大眼睛：“咦——什么共产党国民党的，在我眼里可不分什么党，只要抗日打鬼子就是好党，好党啊！”

朱克靖情真意切地说：“仲弘派我来，是真心实意地要和师广兄合作。新四军不打泰州，是尊重老前辈及友军。克靖临来时仲弘以‘互助互让，共同发展’八个字语我，期与师广兄一起打开苏北抗日的局面。”

李明扬笑着：“仲弘将军真心实意，我也没有半点虚假，你转告仲弘，就说我李明扬久慕将军才干，诚心合作，决不食言。”

朱克靖对“二李”晓以民族大义，陈述了“兄弟阋于墙，外御其侮”的道理，并揭露了蒋介石等顽固派借刀杀人，削弱抗日力量的阴谋。他以亲眼目睹的事实讲了冷欣对新四军的不断寻衅和逼迫，李明扬叹息道：“冷、韩所为，如出一辙！”

宾主客厅落座，吃的是十分丰盛的萧县烤鸡，这是李明扬的家乡菜。酒过三巡后，李明扬不放心地问：“贵我两军重新结盟，不知有何条件？”

朱克靖笑道：“师广兄放心，仲弘让我来，没有任何条件，只有几点转告。第一，郭村事件背景复杂，双方既重新结盟，共同抗日，我方不予追究；第二，郭村事件中，所俘鲁苏皖官兵，无条件释放，归还部分武器；第三，新四军不日东进，郭村、塘头、张家坝、九里沟等地归还贵部，嘶马大桥、吴家桥一带，归江都抗日游击队防区，双方互不侵犯；第四，新四军借道东进，路经防区，请予让道。万一省韩制造事端攻打新四军，请保守中立。”

这几点说完，李明扬很意外，原以为新四军挟大胜之威会提出什么苛刻要求，不料却如此坦荡。

李明扬连连感叹：“共产党人光明磊落，气度恢宏，罕见！历来胜者为王，败者为寇，而这次新四军没提什么条件，归还我防区，十分感谢。”

在一旁的颜秀五说：“新四军度量如海，谁再闹摩擦，我砍他脑袋。”

由于多年的情谊，加之朱克靖有理有节的谈判，最后双方达成秘密协定：李部掩护并借道给新四军东进，李部不得摧残共产党干部和群众；将来如果省韩（韩德勤）与新四军作战，李部须严守中立，今后抗敌一致行动。

朱克靖把以上协定写成文字让李明扬签字，李明扬说：“我李某说话算话，请放心。签了字不好，将来这协议文字如果失落，对贵军和我都很不利。”

李明扬随后释放被扣的政工人员，派副参谋长许少顿陪送朱克靖、陈同生返回新四军，并带了一万元现洋和一车烟酒罐头来塘头慰问新四军。

那天，泰州城内大街上鞭炮齐鸣，民众自发地庆祝这来之不易的和平局面。

陈毅立即电告中央：“与‘二李’重修旧好，团结抗战。”“虽省韩派兵并接济饷弹，鼓励再打，‘二李’已觉悟不受其利用，认清我们不攻击泰州，符合中央‘七七’宣言。”“只要我们今后争取得法，‘二李’由中立可争取进一步。同时，韩部之中间分子更有倾向我们的可能。”

这是朱克靖第一次到江北与李明扬的会谈，他出色地完成了谈判任务。

7月下旬，新四军江南指挥部改称苏北指挥部，陈毅任指挥兼政委，粟裕任副指挥兼参谋长。

陈毅和粟裕目光瞄准了黄桥，有了黄桥向东南发展可控制靖、泰、通、启地区，形成与苏南新四军策应之势，向北发展可打通与八路军的联系，向西扩展可与皖西、肥西等地的新四军第四、第五支队建立联系。

几天之后，朱克靖、惠浴宇遵照陈毅的指示来到西山寺总指挥部。李明扬、李长江、颜秀五都很惊奇，怎么没打招呼就来了。

朱克靖说："我们是不速之客，不欢迎吗？"李长江赶快说："欢迎，欢迎，欢迎你们常来做客。"惠浴宇示意颜秀五，让卫士退下。李明扬看出惠浴宇的眼色，就让卫兵都出去。

朱克靖说出了一个令泰州三首脑大吃一惊的消息："我们新四军决定马上归还郭村。"

朱克靖一卯一榫地说："三位老朋友，我们共产党人说话算数，决不食言。好借好还嘛。我们不是刘备关云长，我们没取西川，也还你们的荆州。"

李长江笑得麻脸上开花："那你们到哪里去？"

朱克靖说："我们要开到抗日前线去，部队要东进，抗日打鬼子。我们这一趟来，还你们郭村，却要借你们一条大路。我们要东进，请给条路走走。要保证我们顺利通过，决不妨碍我们东征。"

李明扬要颜秀五拿个方案，颜秀五说："好办，很好办。"颜秀五说出了自己的主意，李长江、朱克靖、惠浴宇都笑了。李明扬笑着问："省韩那边，我们怎么交代？"颜秀五说："也很好办。哄儿瞒女的事，一时就结束了。"

7月28日，新四军如约离开郭村，向黄桥方向东进。

新四军离开郭村，在村东的打麦场上集合，骄阳似烈火，大地似蒸锅。战士们头顶草帽，热汗淋漓，情绪高昂。

新四军东进至寺港和庙湾以东，都作出冲锋的架势迅跑。颜秀五布置在那里的二纵军人如约让路，在新四军经过时二纵战士向后转，一齐对天鸣枪，枪声密集，声震四野。新四军顺利东进，无所阻挡。

李明扬给韩德勤的军事报告中写道："新四军英勇凶顽，锐不可当，冲破我罗网密阵，虽经拦截，终被逃窜。"李长江电告省韩："驱逐共匪，收复郭村。"

新四军挺进黄桥，当晚陈玉生率第八支队进攻黄桥镇，攻克黄桥北门。陈玉生团是在黄桥一带发展起来的队伍，地理环境熟，作战有利，故陈毅把攻克黄桥的任务交给他。天未明，黄桥守敌何克谦保安四旅全部败退黄桥。

何克谦向韩德勤求援，妄图再夺黄桥。省韩以"督军不力，丧失守地"之罪，正法了何克谦。

黄桥和苏北赣榆县的沙河、欢墩埠，灌云的板浦，并称苏北四大古镇。黄桥最大，泰州人常说：小小泰兴县，大大黄桥镇。能够说镇大于县的，还只有黄桥一处。黄桥南达长江，北连溱潼湖，东接如皋，西通扬泰，水陆交通占有十分重要的位置。黄桥平原辽阔，肥田沃土，物产丰盛，人民富庶。钟灵毓秀，人杰地灵。朱履先老先生忠心爱国，黄桥美名远扬。大革命时期，黄桥就建立过苏维埃政权，红军第十四军就诞生在这里，黄桥人民，有深厚的革命基础。新四军驻兵黄桥，苏北大地上，又出现了一大块红色的区域。

第三章
统战，奔走在烽火之间

黄桥，张开了臂膀，迎接这一支抗日的军队。

喜庆的日子里，锣鼓敲，鞭炮鸣，彩旗飞舞，人欢笑。就连枝头的鸟儿，都不闲着，它们拍打着翅膀，叫得可欢了。

朱克靖随部队首先进入黄桥，当晚召集民众士绅千余人在黄桥中学开会，各界欢迎情绪之热烈，前所未有。

1940年8月中旬，为了建立抗日民族统一战线，新四军在黄桥召开了苏北抗日民主生活会，朱克靖主持了这次会议。陈毅在会上做了重要讲话，会上成立（南）通、如（皋）、靖（江）、泰（兴）临时行政委员会，管文蔚任主任。

朱克靖协助陈毅做国民党军队和地方上层人士的统战工作，呼吁团结抗日。

黄桥中学旁边有个画家叫李善静，家住李家花园，他本人常在李明扬的鲁苏皖边区游击总指挥部绘制抗日宣传画。

一天下午，陈毅出来散步，信步走进李家花园。李善静见有人进来，连忙上前招呼，陈毅看到满园桃树硕果累累，便问李善静："这桃树是谁种的?"善静答道："这二十八亩地的桃树是我们兄弟仨种的。"陈毅连连夸道："好，自己动手种的桃，吃起来就更香了。"善静高兴地说："你们来到这里，一切都变了样，新四军好！愿将来新四军犹如这桃子结满天下。"陈毅听后爽朗地大笑起来："那是一定的，一定会结满天下的。"陈毅又问他就读于什么学校，"我是新华艺专的首届生。"善静一边说，一边心里琢磨，此人气宇轩昂，谈吐不凡，想必是新四军的"大官"，等到看了名片，才知道他就是赫赫有名的陈毅司令员。

以后，李善静与朱克靖、政宣员李洵（后来改名为芦芒）等人成为关系密切的朋友。当时敌人对新四军封锁得很紧，李善静利用自己在泰州的关系，为新四军弄来油印机和不少宣传用品。他还以新四军参政员的身份，在泰州将李明扬的秘书介绍给朱克靖，在争取"二李"工作中，李善静曾陪同朱克靖参加过几次会谈，做了一些有益于抗日的工作。这一年，桃子成熟时，李善静特地在园中开了一次"蟠桃宴会"，邀请陈毅司令员及朱克靖等共享丰收的喜悦。

1940年8月26日，黄桥丁家花园，朱克靖做东，为陈毅司令员过了四十岁生日。

韩德勤是不甘心新四军占领黄桥并向东进展的，他对进驻黄桥的新四军恨之入骨，下令封锁新四军的粮食运输。8月下旬，进入秋季河水暴涨，新四军各部队间联系困难。韩德勤以为时机已到，在东台召开军事会议，秘密制定进攻黄桥的作战计划：

极机密命令

8月21日于东台副总司令部

一、盘踞分界黄桥一带之匪，其司令部在分界镇。其前进部队蒋垛一团，古溪、营溪、孙家庄各五六百人，运粮河、陈家桥、花园桥及新街、顾高庄等处时有散匪及便探出没。

二、我军以歼灭该匪之目的，拟向分界黄桥附近地区攻击前进。

三、兹规定兵团区分及攻击部署如左：

1. 特派李总指挥明扬为进剿军总指挥，李军长守维、李副总指挥长江为进剿军副总指挥。并派李副总指挥长江兼右翼进剿军指挥官，陈指挥官泰运为副指挥官，郭参谋长心冬为左翼进剿军指挥官，刘师长漫天为副指挥官。

2. 右翼进剿军李兼指挥官长江，率所属精锐部队三个支队及苏北游击指挥陈泰运全部，于8月30日就江堰附近集结定毕后，于9月2日起经蒋垛及其以东地区向黄桥镇附近区攻击前进。

3. 左翼进剿军郭指挥官心冬，率第一一七师（欠一旅）、附独立第六旅（欠一营）、保安第一旅（欠二营），于8月30日，就曲塘、胡家集、海安附近集合完毕。于9月2日起，经古溪及以东地区，向黄桥镇附近地区攻击前进。

四、左右两翼军作战地境为崔母镇、大小虎庄、鸭儿湾连线，线上属右李翼军。各守备地区部署如左：

1. 泰县、姜堰、海安线上之守备：（子）、泰州城及泰至刁家铺以南并泰州至姜堰（不含）一带，由鲁、苏、皖边区部队担任之；（丑）、姜堰（含）至白米（不含）间，由保安第九旅（欠江南两营）担任之；白米（含）至曲塘（含）间，由保安第六旅陈旅长率兵两营担任之；均归陈指挥官薰涛指挥；（寅）、曲塘（不含）至海安及立发桥、柴湾（含）一带防务，由保安四旅担任之；（卯）、以上全线守备任务，均限于30日晚接替完毕。

2. 各守备部队段尽力运用既设碉堡工事，节约兵力，并于守备线南北地区搜索警戒，肃清窜散之匪。各守备线上已筑碉堡数座及位置，本部派李参谋正道前往点交。

五、作战指导事项：

1. 两翼军前进时，主力军应循指定之路线。对于沿途及两侧之散匪，派队驱逐或监视之，不可以大部队与其胶着，致迟滞前线。

2. 各翼军前进路线及每日到达地区逐日由本部规定，于先一日中午前后令知。每日到达驻止地时，应即构筑防御工事，就陋隘地点派所要兵力，以每营或连为工事之一环，务于中午前后完成警戒。应注意匪由四面接近，并多派潜伏战斗侦探，尽力向远方严密搜索，发现敌人时，按其兵种兵力行进方向，用预约之记号，向后按捺手电灯光或鸣枪报告，非在与匪十分接近之际，尤其夜间，不得任意打枪，无谓耗费弹药。

3. 各翼军互相通报及向后方报告，以携行电话为主。此外应各指定专用无线电台，不分昼夜，以简明文字（到达出发地点及时间并与匪军接触情形）联络。各部队务携带够用之被复电话线，随指挥官前进敷设之。

4. 逆匪如放弃黄桥，我进剿军应即跟踪进击而歼灭之。

六、派本部李参谋正道随左翼军、张参谋随右翼军进攻，担任联络。

七、以上各项除分别电达外，仰即遵照办理具报。

八、余在东台副总部。

副总司令韩德勤

一份多么详尽的作战计划，韩德勤必欲置新四军于死地而后快。

此时，朱克靖以新四军苏北指挥部联络部长的名义，带领秘书于晶等几十个同志，常住泰州城里旅店，继续做“二李”的工作。

朱克靖在李明扬司令部获悉韩德勤作战计划，立即报告新四军江南指挥部。陈毅、粟裕一面命令苏北新四军部队积极准备与韩德勤在黄桥作战，一面广泛开展统一战线工作，有理、有利、有节地与国民党顽固派作斗争。

朱克靖走访海安爱国人士韩国钧，泰州的李明扬，国民党八十九军军长李守维，税警团团长陈泰运，反复申述新四军坚持合作抗战的宗旨，以打破韩德勤的封锁围困。

朱克靖是带着严必成去海安拜见韩国钧的，他建议韩国钧出面组织苏北抗日军民代表大会。

从海安返回时，朱克靖和严必成到曲塘陈泰运的税警总团开展统战，陈泰运的夫人林初彝善使双枪，在税警团部摆下香堂。明为接客，实际是想给两位一个下马威。朱克靖看穿了这一点，他大步流星坐到主宾席上，用眼给了严必成一个示意，同时对林初彝说道："数闻夫人大家之秀，双枪百步穿杨，今日得见，果然不同凡响。"林初彝是个急性子，自以为税警团武器装备好，战斗力强，谈合作得亮底，她就先露了一手她的枪法。严必成早已得令，他上前一步，拱手道："借夫人枪一试。"枪响香落，满堂皆惊。

9月3日这天，一艘装有马达的、船舱有玻璃排窗的木船，噗噗地向泰州驶去。船上乘着戴眼镜、穿长衫的朱克靖和黄桥民众代表黄辟尘等人。他们带着陈毅分别致李明扬、韩国钧、韩德勤的三封亲笔信，紧急呼吁和平，要求韩德勤解除封锁粮食的禁令，团结抗战。

陈毅给李明扬的信中说："克靖回。读手示并面告各节，词深意美"，"顷者北面封锁粮食日亟，厉兵秣马，公开宣称南向而击。毅虽不愿示弱，但知以大局为重，恐对方多所借口，如毁法乱纪诸事。特托克靖兄四出奔走和平，并向省府请示机宜。黄桥人民对于此举殊表同情，举代表同行。毅谓宜先赴泰请示总座并便道于韩止瘦老先生处意。抵泰之日，乞总座不吝赐教，能拨冗偕访楚箴先生当更善更美"，"能具实调停，略平好战者意气，则大局幸甚！"

陈毅致韩德勤的信中说：“近者外间新四军集谣讹传，铄金可畏，而北面则封锁粮食不让一颗一粒南运黄桥。职部披拂秋风，抖颤难以尽夜；至有无衣无食，曷以卒岁之叹！我公坐镇东南，领袖群伦，于抗战各部队爱护有素。职部将士效命抗战，仰望援手，拥护政府之悃诚，做希垂察。特派朱团长克靖趋辕，伏乞指示机宜。”

陈毅在致韩国钧信时，同时致电蒋介石，请令韩部以抗敌为重，停止进逼。为表明诚意，新四军主动放弃黄桥以北阵地。韩德勤却置若罔闻。

9月4日晨，韩德勤部由姜堰、曲塘、海安出动。右翼“二李”及陈泰运部持观望态度，迟滞不前；左翼则大胆冒进。陈毅决心待其左翼深入黄桥地区，再集中兵力，予以各个歼灭。

9月5日，保安第一旅占领营溪，第一一七师猛攻古溪。新四军奋起自卫反击。当晚第一纵队出击，收复营溪。

6日拂晓，第一纵队向西迂回到第一一七师和独立第六旅的背后，截断其退路。第二路、第三纵队同时从古溪正面出击，使顽军处于不利地位，李守维率第八十九军闻风窜回至姜堰、海安一线。新四军取得了在海安首战营溪的胜利。

新四军虽然取得在海安首战营溪的胜利，陈毅仍坚持主动争取团结合作，实行联合。为分化瓦解韩军，扩大新四军影响，首先释放了所俘保安第一旅和第一一七师一千多人，并发还部分枪支，并晓以合作抗日大义，保安第一旅大为震动，该旅旅长薛承宗在后来的黄桥作战中表示愿守中立，不再进攻新四军。

姜堰地处泰州、曲塘、海安之间，是通扬线上重镇，又是粮油集散地，素有“金姜堰、银曲塘”之称，自古为兵家必争之地。韩德勤指示张少华，一定要严密封锁运盐河，绝不允许有一颗米运进黄桥。他想卡住新四军粮食通道，把新四军逼出苏北。张少华依托姜堰镇南的运盐河，构筑了以三十六个碉堡为核心的防御工事，加设了电网，挖掘了深壕，封锁运粮河。

韩德勤的堡垒封锁政策对新四军确实不利，秋风渐起，新四军驻在黄桥地区八千人的机关和部队，寒衣无着，军需无粮。当时，老百姓中传开了四句话："饿了老百姓，肥了韩德勤，难了新四军，帮了日本兵。"

此时，朱克靖派人送信给陈毅，请示下一步如何行动。

9月8日，陈毅在野周庄阵地给朱克靖回信：

克靖兄：

兄9月3日出发，省军于4日晨即大举进攻。4、5两日，弟令各部退让阵地，企图求得和平，不料进逼太甚，终在古溪、芦家桥之线，我军退避不及被迫作战。顷间省军已退去，我军于之相持于曲塘、姜堰之线。时局前途如何，专赖省方觉悟才能决定。弟于兄去后，颇念念，不知平安抵泰否?来信以行止见询。目前弟仍主兄赴泰一行，李先生处代弟致意。苏北乱源，端在某方矢志反共，放弃抗敌。此次南下攻击本军，据俘虏众口声称，彼等官长以南下打"伪军"、"土匪"、"共匪"为托词，又平日一贯说新四军在黄桥"共产共妻"，新四军是"伪部不守法纪"，主张痛剿等等。足见省方之动向，为有心对内，无力抗日。彰彰明甚，不待知者辩之。

兄来信以力求和平为言，此见与弟甚同。窃中国内部问题，决非武力所能解决，此十年来历史所证明。某方非不知此，特另有作用成见，横亘心中，不惜倒行逆施，殊可痛耳！凡反共工作紧张地区，必致放松抗敌，甚至全无成绩可言；反之，如抗敌工作加紧之地区，则内部团结必巩固，反共分子即无法行动。苏北情况正属于前者，不可不察也。

前次仇代表来，约定彼此各守原防，待上峰解决，不料省方竟违约，大举进攻古溪，战争责任谁属，兄应转告苏北党、政、军、民予以公判。弟窃谓"庆父不去，鲁难未已"。苏局如何演变，足诊断是否尚有国法军纪存在其间。弟意抗敌必须合作，必须认真去抗；限制异党异军异民的毒恶办法，应无保留撤消；苛政必须改善；民运必须开放。凡此诸大端，早已言及，无待赘述。新四军同人言必信、行必果之精神，请兄与同情诸公言之，亦为反共诸公提及一二。顷者省军溃退，弟言如此，即令本军全都处不利情况，亦绝不变更要求合作、顾全大局之初衷。今夏在苏南受四十师逼迫时，弟数言对内合作必须坚持；合作未到绝望时期，绝不放弃合作；对日抗战必须贯彻，抗战到底，打到鸭绿江边。不论长江南北，抗敌合作之精神绝不变更，故不厌其详而往复申述。

兄赴泰晤李总指挥，能设法打破封锁，赴韩国钧、陈泰运、李守维诸先生处致意更善。守维军长8月下旬给弟一信，力主和平合作，则证明省方明大义之有道君子甚多，仅主持者别有用心耳。弟尝谓反共派的倒行逆施，恰又在反共营垒中孕育着广大的联共抗战分子，固随处可实证斯言之不谬也。秋凉跋涉，伏乞慎重，为国努力。

弟陈毅9月8日

“秋凉跋涉，伏乞慎重”一语，道尽了朱克靖的辛苦，也道尽了陈毅对朱克靖的关爱！

9月10日韩国钧回信陈毅，托朱克靖代呈。

仲弘指挥官鉴：

前致函应达。辟尘诸兄来，奉手书指示详尽，征引及宋、明不亡于外寇，而亡于内部，痛心之言，闻之泪下！今日为大局计，抗战逾三年，方在谋最后胜利之时，惟有本台端力求合作，奔走和平，纾解内部误会之训言，一致对外。此即前弟去函之意，幸蒙采纳，不胜感企，粮食问题，各地亦在恐慌之列，倘彼此商有办法，此事当须妥筹也。知关绮注，谨此陈报。此请

勋安

弟韩国钧顿首9月10日

新四军为疏通粮道，解决军民粮食困难，争取主动，决定先进攻与日军勾结的张少华部，占领姜堰，打开粮食来源。

9月13日，新四军苏北指挥部第二、三纵队奉命东西钳击，向姜堰进军，经一昼夜激战，拔除了三十六个碉堡，捣毁盘据萃丰园的敌指挥部，歼敌千余人，胜利攻占姜堰。张少华率残部逃往江南。姜堰战斗中，李明扬及陈泰运都如约信守中立。

9月14日，陈毅、粟裕率新四军苏北指挥部机关进驻姜堰，下榻新交通旅馆曲江楼。

除继续和李明扬、陈泰运保持联系不断来往外，朱克靖还和苏北上层人士黄逸峰、朱履先等建立了联系。

黄逸峰是江苏东台人，1925年10月加入中国共产党，并领导了复旦大学的学生运动。第二次国内革命战争早期，曾经在中共南京地委和苏中地区任职，后因与党的“左”倾政策和上海党组织领导产生摩擦，被迫脱党两次流亡海外。抗战爆发后，他自发地组织工人抗日，被委任为国民政府军事委员会战地党政委员会少将指导员，1939年被派往苏中地区工作，客观上支持了江南新四军的北渡。1940年初，黄以向国民政府军委会述职名义赴重庆，同八路军办事处接上关系。叶剑英指示他，今后在陈毅单线领导下，以国民政府军委会中将设计委员身份开展工作。他随后回到苏中地区。

9月15日，陈毅由朱克靖陪同，在姜堰坝口交通旅社和黄逸峰见面，商谈苏北抗日大计。黄逸峰由此在陈毅直接领导下，和朱克靖、季方一起广泛开展上层人士的统战工作。1941年由陈毅、朱克靖介绍，重新加入共产党。朱克靖和黄逸峰二人经历相似，见解相同，又都是学识渊博的大知识分子，谈话融洽，关系很好。

9月27日，朱克靖和陈毅一道参加了黄桥决战前夕的姜堰和谈。在会上，他们用事实揭露了反共顽固派的真面目，教育争取了苏北地方上层人士，使这些社会名流、士绅擦亮了眼睛，明辨了是非，认识到新四军立意求和、一致抗日的诚意。

陈毅考虑，新四军要在苏中站稳脚跟，不仅要取得老百姓的信任和支持，还必须巩固“二李”保持中立的立场，必须争取苏中著名士绅和名宿韩国钧、朱履先等人的支持。鉴于黄逸峰所具备的特殊身份，陈毅指示黄逸峰协同朱克靖等共同开展对李明扬、李长江、陈泰运、韩国钧、朱履先等人的统战工作。

作为陈毅私人代表的朱克靖和黄逸峰多次来往于李明扬、李长江、陈泰运、韩国钧等处，进行谈判。

朱履先是黄桥名宿，1902年留学日本。在日本求学时认识孙中山，并在黄兴介绍下参加同盟会。辛亥革命后不久国民党成立，朱履先即转入国民党，并任南京讲武堂堂长，参加二次革命、反张勋复辟和护法运动。抗战初期朱履先曾受蒋介石之聘在南京军政部供职，因不满蒋介石沦丧东三省的不抵抗政策而退隐故里黄桥。

最先认识朱履先的是临时行政委员会正、副主任管文蔚和陈同生。陈毅听了管文蔚和陈同生的汇报介绍后说：“辛亥名将，民国元勋，黄桥第一名流，如此爱国，是旧军人中不可多得的有识之士，应主动登门求见。”

走访朱履先时黄桥天气正热，可是厚厚地铺叠着分瓦和椽砖的高敞厅堂还是比较凉快。

陈毅和管文蔚的登门造访，使朱履先大为感动。

陈毅高度称赞了朱履先的高尚民族气节，朱履先顿然心头一热，感动地说：“我对贵军对陈将军仰慕不已。贵军在江南奋勇杀敌，威名远扬，在黄桥又一举全歼何四旅，为民除害，对百姓秋毫无犯，这和国民党军队完全不同。”管文蔚随即又将新四军的“三大纪律，八项注意”抄给朱履先看，朱履先赞不绝口：“有这样的军队，中国才有希望！”

陈毅十分恳切地对朱履先说：“此次新四军到苏北来，完全是为抗日救国大业，绝不是为一党一己之利。可韩德勤一贯反共、反人民，他自己不抗日，也不肯让新四军在苏北抗日。他多方阻拦，南北夹攻新四军，置日寇侵略于不顾，欲赶新四军回江南。新四军相忍为国，处境艰难，深望你主持公道。”

团结抗日的共同心愿，进一步加深了两位新老将军的友谊，陈毅成为朱履先家的常客。粟裕、陈丕显、管文蔚、朱克靖、陈同生等高级将领，常到朱履先府上畅谈。尤其是朱克靖，和朱履先交往更多，经常交谈国共合作抗战事宜，两人关系很好。

在陈毅争取韩紫石时，陈毅曾向朱履先探询“和韩紫老的关系”，朱履先说“此公可谓苏北第一人”，并详细向陈毅介绍了韩国钧的情况。海安耆绅韩国钧，字紫石。亦作止石，晚号止叟。辛亥革命胜利后写信给朱履先，想从东北回江苏。时任陆军二师中将师长兼南京城防司令的朱履先，就帮助韩国钧回到江苏。到北洋军阀时代，韩国钧升任江苏省省长，再请朱履先写信给当时的镇守使陈调元、朱熙等，要他们匡助韩紫石“当太平省长”，因此两人私谊甚深。当陈毅争取韩紫石时，朱履先也写信向他介绍新四军。后来韩国钧在主持海安和谈时，专门邀请朱履先入室询问：“你和共产党交往的时间比我长，你觉得陈毅、粟裕这些人怎么样？”朱履先不假思索地说：“我们从辛亥革命起，追随孙中山先生就是为的立国兴邦，但是直到今天，我还没有看到有什么党派像共产党这样为国为民。陈毅、粟裕就是这样为国为民的赤诚之子！”朱履先的鲜明立场对韩国钧最后站到新四军一边起了重要作用。当时，在苏北地主、资产阶级和广大知识分子的各阶层中，最具人望的代表人物就是韩国钧和朱履先。苏北“绅、商、学”各界的中上层分子都在注视着他俩的政治动向。

9月15日，陈毅广泛开展统一战线工作，派朱克靖、管文蔚四处奔走，往来于泰州、曲塘、海安等地，向“二李”、陈泰运、韩国钧呼吁和平，力求息事宁人，疏解误会。

朱克靖前往泰州，向李明扬总指挥解释一切，反复陈说新四军信守诺言，停止内战、团结抗日的初衷不变，“二李”只要不反共，新四军始终会帮助“二李”发展并长期合作。使“二李”从事实上感到新四军发展，不仅于己无损且能得利。

朱克靖与省方数要人面谈，向省韩呼吁重开谈判，解除粮禁，消除误会，力求各方忍耐，不应以武力解决苏北纠纷。黄逸峰、季方也与陈泰运和各保安部队接触，为消弭苏北摩擦而奔走。季方曾是“第三党”领导成员，他以国民党中央军事委员会战地党政委员会少将指导员的身份，在苏北各地活动，支持中国共产党团结抗日的主张。

9月27日，新四军在姜堰主持召开军民代表会议。韩德勤为迷惑视听，制造进攻借口，向会议代表提出：“新四军如有合作诚意，应首先退出姜堰否则没有谈判余地。”

韩德勤企图以新四军不让姜堰为借口发动进攻，中间人士也认为新四军不会答应韩德勤的无理要求，和谈必将失败。可陈毅舍小利而顾大义，认为只要省方保证改变政治态度，以友党友军看待新四军，协商苏北抗战问题，为达到苏北合作抗战的目的，新四军同意让出姜堰。并指出：“如果韩德勤以为我们力量不足才退出姜堰，继续发动进攻，置我军于死地，我们只有自卫一途。”陈毅的发言出乎大家的意料，新四军光明磊落、委曲求全、信守诺言的态度赢得了各界人士的深切同情和赞佩。

会议结束后，陈毅叫住朱克靖和黄逸峰，陈毅说：“韩德勤今天在东台召开了旅以上军官参加的会议，研究进攻黄桥的讲话，现在的情况是，我们不让出姜堰韩德勤要打，我们让出姜堰韩德勤还是要打，我们将面临非常艰巨的决战。能够战胜韩德勤最主要的因素之一是李明扬和陈泰运的中立。因此，请二位速带潘伯融、蔡达人、陈受六去曲塘与陈泰运进一步洽谈合作抗日。从曲塘回来后，请克靖兄连夜赶到泰州，再去联络李明扬，一是请李明扬向韩德勤作最后呼吁，二是通知李明扬、陈泰运来接管姜堰。”

果不其然，9月30日韩德勤复电，公然要挟新四军立即撤出黄桥，开回苏南。其背信弃义行径引起代表们的极大义愤。

韩国钧痛斥韩德勤是“贼子无信，天必殛之”，劝陈毅回去速作应战准备。韩国钧、朱履先等苏北绅商各界联名急电蒋介石，要求令韩德勤停战息争。

大战当前，当务之急，是让“二李”及税警总团保持中立。

当晚，陈毅派朱克靖、吴肃乘大汽艇到曲塘，送了一批武器给税警总团司令陈泰运，告诉他新四军明日退出姜堰。

吴肃乘大汽艇返回黄桥，朱克靖换乘小汽艇再去泰州，联系“二李”，也给李明扬送了一些枪支作礼物，请“二李”保持中立。李长江听朱克靖说新四军要退出姜堰，心中窃喜。

李明扬出示了省韩9月30日发出的作战令，对朱克靖说：“我目前不能再做调停人，但也决不参加反共的内战。”

朱克靖赶忙拿起作战令，细心看了一遍：

命令：

一、姜堰之匪，现已向黄桥方向撤退，由此足证我战略上已获先制之利。

二、现匪胆已寒，必求与我决战，我务必集中力量，力求主动，切勿为匪阻止，致成对峙状态。

三、欲求全胜，舍攻击而外，无他法门。攻击之时，必求匪之一翼或二翼包围而歼灭之。

四、此次决战关系苏北及我团体整个政治军事问题至大，事已至此，应不惜牺牲达到最后目的。希将此意通达各级将领，各自努力，切勿企图苟免为要。

李明扬把如此机密的信息告诉了朱克靖，朱克靖把电文默记于心，说：“多谢师广兄！”

朱克靖问李明扬：“李守维率十九个团兵力，由海安直驱黄桥，欲灭我军于姜堰黄桥之间。此中虚实，究竟如何？又闻李守维在军中扬言，把新四军消灭后再向泰州讲话，此语亦有所闻？”

李明扬思忖良久，不免有些担心地叽咕道：“兵力确有那么多。你们要当心啊，你们的兵力少得很啊！”

朱克靖察觉出李明扬担心以外的意思，若无其事地说：“是的，不过自古道‘师直为壮曲为老，哀兵必祥’，不打则已，若打起来，我想明天我们还可以到海安玩玩呢！仲弘兄要我告诉老兄一句话，今夜我们有两个团兵力从江南来，经过老兄防地，请勿发生误会。”

李明扬也听出弦外之音：“那是当然的。”

他说：“我决不参加反共的内战，估计陈泰运不会多出力气。陈泰运方面，叫颜秀五去递个点子，他们是把兄弟。”

朱克靖当晚就去了颜秀五在泰州四巷的颜公馆，就住在他的家里，两人商谈到下半夜。

一切都在静悄悄地进行。

一场风暴之前，是一种别样的宁静，谁能够看出貌似平静的海面之下涌动的巨大潜流呢?

政治工作，是新四军军魂的底气。

朱克靖冒着生命危险，战斗在泰州的心脏地带。

由于新四军卓有成效的统一战线工作，争取了中间势力，使韩德勤在政治上、军事上都陷于孤立的境地，保证了以后黄桥战役的胜利结局。

随即，新四军退出姜堰，通知李明扬、陈泰运接防。就在新四军离开姜堰的同时，三支军队同时向姜堰进发。北面，翁达派独立六旅一个营，直扑姜堰；东面，陈泰运派一个营夺取姜堰，西面，李长江派陈才福率六纵接收姜堰。拂晓，三支军队几乎同时进了姜堰。

黄桥大战锣鼓未响，三支军队抢先登场，演出一台三军抢姜堰的闹剧，姜堰最后全入“二李”之手。

韩德勤没拿到姜堰，又气又恨。把新四军的忍让视为怯战，自恃兵多粮足，公然叫嚣“把新四军赶到长江去喝水!”决心以其全部精锐南犯黄桥，并撤走沿江船只，截断新四军退路，企图一举全歼苏北新四军主力。

陈毅将军自渡江而北，为着团结抗战，避免摩擦起见，曾不断地向省韩曲陈苦衷，请求允许抗战合作，或分区抗敌，或沿江抗敌，均无不可，只要求救国有门，抗战有地而已。结果书十数上，还是石沉海底。

韩德勤顽固不化，坚持反共。其后韩国钧先生以八十多岁高龄，出任调停，省韩战报大骂其为“老汉奸”。对奔走苏北抗战合作之黄逸峰先生，则下令通缉之。其他如黄桥朱履先，扬州胡云伯，泰州商会会长吴云山诸先生，参加调停的人士，又皆排在汉奸之列。对主张息事宁人的李总指挥，则加之“通匪”罪名。对当时和平无所可否的陈泰运，则谓之曰“狼狈为奸”。总之气势汹汹，非打不可。

韩紫石无力回天，写来辞卸调停责任的亲笔函件，大意谓：年老力衰，德薄能鲜，难任调停之责。

朱克靖因而益知战祸之不可免了。

陈毅、粟裕向中共中央报告说：韩之进攻企图已极明显，一周内大战必爆发。

陈毅深知形势严峻，作了“破釜沉舟”的准备，将自己珍藏多年的书籍、文稿以及往来电文都打了“埋伏”。

韩德勤在“鲁苏战区副总司令部”召开战前会议，他命令：李守维，率八十九军全部进攻黄桥以东及东南东北方面；翁达率独立六旅全部进攻黄桥北面；张星炳，率保安三旅由黄桥西北面进攻；李长江率总指挥部全部进攻黄桥西面，不得有误。兵贵神速，望督军速进。陈泰运，命你率军由西南进攻黄桥，不得有误，切防共军由你阵地突围，层层设防，遏共军之疯狂。

韩德勤板着面孔，冷冷地扫视大家一遍：“此次围剿共军，只许成功，不许失败，让陈毅到长江里喝水去吧！”

10月1日中午，海安双喜饭店热闹非凡。韩德勤特地从兴化赶到海安，设宴为其主力——八十九军军长李守维壮行。

韩德勤又是敬酒又是夹菜。突然一股奇香飘然而来，又一盘热菜上来。这时，韩德勤起身说道："诸位先生女士，哪位能说出这是什么菜?"

大家摇头。

李守维太太马邦贞尖叫道："河豚!"

韩德勤竖起大拇指看了众人一眼，赞誉道：

"敢吃河豚者，勇士也。李军长战功累累，实乃我军中一勇士也。此次黄桥之行，肩负党国重任。为祝李军长马到成功，我特地从天生港搞来此宝贝，让李军长和夫人尝尝鲜。"

李守维满面红光地连连点头："河豚一般4月才有，这10月里哪来的河豚?"

"说的对！4月乃是旺季，现在当然非常稀少。"韩德勤说罢。顺手夹起一块河豚肉放在李守维碟中，又向自己的嘴里塞了一块，还边嚼边说：

"真鲜，真鲜!"

韩德勤站起来举着酒杯说："祝李军长攻打黄桥旗开得胜。"

李守维这时已吃得有些晕了，结结巴巴地说："韩主席放心，不要说一个黄桥，就是两个三个也不在话下。"

李明扬坐镇泰州，待李长江晚上回来，知韩德勤御驾亲征，可伤了脑筋："仲弘危矣，新四军危矣。"他话锋一转，"我们不能在泰州人眼里成为言而无信、背信弃义之人。"

陈毅派管文蔚再去"二李"处。

管文蔚出黄桥西门，乘小汽艇一路向西，大约十点钟来到宣家堡，见到颜秀五。

管文蔚试探地说："韩德勤调数万大军围攻黄桥，我们只有几千人，山重水复疑无路啊！”

颜秀五笑笑：“这是陈老总算的账还是你算的账？”

管文蔚说：“这是韩德勤算的账。”

颜秀五说：“你们呢？”

管文蔚说：“我们也这么算的！”

颜秀五微微露出笑意：“不对啊。我的两万人是你们的，不是韩德勤的。陈泰运的一万五千人，也不是韩德勤的。你想想，省韩减少三万五，新四军增加三万五。以四万对四万，兵力相当啊！”

管文蔚笑了。

颜秀五郑重地说：“你回去告诉陈老总、粟裕，尽管放开胆子打。”

他又说：“我的军队每天向前推进五里地，但请你们不要误会，以免自相残杀。”

管文蔚回来把情况告诉了陈毅，陈毅说：“他颜秀五真是个将才，有这样的特别党员，我们的事情好办了。”

黄桥战前那段时间，陈毅确定了大政方针，领着朱克靖、黄逸峰、季方、陈同生等搞统战；陈丕显、韦一平、管文蔚、惠浴宇等忙着组织群众、组织后勤；钟期光、刘培善、刘先胜、姬鹏飞等忙着教育动员部队；粟裕则和叶飞、王必成、陶勇等反复地研究着军事上的一切。

陈毅指挥部位于黄桥镇西北郊严徐庄的严家族长严彝卿家里，其子严可为是陈毅法国留学时的同学。陈毅在这里掌握全局，各纵队、黄桥、泰州电话线，都通往这里。

粟裕则在黄桥前线，负责战场指挥。陈毅问粟裕：“你打算把守备黄桥的任务交给谁呢？”粟裕答：“陶勇。”

粟裕有个“职业的”习惯，每到一地，就要把该地的五万分之一的军用地图满墙钉起，自己搬个椅子，反过来跨坐着，两手扶着椅背，全神贯注地看地图、“背”地图。举凡山川道路，村镇桥梁，针叶林阔叶林，水稻田高苗地一一熟记心中。有一次侦察参谋向他报告侦察地形的情况，报告完毕，他问道："那个小王庄南边有条石桥，还在吗?"参谋原来漏讲了，惊问："首长没有去，怎么知道有?"他说："地图上不是有吗?"

他还曾布置部队，每驻一村，都要绘制详细地形图上交，瓦屋草房、土圩寨门、河沟池塘，都要据实画上，以便及时订正。为此，还要参谋处给各连文书传授简易标图知识。他对于地图上的每一个细微的偏差，实地的每一点琐碎的变化，都不肯放过。

一到黄桥，他就到处踏勘地形，对照地图。他越看越"爱"上了黄桥地区的地形。黄桥以北三十余里，便是越来越密的河网，再往北便是宽深的运盐河。要来黄桥，只有东北偏北一带旱路。这种地形，通道少，路径窄，桥梁多，对韩军的山炮野炮是难于克服的天然障碍，进来固然不易，逃跑更为困难。而黄桥附近，却是低度的起伏地，干沟小坡，旱地高苗，此时正值高粱半割半留，秋玉米茂密的时候，很便于我军埋伏隐蔽，快速运动，迂回突击。在这样的地区用兵，英雄们大有用武之地。

粟裕的作战方案，恰恰是以"二李一陈"不在背后捅刀子为前提的。他将自己的担心向陈毅提了出来。陈毅爽朗地说："泰州方向由我和朱克靖顶着。"

粟裕还与陈毅商定，把留在江南的两个主力营都调过来，由朱克靖照会"二李""敝军两个团即将过江通过贵军防区"，暗示"二李"不要轻举妄动。

黄桥民众全部动员起来，支援新四军作战，保卫黄桥。朱履先老先生亲自上门动员商户，制作黄桥烧饼支援前线。

当李明扬派人前来探听新四军虚实时，陈毅让人在严家西边的小操场上组织了一场篮球赛，给了对方一颗定心丸。

此刻，弓已拉开，箭在弦上。

此刻，数不清的子弹，等待着撞针的击发。

10月3日夜，那是黄桥激战的前夜，朱克靖一直陪着坐卧不安的李明扬，时刻掌握“二李”动态，静观默察，晓以利害，以稳住李部保持中立。

4日拂晓，黄桥保卫战打响了。

自大而骄狂的翁达这个留德洋学生中将，将三千多士兵摆了个一字长蛇阵，他挽辔而行，胸前挂着德国产的望远镜，身穿崭新的将军服，头戴平顶阔边的将军帽，好不威风。

李守维，国民党军中称为“三最”的将领。个子最高，一米九六；身体最粗，肚子直径一米多；体重最重，三百多斤。他还有“三贪”的美名：贪吃、贪睡、贪财。韩国钧耄耋之年抱病专程赴曹甸，劝说制止李守维参战，但李守维不听，他要为省韩卖命。

李明扬、陈泰运虽然保持中立，但态度也随着战事的变化而摇摆不定。

李明扬指挥部，朱克靖和李明扬都坐在电话旁边，两个老朋友各怀心事等待电话。

前面几个电话都是战事的零星情况，接着陈才福打来电话：“报告总座，韩主席的军队已打到黄桥街上了。”

李明扬很用力地问着：“是真的么?”

“是真的。我的徒弟，亲自从黄桥附近来报告的。”

李明扬默然。朱克靖说这消息不可靠，建议李明扬镇定些，相信新四军，相信陈毅、粟裕。

大约过了两小时，张公任的电话又来了：“报告总座，李守维已被新四军打退了!”

“是真的么?”李明扬还是很用力地问着。

“怎么不是真的?是我派人探听得来的消息。”

此时，李明扬面带喜色，情绪有些好转，与朱克靖搓起了麻将。

到了半夜时候，陈才福和张公任两个人的消息都是不一样的，而且陈、张两人在电话中互相骂起来了。总之这一夜电话，恶报和捷报闹个不休。

到了5日午后，朱克靖忽然接陈毅的电话："你是克靖兄么？请你告诉李明扬总座，战事已经结束了，李守维军长自己下水了，他的师长孙启人及旅团长等，均在我这里做客了！"

李明扬从旁听了急急地问着："李守维溺毙了么？孙师长被俘虏了么？"

"那当然是的啊！最低限度，打败新四军，再向你算账的李守维是没有了！"

那几天，李长江也被朱克靖和黄逸峰缠着脱不开身，他这个西线总指挥的兵权暂时让颜秀五打理，颜秀五则对新四军来了个暗中相助。

严徐庄，陈毅几乎两天两夜没有合眼，直到5日晨，接到从北门进攻黄桥的翁达旅已被我军全歼的消息后，这才让炊事班赶快搞点东西吃。

战后朱克靖了解到，那个翁达，被新四军采取"黄鼠狼吃蛇"的办法，把长蛇阵截为数段，首尾难顾，丧师失地，自戕于护城河边。

一颗无知的心，竟然拒绝继续跳动。

凭着一纸柏林的文凭、德国的外壳包装而坐上独立六旅中将旅长的翁达，成了国民党军纸上谈兵的赵括。

粟裕与朱克靖就像陈毅的左膀右臂，一武一文，密切配合，使我军取得了黄桥决战的伟大胜利。从10月3日至6日，新四军歼灭韩德勤主力十二个团共一万一千人，一举解决苏北问题，中共中央书记处评价黄桥决战胜利"对全国有绝大意义"。

据说战后韩德勤由秘书陪同坐上了一只快艇，他要亲去重庆，告李明扬、李长江贻误战机，告陈泰运落井下石，告颜秀五拥兵自重。快艇上，秘书进谏韩德勤："如果委员长定你个指挥不力之罪，主席又怎么处理?"韩德勤恍然大悟，掉转船头。

韩德勤最后还是向蒋介石告了一状："李明扬受共党分子朱克靖的

赤化，在黄桥决战中不听指挥，职守苏北，如同孤岛……”

黄桥大捷，朱克靖带领战地服务团迅速行动，李增援作词、章枚作曲的《黄桥烧饼歌》很快地创作出来，传唱开来：“黄桥烧饼黄又黄嗳，黄黄烧饼慰劳忙哩！烧饼要用热火烧嗳，军队要靠老百姓帮，同志们呀吃个饱，多打胜仗多缴枪！咳呀咦哟咳嗬嘿！多打胜仗多缴枪，咦呀嘿！”

诗人将军陈毅又写了一首歌词：《黄桥的新生》，由章枚配了曲。歌词在今天看来，多少有点“标语口号式”，但在当时却每一句都集中了人民的痛苦、欢乐和希望，所以立刻在军民中普遍唱开，极受欢迎。词曰：

…………

新四军从天降落，
黄桥重见天日，
军民欢乐狂歌——
快联合起来消灭何匪残部，
建设光明幸福的新苏北，
创造独立自由的新中国！

战地服务团的团员们，带领抗日青年工作团员、黄桥中学的学生，纷纷上街宣传，演讲，唱歌，演街头剧，印传单，出壁报。后来脍炙人口的民谣体歌曲：“天上有个扫帚星，地下有个韩德勤，手下白养十万兵，专门欺侮老百姓。多少鬼子不去打，反共摩擦是专家，他来进攻不用怕，军民团结消灭他！”就是在宣传工作的高潮中出现在壁报上的。新四军所到之处，总是一片歌声、笑声、掌声。

黄桥决战后，苏北地区敌、顽、友、我四个方面的力量对比，发生了重大变化。用陈毅的说法，新四军原来微居老四，郭村一战打败

“二李”，变成老三；黄桥之战打败韩德勤，又上升为老二了。然而，打韩德勤是为了抗战有地，打败韩德勤后如何实现团结合作共同抗日，形势仍然十分复杂。统战工作更需加强，打赢政治战，才能得到各界拥护，取得苏北抗日的领导权。

为此陈毅派朱克靖赴海安继续做韩国钧的工作。

10月8日，朱克靖由泰州直趋海安，代表新四军苏北指挥部陈毅到韩国钧公馆慰问。与韩国钧略事寒暄，即纵谈时事，韩国钧很是健谈，因而涉及的范围很广。

在多次倾心的交谈中，韩国钧对共产党坚持团结抗战的总方针极为欣慰，但对共产党的一些政策不理解，不放心，朱克靖雍雍雅度，一面和韩紫老谈古论今，一面又进行了耐心的宣传与解释。

一次，韩紫石问“共产党不要老头子”的真相时，朱克靖回答说：“此为敌人污蔑中伤中共之词。中国的革命斗争是策略路线的斗争，而不是老人非老人的斗争。敬老尊贤为中国千年传统美德，中共党人为中华民族的优秀子孙，当继承祖国的美德，此种缺乏常识的恶意宣传，诚不足为俱者一笑。”又一次，韩紫石问：“贵军对省韩态度如何?”朱克靖答：“此来任务除致敬老人外，就是要以我方一贯团结抗战民主方针，迄为转达当道，今后苏北局势的变化不决定我方，而决定于省韩是否放弃反共倒退的政策为断。”

韩紫石尤其关心的抗战到底、国共合作及共产党的土地政策等问题。由于朱克靖的宣传解释，他慨然道：“今后领导中国革命成功者必是共产党。因为中共深得民心也。”当有人问他国民党与共产党优劣成败如何时，他回答说：“我以为，过去袁世凯是私塾，国民党是学校，今天就倒转来了，国民党是私塾，共产党是学校。”

韩国钧联系苏北民众绅耆各界二百五十人，两次致电蒋介石及重庆国民党各要员，揭露韩德勤“不愿御侮，只图内战”，“自毁实力，殃及民生”，“溃军经过，烧杀掳掠，百里田园，糜烂不堪”，“交通断绝，邮政停滞”。

陈毅到达海安，韩国钧亲迎于大门之外，当晚在自家院子大摆筵席，为陈毅、粟裕、陶勇庆功。第二天，陈毅又于海安金陵饭店设宴回请韩国钧。

陈毅见到朱克靖，笑着慰问：“你回来了，辛苦了!”

朱克靖笑着回答：“辛苦你们打了胜仗，不然我也有‘昨为座上客，今为阶下囚’的危险了。”

韩国钧接受陈毅的建议，和李明扬一起，发起了10月30日在曲塘举行的“苏北抗敌和平会议”，新四军代表陈毅、管文蔚、朱克靖，以及他方军政代表，十二个县的代表参加开会。会上，通过了“苏北党政军民抗日合作问题”九项意见，还拟定了“苏北抗战及改善政治的纲领”，由韩国钧、李明扬电报国民政府和蒋介石，由陈毅报告毛泽东和中共中央。

这期间，八路军黄克诚部第五纵队南下，攻占阜宁、盐城，与新四军苏北抗日指挥部会师于东台的白驹。黄克诚是于10月4日南下开始战略增援陈毅的，中央致周恩来的电报指出“韩不攻陈，黄不攻韩；韩若攻陈，黄必攻韩”。

八路军与新四军同唱一首《会合歌》。

串场河畔，范公堤上，秋风飒飒，战旗猎猎，战马啸啸，歌声飞扬。

10月15日，陈毅特地从海安司令部乘汽艇沿串场河北驶盐城，慰问南下的八路军指战员，在盐城相聚了几天。

11月7日，正是苏联十月革命二十三周年纪念日。这天，海安的天空一片晴朗，万里无云。下午，陈毅、粟裕、叶飞、管文蔚、朱克靖等新四军领导人以及机关的干部战士，齐集在海安东门串场河码头，迎候刘少奇与黄克诚的到来。

陈毅在急切地张望着，当汽船在视线中出现并越来越近时，他迫不及待地快步走下码头。

船窗口，刘少奇与黄克诚也早已探出身子向岸上挥手。

在热烈的掌声中，刘少奇、黄克诚踏上码头石阶。继而，一双双手紧紧地握到了一起。

美丽的海安小镇，目睹了一次历史性的会见。

刘少奇一行由陈毅、朱克靖陪同拜访紫老，八路军、新四军将领大会于海安韩府，气氛十分融洽。将军诗人陈毅挥毫写下了这首诗：

与八路军南下部队会师，同志中有十年不见者

十年征战几人回，又见同侪并马归。

江淮河汉今谁属？红旗十月满天飞。

刘少奇、黄克诚均下榻于韩国钧家里。

后来韩国钧的亲信王伯康对朱克靖讲："老人最反对的是投降，最怕的是国共分裂，最担心的是没收土地。而对陈将军则极为敬佩。老人自问阅人多矣，数十年来在军人中从未见有如此雄才大略，文武全才如陈将军者。""这位近九十高龄的老人，对实实在在的共产党人是从未看见过的，而平日所闻的共产党人，似乎不近人情，很难接近似的。今则见之多和蔼可亲，而衡人论事又近情理，因此益知传言之妄谬。"

这里交代一下后文，1942年1月初，朱克靖奉陈毅之命到徐家庄为韩国钧祝寿。老人事先得知朱克靖要来，欣然远候于庄外半里许的一丛青松翠柏下面，等待朱克靖专员。朱克靖向韩国钧转达了陈毅的问候，韩国钧则详细询问了陈毅和新四军的情况并代问陈军长好。韩国钧笑着说："非等到把鬼子赶出中国，收复海安后，我是决不做寿的。喂！幸好我还活着，没有死呢！假若是死了的话，我还可以得到重庆三万元的抚恤费啊！"

原来在1941年底，重庆《中央日报》大肆鼓吹韩国钧老人被新四军逼死的消息。国民党政府假意下令抚恤褒扬，并给丧费三万元。其实，韩国钧老人能吃能睡，每天还能著述五千字，一点病的影子也没有。

后来韩国钧抗敌不屈殉国的消息传出以后。新四军陈毅、粟裕、管文蔚、朱克靖等莫不哀悼，朱克靖代表陈毅、粟裕、管文蔚在韩国钧老人灵前参吊。

由于我党和韩国钧等人的共同努力，1940年11月中旬，在海安召开了苏北临时参政会。到会代表有三百八十八人，来的县份有通、如、海、启、两泰、靖江、如西、东台、江都、兴化等，其成分包括各党派及各阶层人士，尤以上层分子居多数。例如海安的韩国钧，黄桥的朱履先，东台的黄逸峰，南通的季方，泰州的吴云山等等。会议选举了黄逸峰为议长，朱克靖、朱履先为副议长。会议还通过了实施民主政治，改善人民生活，保障人权、财产等重要议案。会议最后并通电要求重庆及省韩实现这九项提议，作为解决苏北问题的方针。

苏北临时参政会的召开，是新四军统一战线工作的又一成果。抗日民主政治的旗帜开始飘扬于江淮大地。

第四章
在岁月的帏幕里穿梭

很大的一棵树下，坐着一位老人。

老人仰起脸往上望去，看见天空被茂密的枝叶切成许多碎块，那些不规则的细碎天空，是在向老人暗示着什么？

风风雨雨，曲曲折折……老人都经历过。

老人把一切记在了心里。因此，他显得很平静，也显得很有力量。这个老人，就是岁月。

笔者赴醴陵采访的时候是5月，那鲜花盛开的5月，那红色的5月，让我想起了青年时代我最喜欢的那首歌《五月的鲜花》："五月的鲜花，开遍了原野，鲜花掩盖着志士的鲜血！……"五月的鲜花为什么开遍大地，那是无数先烈的生命所换；五月的鲜花为什么开得这么红艳，那是无数烈士的鲜血染成。

我想，在朱克靖的戎马生涯里，他的脑海里肯定不止一次地闪现出故乡醴陵：美丽的山川，奔腾的江河，连绵的丘陵……那时他人生的战幕徐徐拉开。

出生之地，灵魂之所。

历史的镜头在闪回：

醴陵位于湖南东部，地处湘赣边界，东邻江西省萍乡市，西连株洲市，南毗攸县，北达浏阳，古为吴楚咽喉，今是湘东门户，建城早在秦时，东汉时置县，元朝元贞年升为州，明洪武二年降州为县。那里是全国著名的瓷城。

醴陵多名胜：云岩寺，城东的梯云阁，西山的渌江书院和宋名臣寺、渌江桥、醴泉井……毛泽东在湖南考察农民运动，在醴陵留下了足迹。1927年毛泽东领导著名的秋收起义，其中一支农民军队就是在醴陵东富起义后直奔浏阳文家市，与毛泽东汇合后开赴井冈山……

一只鹰，在迎风沐雨高高地飞翔。

醴陵地方志的专家，向我讲述了朱克靖的峥嵘岁月。

朱克靖的父亲朱道贯，字镜生，是个老实巴交的农民，守着祖上传下来的一份产业过日子。母亲姓漆，生育七男四女，其中两男一女早夭，一男过继给堂兄朱道忠为嗣，朱克靖是最小的儿子。

耕读之家，朱克靖八岁时即入本乡本族私塾就读，启蒙教师是本族的朱武成老先生。

朱克靖好学强记，熟读了一些四书五经、古典诗文之类的书籍，文化修养和写作能力日渐长进。

有一年春节，他写了一副对联贴在大门上：

建山顽石参天地

看到儿子满腹经纶、英俊倜傥，朱道贯和妻子别提多高兴了。

随着年龄的增长和知识的提高，朱克靖开始对社会上出现的一些不平等现象进行观察和思考。有一次，在放学回家的路上，他目睹了邻村一地主少爷无故欺负穷人后，当即上前拉开并厉声斥责。路上他反复思索为什么人世间这么不公平，穷人多富人少，穷人当牛做马常年饥寒交迫受人欺，富人不劳而获终日花天酒地享富贵？

在他幼小的心灵里，萌发了一种改变社会不平等现状的愿望。

朱克靖十四岁时，考入醴陵县城的中学堂，由于家庭经济困难，一度辍学，幸得本族祠堂出资，才得以继续。他学习更加刻苦，经常通宵达旦徜徉于书海之中。在醴陵，他接触到新学，受到辛亥革命的影响，在他的思想上拓开了一个更广阔的世界。

初中毕业，朱克靖考入长沙城南妙高峰中学读高中。妙高峰中学是一所私立学校，教学质量很高，但收费昂贵。朱克靖家里负担不起学费，朱克靖不得不重新考入公立湖南长沙第一中学。长沙第一中学，又名湖南公立全省中学校，1912年由符定一创办，并亲定校训“公、勇、勤、朴”四个字。

朱克靖在学校里谨遵校训，努力学习。长沙是新思想活跃的地方，毛泽东也曾在这所学校读书。毛泽东、蔡和森、李立三等先进青年学生，“风华正茂，挥斥方遒”，组织各种学会，探索救国救民的真理。朱克靖和同学好友李富春、蔡畅，也跻身于爱国学生活动的行列。

一块地，若不适合种麦子，可以种豆子；豆子种不好的话，可以种瓜果；瓜果种不好的话，也许能种荞麦，也许能种高粱，终归会有一粒种子适合它，也总会有属于它的一片好收成。

一粒革命的种子，在朱克靖的心中生根发芽。醴陵母性湿润的土地，深深包孕着这粒革命的种子。

1918年朱克靖中学毕业，他憧憬着到广阔的世界里施展抱负，做一番事业。

1919年五四运动风起云涌，朱克靖心中有一个向往已久的遥远的地方，那里是新思想的发源地——北京。

1919年夏，二十四岁的朱克靖到了北京，考入北京大学。

由于家境不宽裕，没钱交学费，朱克靖很多时候只是旁听生。但他怀着追求真理救国救民的热望和理想，积极热情地参加进步社团组织的活动，如饥似渴地汲取马克思主义思想学说。追求真理，成为朱克靖青年时代的主要品格。

朱克靖敬重李大钊，视他为导师，随从他学习研究马克思主义。李大钊爱护青年，信任青年，对青年的成长与教育十分关心。他广泛与青年交朋友，团结了一大批进步青年，研究、宣传马克思主义，帮助许多青年建立共产主义世界观、人生观。一代青年在李大钊的革命思想和崇高情操熏陶下，迅速成长，成为祖国和民族的栋梁。他们中五四前后曾在北大学习和工作过的著名人物有：毛泽东、邓中夏、高君宇、何孟雄、黄日葵、谭平山、许德珩、张申府、朱克靖、袁玉冰、李梅羹、于树德、屈武、杨杏佛、萧一山、张仲超、罗章龙、刘仁静、黄绍谷等，他们是真正的民族精英，都受到李大钊的教育和影响。

朱克靖与李大钊结下了深厚的情谊。

五四运动前后，中国教育界的有识之士组织中国青年到法国勤工俭学，以便引进欧洲先进的科学技术和文化知识，使中国富强起来。

在湖南，毛泽东、蔡和森主持的新民学会组织湖南学生一二百人，赴法国勤工俭学。蔡和森与妹妹蔡畅和母亲一家三人去了法国。四川青年学生也有许多赴法勤工俭学，其中包括陈毅、邓小平。

朱克靖和同学好友李富春，在北大预备班短期学习法语，也加入了湖南学生赴法勤工俭学的行列。一行一百多人，乘轮船于1919年10月31日启程，12月17日到达马赛。

周恩来、赵世炎等在旅欧共产主义组织基础上建立中国共产党支部，发展了一批党员，包括李富春、邓小平、聂荣臻等人。在北大与朱克靖同一支部的罗章龙回忆说：朱克靖是在法国入党的。湖南株洲党史资料记载：朱克靖是由蔡和森、范鸣介绍入党的。

史料记载：朱克靖是1921年11月前后在法国加入中国共产党组织，1922年正式列名中共北京大学党支部。

朱克靖回国后一面做工，一面回到北京大学继续学业。

一旦失去了天空，大地还在吗？

一旦失去了精神，人还在吗？

朱克靖心怀大志，才能行有所止，身有所担。

苏联十月革命成功后，莫斯科成为国际共产主义运动中心，“到莫斯科去！”是那时中国共产党人和革命青年的向往。

1923年，李大钊主持工作的中共北京区委，选派正在北大读书的朱克靖、袁玉冰等七人，赴苏联莫斯科东方劳动者共产主义大学学习，朱克靖任组长。1924年秋，中共旅欧支部又派李富春、蔡畅、叶挺（希夷）、聂荣臻等二十多人，来到莫斯科东方大学学习，朱克靖与李富春、蔡畅等同学好友重逢，分外高兴。

除了学习，每天上午和下午两小时军事训练和演习。学员统一着苏联红军服装，背着沉重的步枪练习打靶。还到森林里演习作战形式：进攻作战、防御作战等等。

一粒革命的种子，是一个红色的信念，一种坚强的精神。

一粒革命的种子，可以改变一片土地，可以改变一个世界。

1925年6月，共产国际东方部通知朱克靖、李富春、叶挺、聂荣臻、熊雄、颜昌颐等十多人回国工作。

1925年7月，朱克靖随苏联顾问团的船只抵达广州后，接受党的命令，于8月间到第三军就职，担任第三军党代表兼政治部主任。

秋风苍凉，阳光很旺，瓦蓝的天上游荡着一朵朵丰满的白云。

一只苍鹰，在林间穿行。不一会，就隐没在连绵不断的崇山峻岭中。

第三军是由滇军改编的，军长朱培德，参谋长黄实，下辖第七、八、九三个师。这支部队基础复杂，乡土观念很重，地方性很强，军阀习气浓厚，许多人还使用“双枪”（鸦片烟枪和步枪），战斗力不强。改编后，朱培德仍旧设法保持和加强这种特色。因此，对这支部队的改造是一项艰巨的任务。

在听取了周恩来、陈延年关于第三军情况的详细介绍之后，朱克靖带领一批年轻的共产党员赴任。

朱克靖在第三军建立了一支强有力的政治工作队伍，改变部队的精神面貌，并按照国共两党的协定，在军、师两级设置政治部，向各团、营派遣了政治指导员。接着，他又倡议开办第三军军官学校，向中、下级军官灌输革命思想。学校由朱培德兼校长，朱克靖兼党代表。朱克靖亲自给官兵上课，教唱《国际歌》，讲授“国民革命和反对帝国主义侵略”等专题，激励部队的爱国热情。出版刊物《国民革命军》，宣传部队宗旨和政策。经过短期政治教育，逐渐扭转了部队的封建陋习，启迪了民主之风，有效地促进了第三军的改造，增强了部队的纪律性和战斗力。政工队伍中，共产党员占半数以上，朱克靖还动员了一批云南进步青年加入第三军。

李一氓回忆说：“驻南昌的三个军的党代表李富春、朱克靖、林祖涵，还有新认识的总司令部的秘书处长李仲公，加上郭沫若，还有我，每个星期总有那么一两次，上南昌有名的菜馆‘小有天’相聚晚餐。由他们五个人轮流出钱请客，我白吃。在晚餐上，也谈全国新闻或南昌内幕。”

1925年10月，当国民革命军主力第二次出师东征军阀陈炯明时，第三军负责拱卫广州。此时，盘踞在南路、海南一带的军阀邓本殷部队，倚仗英帝国主义的支持，乘虚进犯西江，直扑江门，威胁广州安全。广东国民政府急调第三军及第四军的第十师前往拒敌。由朱培德、朱克靖和第四军第十师师长陈铭枢及随军的苏联顾问马嘉利组成南征指挥部。

萧瑟的秋风吹拂着大地，严峻的斗争形势，给人们的心头笼罩着一层阴云。然而，人们坚信，乌云遮不住太阳，光明一定会降临人间。这正如孕妇在婴儿呱呱坠地之前，必须要经过的阵痛一样。

在出师南征途中，朱克靖一面协助朱培德指挥部队进剿，一面沿途开展政治宣传。军队所到之处，他都要领着政工人员召开群众大会，发表演说，宣传国共合作的共同纲领，号召工农团结起来，同仇敌忾，打倒帝国主义及其走狗，谋求中华民族的独立和解放。由于中国共产党大力发动工农群众支前，第三军士气倍增。

10月29日，首战告捷，击败邓本殷北犯军队的主力。随后一路势如破竹，在年底先后收复高州、雷州，把邓本殷赶回了海南老巢。1926年2月，又渡海消灭了海南岛上的残敌。至此，南征胜利结束。其后，第三军移师粤北韶关驻防。

正当革命力量蓬勃发展时，国民党右派兴风作浪，掀起了一股反共逆流。1926年3月20日凌晨，蒋介石突然在广州宣布军事戒严，派兵包围了在东山的苏联顾问的参谋部和住宅，监视并逮捕了在黄埔军校、第一军的共产党员以及部分国民党员。广州顿时处在一片恐怖之中，是为“中山舰事件”。

“中山舰事件”发生时，朱培德和政治部主任朱克靖正陪同苏联顾问到第三军各部队驻地进行视察，接到事件的消息，朱克靖说服朱培德出面联合由地方实力派掌握的第二、四、五、六军，向蒋介石的不轨行为提出抗议。蒋介石见众怒难犯，不得不有所收敛，不敢把事态继续扩大。这件事使朱克靖受到了中共两广区委和苏联顾问的肯定。

当时，第三军正在粤北前线与北洋军阀的部队对阵，留守广州的第三军军官学校，在教育长熊式辉的指挥下，助纣为虐，极力配合蒋介石反共。消息传到前线，朱克靖极为愤怒，要求军长朱培德处分熊式辉。朱培德囿于私交，一再为熊式辉开脱，但朱克靖据理力争，毫不妥协，最终迫使朱培德下令撤销熊式辉的教育长职务，并对受迫害打击的工作人员进行了慰问，由此制止了蒋介石挑起的反共事端在第三军中的蔓延。

“中山舰事件”暴露了蒋介石的狼子野心，同时也加剧了蒋介石与地方实力派的摩擦。朱克靖深知朱培德平日对蒋介石独揽大权不满，经与周恩来等商量，决定利用他们之间的矛盾，广泛开展上层统一战线工作，使各派系军阀互相遏制。

他对朱培德说：“老蒋扣押了中山舰舰长李之龙，不知军长有何见教?”

朱培德漫不经心地说：“那还不是整你们共产党。”

朱克靖说：“老蒋为人心狠手辣，不知谁将步李之龙的后尘啊!”

朱培德一时默然语塞。

朱克靖语有所指地说：“老蒋狡黠专断，防他之心不可无啊。”

朱培德连连点头。

1926年7月，国民革命军从广州兵分两路，出师北伐。朱克靖所在的第三军，是东路军的左翼，部队从猎德挥师，沿北江进发，第一仗攻下乐昌，随即翻越南岭，进入湖南境内。当时，西路军已从衡阳、株洲过境，兵临长沙，第三军随后而行，没有多少战事，很顺利地到达醴陵，准备从这里进攻江西。

朱克靖快到家乡时，起风了。

朱克靖看到树枝在摇晃。

下雨了，这是夏天的雷雨。

雨越下越大，天地间好像蒙上了珠帘，远处的景物渐渐模糊。

地上的雨水很快就聚成了小河，无数的小河从四面八方汇流到大河。

朱克靖没有在家乡停留。

第三军经过休整，向江西进发，一鼓作气攻下萍乡。9月间，第三军与东路军各支部队会合，对南昌取包围之势。由于蒋介石指挥上的错误，他的嫡系部队第一军第一师被孙传芳部击溃，影响了围攻南昌的战斗，第三军移赣西北驻防待命。10月初，北伐军重新组织攻城，第三军负责夺取南昌郊外的牛行车站，激战三昼夜，伤亡惨重。朱培德在强敌面前，一筹莫展，只得撤回兵力。当时，有些旧军官以为是溃败，竟临阵逃脱，引起了部队极大混乱。朱培德见状不妙，赶紧骑着高头大马前往弹压，也收不住阵脚。

危急关头，朱克靖率领一批政工人员赶到了前沿阵地，一面组织后续部队抵挡敌军的反攻，一面整顿撤下来的部队继续投入战斗，终于避免了一场不堪设想的损失。事后，朱培德很感激地夸奖朱克靖及他领导的政工人员说："别看我手下这些军官都已身经百战了，可是真刀真枪拼起来，倒不如你带领的那班青年学生。"

在历史的画卷上，往往会给后人留下一个想象的空间。

不久，北伐军先后收复了武汉、南昌、上海和南京，整个长江中下游呈现出一派生机勃勃的革命景象。

这年11月22日至12月16日，共产国际执委会第七次扩大会议在莫斯科召开，会议把中国问题列为中心议题之一。朱克靖由于正在前线督师，没有与会，但仍被选举为共产国际执行委员会委员。

帝国主义者看到北洋军阀失败，便开始寻找新的代理人，扶植蒋介石篡夺北伐战争的胜利果实。围绕着广东国民政府迁都之争，形成了宁汉对峙的局面。江西处于中间地带，武汉革命政府和蒋介石双方都在竭力争取，而驻守江西的第三军军长朱培德则举棋不定。在此情况下，朱克靖广泛开展统一战线工作，推动朱培德与武汉革命政府的合作。

1927年3月6日，蒋介石指使爪牙暗杀了江西省总工会副委员长陈赞贤，隔了十天，又派兵解散了拥护孙中山三大政策的国民党南昌市党部和江西省学联，封闭了国民党左派的《贯彻日报》；紧接着捣毁了九江市党部和市总工会。为了把蒋介石的势力从江西驱逐出去，制止时局逆转，3月29日，朱克靖从武汉邀来国民革命军代理政治部主任郭沫若，到江西争取朱培德反蒋。

3月30日，郭沫若与朱克靖回到南昌，这是他第二次到南昌，路上因行动不便曾化名“高浩然”，假充第三军的参谋，暂住第三军军官教育团团长朱德家中。次日，他撰写了讨蒋檄文《请看今日之蒋介石》。文章的发表犹如惊雷，引起社会各界激烈的反响。

经朱克靖、郭沫若的说服，朱培德明确表示倾向武汉革命政府，从而制止了蒋介石向西发展的野心。武汉革命政府的力量，随即从两湖发展到江西。武汉革命政府于4月4日任命朱培德为江西省政府主席，朱克靖为省政府秘书长。

在第三军，朱克靖与朱德建立了密切的关系和深厚的情谊。早在1926年冬，朱德根据中共党组织的指示，利用过去在滇军护国时的声望和朱培德的同僚关系，来到南昌。朱培德尊之甚重，政治、军事教育问题均向他请教，并成立一个军官教育团来集训手下的旧式军官，请朱德担任军官教育团团长。1927年2月底，第三军军官教官团开学。该团学员一千多人，编为三个营。朱德在教育团内乘机发展中共组织，建立了党支部，用革命思想影响和教育了一批军官，使他们积极参加校内外反对AB团的政治斗争，支援工农运动。

朱培德委任朱德为南昌市公安局局长，朱克靖代表省政府出席朱德任南昌市公安局长的就职仪式。朱德兼任这一职务，对后来的南昌起义的成功起到了重大作用。

历史的镜头继续闪回：

不久，蒋介石制造四一二反革命政变，公开背叛革命，并调兵遣将，准备进攻江西，进而夺取武汉。

蒋介石为了拉拢朱培德，对其许以高官厚禄。为敦促朱培德早日反共“清党”，蒋介石数次函电朱培德。4月17日，蒋介石致电朱培德、李济深、何应钦等，要求他们“举发共产党谋叛证据”，并“合令各军一体知照，饬属严为侦察”，“以维治安，而遏乱萌”。并劝朱培德“不可自毁历史，与共产党勾结”。上海《民国日报》对朱培德的部属王钧、朱克靖等人破口大骂之时，对朱培德本人则微妙地不着一词，甚至称江西党务“大乱”，“和朱克靖、王钧都有关系”，令朱培德“大吃其苦”。

朱培德摇摆不定，在蒋介石软硬兼施的诱迫下，开始滑向南京政府，由反蒋到附蒋。

5月20日，在方志敏等共产党人的筹备下，国民党江西省代表大会在南昌举行，朱克靖及方志敏等三百余人出席，共产党人同蒋介石进行了坚决的斗争。

朱培德观察时局，见蒋介石在南京、上海已经得手，广东、广西、四川、安徽等地开始“清党”，声势日大，便开始与蒋保持联系。

不几天，朱培德玩弄起“礼送共产党人出境”的鬼把戏，把第三军的政治工作人员赶出江西，朱克靖也受到排挤。但碍于私交和情面，他没有对朱克靖采取非常手段。

一天，朱培德特意邀朱克靖聊天，酒过三巡，便开始劝朱克靖“脱离武汉政府”，“投靠蒋总司令”。

朱克靖勃然站起，正色说道：“我不投降，你反水要考虑后果！”

朱培德只得无奈地双手拱了一拱，半天才说出了一句“那我们后会有期吧”。

5月29日，朱培德突然实行“分共”，勒令军中一百四十二名政工人员全体离开江西。朱克靖看到情势已变，为防万一，他派人将妻子萧仲之经九江送往武汉，然后自己化装成一个货郎，绕道湖南去武汉，向党中央汇报江西的情况。

后来，他对人忆及这段经历时说：“我离开江西，经铜鼓进入湖南。路上，我买了一担皮箩，装成做生意的，回到醴陵东乡温泉的姐姐家。然后，又化装成炭客子，从东乡乘炭船到武汉。”经长沙时，已是“马日事变”之后，湘江两岸有许多荷枪实弹的军警。朱克靖乘坐的船没敢停靠，鼓起风帆，顺流而下，闯过了检查关。

7月15日，汪精卫控制下的武汉国民党中央，公开背叛了孙中山所制定的国共合作政策和反帝反封建纲领，与蒋介石合流，对共产党员和革命群众进行大屠杀。轰轰烈烈的大革命，受到了严重的挫折。

为力挽狂澜，中共中央决定了武装反抗国民党反动派的方针，在南昌举行武装起义，并且秘密派熟知情况的朱克靖回南昌，策动第三军旧部参加起义。朱克靖到南昌后先找到了朱德，在第三军军官教导团和南昌市公安局内部埋下了革命的火种。

8月1日凌晨2时，在周恩来、贺龙、叶挺、朱德的领导下，国民革命军第十一军第二十四师、第四军第二十五师和第二十军所部三万余人，举行了震撼全国的“南昌起义”。

南昌起义是在中国共产党领导下打响武装反抗国民党的第一枪。

起义胜利后，部队编为三个军。朱克靖被任命为第九军党代表。不久，起义部队撤离南昌，沿闽赣边南下。10月，在广东潮汕地区被国民党重兵包围，损失惨重。朱克靖突出重围，与党组织失去了联系，开始了十年颠沛流离的生活。

南昌起义部队在潮汕失败后，朱克靖只身潜入广州，希望找到党组织。然而，广州经过“七一五”反革命政变后，往日轰轰烈烈的大革命气象已荡然无存，陷入一片白色恐怖之中。由于朱克靖曾在这里进行过革命活动，认识的人较多，不能久留，他便混在人群中买了一张火车票，沿粤汉线北上，赶到武昌。

当时武汉三镇同样笼罩着恐怖气氛，反动派四处搜捕共产党人。朱克靖找到妻子萧仲之后，马上匆匆忙忙地携带家眷去了北平，暂在岳母家避居。为躲避反动派的迫害，朱克靖隐名埋姓，租种了海淀区中关村附近的一个葡萄园，靠栽蔬菜、养兔子为生。他一面自食其力，一面努力寻访党组织。

大革命失败后，共产党转入秘密活动，一时难以联络上，朱克靖焦急万分。在生活的驱使下，他只得改行，经人介绍，化名李有才，在北平附近的遵化县任教。1932年，他遇上幼年时的同学罗征书（此时正在广西师专做庶务），邀他到桂林教课，朱克靖举家迁到桂林。师专校长杨东莼上任伊始，即聘请同乡朱克靖为教务长。朱克靖以李竹怡的化名，出现在广西师专的讲台上。

广西师专有了朱克靖、杨东莼、薛暮桥三个共产党人、马克思主义理论家，加上其他进步教师，办得红红火火。朱克靖讲授“世界大势”，作《国际形势的回顾与展望》讲演，被誉为“红色教授”。师专被学生们称为“小莫斯科”，像是一所“马克思主义学院”。

1934年4月间，白崇禧游玩桂林时，有人悄悄地把朱克靖的情况告诉了白崇禧。白崇禧做出一副礼贤下士的样子，吩咐准备宴席，并派吉普车去接，想劝说朱克靖归顺自己。

朱克靖知道来者不善，托辞推脱，后在同乡好友程星龄的帮助下，全家逃离桂林，几经辗转，流落到长沙。此时，他已身无分文，迫于生活，只得忍痛将三子秀麟送与长沙火车站职员杨世铭为嗣，然后，取道江西去投奔妻舅文群。

文群任过江西省财政厅长，此时兼办豫鄂赣闽四省的农村合作事业。他平素极器重朱克靖，便请他来帮办农村信贷事宜。朱克靖觉得这也能为农民办些实事、解决些困难，便答应了下来。于是，他化名朱笃一，前往河南省农村合作委员会南阳办事处任特派员。当时河南农业凋敝，农民生活贫困，朱克靖带领几个办事员奔波于南阳行署所辖的十三个县，扶助农民购买耕牛、添置农具，开渠凿井、兴办水利设施。

这期间，文群还曾让他在南昌到他主办的农村合作社，编辑《中国农村合作季刊》。朱克靖又把薛暮桥拉了过来，一起忙碌着杂志的编辑出版事宜。

一天的尘埃散去。午夜。

朱克靖熄灯上床，不久就睡着了。暗夜中，他觉得自己迷迷糊糊地置身于一条大河，有多股水流在拉扯裹挟着他的身体，一会儿偏向这边，一会儿偏向那边，他小心努力地把握着方向。突然，前边出现一块礁石，他急忙转身，随着一股强大的水流绕过礁石，流向了远方……

他从来没有忘记寻找党组织。

1937年7月，抗日战争全面爆发，日寇的铁蹄践踏着中国，进而要灭亡中国。

中华民族的全面抗战开始了。

朱克靖、薛暮桥与夏征农等人立即投入南昌各界抗日救国宣传活动，筹组南昌市文化界救国会。

9月，国共两党共同公布“重新合作，一致抗日”的协定，陕北红军主力改编为八路军，南方各省的红军游击队也改编为新四军。新四军军部在南昌市高升巷公开挂出了牌子。朱克靖经过十年的艰难奔波，终于找到了自己的队伍，他极为振奋，对家里的人说：“我要重归战场，请缨杀敌。”他把妻子萧仲之和儿女送回醴陵家乡安置，并委托友人说：“如有机会，请把我的家属转移到延安去。”安排好这一切，他便急切地奔往南昌，投身抗战行伍。

朱克靖赶到南昌，就像久离娘亲的游子，终于回到了母亲——党的怀抱。当时，国民党江西省政府主席熊式辉闻知朱克靖要去新四军工作，便以“叙旧”为幌子，把他请到自己家里，提出要聘请他担任江西省政府秘书长的职务。面对高官厚禄，朱克靖只淡淡地说了一句“我愿在新四军与抗日将士们一起吃苦”，便起身告辞了。而在党组织征求他安排职务的意见时，朱克靖却说：“无论分配我做什么工作都行，只要对抗战有益。”

他的心中好像燃起了一把火，久久不灭。

第五章
战火里的红色浪漫

即使在战争中，依然有美，有爱，有青春！

任何时代都有爱情，战争时期也不例外，而且战争年代的爱情更为凄婉更为动人。

因为有爱情的存在，那残酷的战场增添了几许色彩和诗意。

爱情是艰难时世的相依，战火中的爱情有时更唯美。

朱克靖的第一次婚姻在1926年5月，那一年朱克靖已经三十多岁了。

在莫斯科东方大学与朱克靖同学的萧复之，对朱克靖的学识人品很是敬重。他得知朱克靖尚未成家，就把自己的妹妹萧仲之介绍给朱克靖。盛情难却，朱克靖同意了。

萧氏兄妹出生于江西萍乡县，祖父是钦点翰林。无奈幼年丧父，家道衰落。萧复之先在上海仪器馆做学徒，后去法国勤工俭学，再到莫斯科东方劳动者共产主义大学学习，和朱克靖在一个小组，从苏联回国后任江西总工会的副主任。萧仲之1903年9月14日生，由母亲带着，一直寄居在北京的外婆家。

经过萧复之的撮合，萧仲之来广州与朱克靖成婚。

婚前朱克靖就对萧仲之说："与我结婚，就不要希望当官太太，也不要指望发财享福，而要准备吃苦。"

结婚仪式简单朴素。朱克靖的好友叶挺、李富春、蔡畅、郭沫若、廖乾五及苏联顾问马采伊利克等人，参加了婚礼。

有一段时间，朱克靖一家和周恩来、邓颖超一家，李富春、蔡畅一家，住在一个楼里。

萧仲之受封建官僚家庭的影响，大家闺秀作风，不关心政治。朱克靖想送她去农民运动讲习所听课，她也不感兴趣。她看到蔡畅、邓颖超两位新时代的女性，进进出出，非常活跃，只是奇怪，不知道她们在从事革命活动。有时，萧仲之也帮她们整理一下满屋子乱晒的衣服。

朱克靖有时要带萧仲之出门，她要细心打扮一番，收拾得整整齐齐，干净利落。

朱克靖是一个沉稳笃定的人，这时候也会性急，在门口催促："走啦！走啦！"

他们的感情是温暖的，充满亲情的，彼此关怀的。

不久，朱克靖便告别新婚的妻子，踏上了北伐战争的征途。

朱克靖1937年离家到南昌加入新四军，任战地服务团团长，安顿下来后，曾经写信要接妻子萧仲之来南昌。但萧仲之带着三个孩子，小的尚在襁褓中，不想拖累朱克靖，她也不习惯军队行军打仗居无定所的生活，没有去南昌。

朱克靖让从醴陵跟他出来的警卫员胡家斌回醴陵，说："你还是回去为好，回去交给你一个任务，看情况，请你想办法把我的家属送到延安。"

据作家赵勤轩记述：萧仲之带着孩子在醴陵乡下，没有生活来源，萧母用自己的积蓄给她买了六十亩地出租，由朱克靖的族兄代管。族人欺负她们母子，克扣田租。萧仲之在朱克靖老家待了八个月，难以为继。萧母在四川与萧仲之弟弟萧志明同住，写信给在江西的萧仲之的哥哥萧复之（此时改名萧鲁峰），说："这门婚姻是你介绍的，现朱克靖回不了家，这个妹妹你一定负责，否则我不答应。"这样，萧复之把萧仲之和孩子接到江西赣州的一个大山里，萧复之给萧仲之找了一个工作，每个月四十元钱。战乱年代，民众生活都很困难。萧复之对妹妹还算可以，萧妻就不同了，不愿背这个包袱，经常冷言冷语，要萧仲之把孩子送到保育院去，甚至要萧仲之改嫁。多亏萧仲之带来的女佣朱元春，是朱克靖的远房亲戚，事事处处护着萧仲之，有时操起门杠和萧妻对抗。这时朱克靖还有信来，有的信被当局拆阅，有的被萧妻扣留，后来就断了音信。抗战八年，萧仲之带着孩子，流离失所，苦不堪言。其弟萧志明给他们一些接济。

朱克靖写信没有回音，不知萧仲之的下落，也不知是生是死，和家里音讯断绝，失去联系。在戎马倥偬的战争年代，也无法寻找家人。

战地生活的间隙，爱情在潜滋暗长，朱克靖又认识了一位新的女性。

战争年代的爱情是一个奢侈品，但也因此而显得格外浪漫，有着别样的优美的旋律。

团员杨瑞年，1916 年生，江苏镇江人，苏州女子师范毕业，1937 年冬进入山西临汾八路军学兵队受训，1938 年 2 月学兵队结业分配至新四军，担任新四军战地服务团女生队负责生活管理的副队长。杨瑞年身材健美，富有文艺天赋，她表演踢踏舞，主演小歌剧《送郎上前线》，轰动一时，和张茜、常竹铭齐名，成了当时新四军战地服务团最有名的演员。杨瑞年为人有正义感，敢说敢为，档案中记载：有托派嫌疑，因此不能入党。新四军教导总队干事王庭豪说：杨瑞年亲口说过，虽然追求她的人很多，但她的内心里只爱着一个人，此人是新四军的一位领导，不过当时已有家室子女，所以她只好把爱埋在心底。王猜测杨瑞年心爱的那个人是新四军战地服务团团长朱克靖。当时与杨瑞年一起工作过的一个地方女青年，也说杨瑞年与朱克靖相爱。1938年，杨瑞年被调往新四军教导总队任青年队的文化教员。1941年1月震惊中外的“皖南事变”中，杨瑞年被国民党所俘押至江西上饶集中营，1942年6月被绑赴刑场，杨瑞年身中三枪后仍高呼“中国共产党万岁”，壮烈牺牲。

几年后，朱克靖得知这一消息，万分悲痛。

作家王蒙说过：“对于青春，没有比革命和爱情更富于魅力的了，而在某个情况下，革命的吸引力比爱情强大。”

朱克靖和战地服务团团员李珉接触较多，在长期战斗生活中相互关心。经组织同意，建立了恋爱关系，那时是秘而不宣的。朱克靖因有家室，内心也矛盾重重。不久，李珉在行军途中因遭敌伏击中弹负伤，朱克靖闻讯当即叫王于畊带路，直奔新四军战地医院探望李珉。主管战地医院的军卫生部长崔义田说：李珉因肺部遭受重创，失血过多，而医院又无手术条件，她已经到了生命的最后时刻。李珉睁开双眼，看到正在默默流泪的朱克靖及王于畊等战友，立即露出温柔和喜悦的神采。她平静地说：“同志们，革命流血不流泪！”李珉牺牲了，朱克靖悲痛欲绝。陈毅听说了李珉烈士的事迹尤其是死前壮言后，大受感动，挥笔写下了七言绝句《记遗言》：

某女同志渡江遇敌负伤，临殁，同辈皆哭。乃张目曰：革命流血不流泪，言讫而绝。余闻而壮其言，诗以志之。

革命流血不流泪，生死寻常无怨尤。

碧血长江流不尽，一言九鼎重千秋。

和李珉一同从上海来的战地服务团团员康宁，当时照顾负伤的李珉，向朱克靖汇报李珉的情况，李珉牺牲后，她劝说朱克靖节哀，安慰朱克靖悲伤的心灵。

康宁会演戏，会唱歌，经常唱《黄河颂》，歌声嘹亮，鼓舞人心。

她背着背包、扎着腰带、打着绑腿，愈显体态婀娜，光脚板上套着尖口布鞋，沾了不少尘土。她放下背包，落落大方地按大家的要求一首接一首地唱起歌来。优美的歌声，陶醉了在场所有的人。

康宁发现朱克靖不仅资历不凡，学识渊博，有学者风度，还是对同志亲朋有深厚感情的人。康宁本名章尚璇，1920年11月11日生，安徽铜陵市人，出身晚清官绅之家。她的祖父和南通张謇同期科考，同时为官，来往密切，是通家友好，因此新四军中传说康宁是南通张謇的孙女。其实康宁姓章，不姓张。康宁早年在上海读书，抗日战争爆发后，她就参加了上海进步戏剧社团，在工人、学生中开展抗日救亡活动。1939年夏，康宁、蒋若虹等随殷扬率领的上海慰问团，从上海出发，途经金华、上饶等地，冲破了国民党的种种阻挠，胜利到达皖南新四军军部，在新四军军部慰问演出。慰问团的演剧队有二十人左右，第一场演出了《重逢》，康宁演女主角。她的一双眼睛是深度近视，在台下总笑眯眯地看不出神采。谁知一到台上，一双眼睛又大又亮，顾盼生辉，表演分外传神，服务团戏剧组的人都佩服他们的演技精湛。后来康宁在《日出》一剧中演顾八奶奶，更是活龙活现，给观众留下深刻的印象。这批上海来的演剧队队员，来到新四军后，不愿再回沦陷了的上海，都自愿参加新四军，留在军部战地服务团了。康宁于1940年10月加入共产党，在服务团担任组长。

战地服务团从江南到苏北，必须通过两条公路、一条铁路、一条运河和宽阔的长江共五条封锁线，部队不停地在敌后封锁线中穿插，十分疲惫。少数女团员因体弱跟不上部队，就在当地群众家中隐蔽休整，待体力恢复再渡江北上。团员们生活艰苦，康宁、曾菲等四个女战士就一套军装，经常出不了门。康宁和梁思宁寄住在延陵附近乡间张大伯家。住了七八天，形影不离，情同姐妹。张大伯五十出头，读过私塾，在上海参加过“五卅”运动，返回家乡后成为新四军可靠的基本群众。张大伯对她们说：“你们俩一个姓康，一个姓梁，和戊戌变法时康有为、梁启超正好同姓，真巧啊！”有时戏称她们“康梁来了”！她俩总是一笑置之。张大伯当时不知道，梁思宁就是梁启超的第七个女儿，康宁也出身江南官宦之家。康、梁走后张大伯才得知真情，大为惊叹，懊恼自己当时没有能款待她们，感慨地说：“这样的名人淑女、大家闺秀，居然也甘愿吃苦，不怕牺牲，千里迢迢地来参加革命，说明共产党的行为和共产主义深得人心。革命一定会成功，一定会成功！”

反共头子冷欣曾经想策反团员们，他对康宁说：“听说你是南通张謇家的后代，是吗？我和你们张家还是亲戚呢，你的戏演得好，到我们部队来工作吧。”

康宁说：“我在新四军很好。”

冷欣又问：“你要钱用吗？”

康宁坚决地一口回绝：“不要！”

冷欣一无所获。

在战火纷飞的年代，在奔驰大江南北的岁月里，在抗日救国的神圣事业和共产主义的共同理想中，朱克靖与康宁从相识到相爱。

朱克靖是一位具有独特个性的人：广闻、宽厚、执着、真挚，是一个爱着别人也被别人爱着的性情之人。

爱情不是终日彼此对视，爱情是共同瞭望远方、相伴而行。

高粱红了。

田野里到处都是高粱，硕大而血红的穗头，穗子红了就快到收获季节了。你可以用手掐高粱粒，掐不动了，就成熟了。

人们习惯把高粱地叫做“青纱帐”。

高粱的叶子哗啦哗啦直响，像两个人敞开的心。

康宁的脸也红得像浓胭脂一样，爱情在两个人的心中激荡。

在他俩的周围，大片大片红脸儿绿衣衫的高粱方阵，随风婆娑，发出一片沙沙声，散发出成熟的醉人气息。

黄桥战役后，战地服务团住在黄桥中学，宿舍是双层床，朱克靖和康宁坐在下层谈恋爱，团员曾菲在上层假睡。几十年后曾菲老人在广州，还饶有兴趣地谈起过此事。

一个关切的眼神，一声简单的问候，没有炽热的情感宣泄，战争年代的爱情为了一个共同的信念而生，为了一个共同的信念而存在。

他们的爱情，是乱世里的磐石。

1940年，经陈毅批准，朱克靖和康宁结婚了。

战争环境结婚速成，婚礼俭朴。婚礼是在村上一间较大的房子里举行的，桌子上摆了些红枣、花生、瓜子和糖果。

新四军部队在婚姻方面做了严格规定：申请结婚者必须具备“268团”条件。即二十六岁，有八年军龄或党龄，团级干部，当时人们形象地称之为“268团”。连年辗转征战，今天在这里打一仗，明天或许就开拔，没有时间谈恋爱。

这是战争年代特定的历史现象。新四军的一些高级领导人，在原籍已有妻子儿女，但长年在外从事革命活动，有家难回，断绝联系。他们是革命者，也是普通人，有七情六欲，有爱情家庭的渴望和需求。在战争岁月中，有许多可敬可爱的女同志，难免产生爱情，找到新的伴侣，建立新的家庭。新四军初期，不许干部恋爱结婚。周恩来到新四军后，谭震林向周恩来反映这个问题，周恩来说：恋爱结婚自由嘛。谭震林、陈毅等才结婚成家。

虽然战斗生活十分艰苦，但因为两颗纯真的心，他们的爱情却浪漫无比。

战争年代的爱情总是多灾多难的，但正因为如此而显得格外浪漫。

婚后康宁随朱克靖一起工作，曾担任景县县委书记等职。1944年底，根据当时抗日斗争形势发展的需要，经苏中三分区研究决定，将紫石（现在的海安县）、如西（现在的如皋县），还有靖江、太兴等县的培训班一律集中到三分区专署雅周庄一带，组成政工大队，康宁任政工大队指导员。政工大队经常去农村宣传抗日，巡回演出，协助当地乡、村政权，开展除奸、惩霸、兴办冬学民校，组织农民识字，教唱抗日歌曲，以及民主建政等方面的工作。

朱克靖对康宁很呵护，这是一对革命的爱情，升华了的爱情。两人相濡以沫，生活很美满。

生活是艰苦而愉快的，他们很快有了两个女儿青星和毛羽。那时新四军上下级、同志间的关系，也是互相帮助和谐友好的。在南京的原三分区宣传科长孙克骥的夫人束颖同志，回忆当时的生活，说康宁把青星和毛羽穿小的衣服，给她家更小的孩子穿。

后来朱克靖作为专员，和爱人康宁单独住一小间农舍，有两块门板当床。当时农村条件艰苦，一般干部几个人住一间农舍，一人一块门板当床。他和其他领导干部一样，有警卫员，有马夫，外出有马骑，那是一匹性情温顺的大白马。这些在当时也是特殊化了。

爱情是什么？

哲人有哲人的定义，最经典的应该是柏拉图和苏格拉底的探讨。

作家有作家的看法，比如高尔基觉得“没有爱的生活不是生活，而是生存”。

诗人的感受大概是最丰富的，泰戈尔认为“爱情是理解和体贴的别名”，伊萨科夫斯基说“爱情不是一颗心去敲打另一颗心，而是两颗心共同撞击的火花”，荷马还看到了爱情的颜色——“醇厚的酒的颜色”。

有人说，爱情是两颗高尚的心灵，在一块富饶、不会变质的土地上开出来的花。

爱情也会转化成亲情，亲情是水中的盐，没有形体，你却能感受到它的滋味。

亲情是风中的空气，它包围着你的呼吸。

朱克靖和陈毅都有很深的文学造诣，经常在一起吟诗弈棋，互相了解，互相尊重，自然成了至交战友，无话不谈。

他开始关心陈毅的婚姻了。

陈毅数年前在江西和一个名叫赖明月的姑娘结婚，后来到了中央苏区瑞金，中央红军转移开始长征，部分家属疏散回原籍做地下工作，陈毅留下坚持三年游击战争，和赖明月一别再无消息。此后陈毅一直忙于战事，生活问题无暇顾及。但男大当婚，女大当嫁，他老大不小了。

当时，陈毅是新四军一支队司令员，司令部驻扎在苏南溧阳县茅山根据地的水西村。有一次，他在军部开会时，晚上观看了战地服务团的演出。演员张茜在话剧《一年间》中扮演一位飞行员的新娘子，她的表演甜美俊逸，感情逼真，深深打动了陈毅的心。

张茜祖居湖北省汉阳县城，她出生时，正是兰花盛开的季节，母亲便给女儿取乳名“春兰”。1929年，春兰已满七岁，在汉口一所小学就读，母亲给她取名“掌珠”。1935年，“一二·九”运动爆发，年仅十三岁的掌珠满怀爱国激情，积极投入了汉口的学生运动。

1937年，掌珠考取湖北省立女子师范学校。七七事变爆发，她积极响应周恩来、邓颖超的号召，经八路军武汉办事处介绍，于1938年春赴江西南昌，参加了新四军军部战地服务团，这年她才十六岁。参军后，她改名为“张茜”。张茜参军后，被分配到战地服务团戏剧、音乐组。她经常在军部驻地及前线为战士们演出。她的演技日臻出众，歌喉婉转动人，加上容貌俊美，活泼聪颖，在演出《雷雨》（饰四凤）和《魔窟》（饰小白菜）等剧后，轰动了军部。

陈毅的心中总是晃动着那个飞行员的新娘子的影子，挥之不去。他终于忍不住跑到云岭找他的老朋友朱克靖聊天。陈毅转弯抹角地提出，要朱克靖分派一些战地服务团的团员到一支队游击区去做战地服务工作，鼓舞士气。朱克靖十分赞同这个主张，答应向军部请示后，即可派一个小分队去。正事谈完了，陈毅仍没有要走的意思，朱克靖就提议到团里参观参观。陈毅欣然同意。

他们在团里遇到了去小溪边洗衣回来的张茜。朱克靖给他们介绍时，陈毅亲切地说："这就是那天晚上扮演新娘子的小鬼嘛！"张茜立即"抗议"说："我不叫小鬼，我有名有姓哩！"

陈毅立刻表示歉意说："啊，真对不起！但你可知道，'小鬼'可是我们革命队伍里的爱称哦！我知道你是张茜同志，这是你原来的名字吗？"

张茜有点不好意思地说："我童年时的乳名叫春兰。"

然后，匆匆跑走了。

朱克靖对陈毅说："她是个好演员，演戏感情丰富。演《放下你的鞭子》，她自己就不停地哭。"

陈毅抓住"战机"不放："她是哪里来的，有男朋友吗？"

朱克靖从老友对张茜关心的话里，听出了弦外之音。朱克靖比陈毅大几岁，关心地问："仲弘，你年方几何呀？"

陈毅感慨地说："三十有八喽。"

朱克靖说："孔夫子云，三十而立。你也该成个家了。"

陈毅说："同志哟，匈奴未灭，何以家为！"

朱克靖笑道："仲弘错矣。毛主席不是说了嘛，抗日战争是持久战，也许再打上十年八年，你等得起吗？"

朱克靖以诗调侃说："将军为何多憔悴，半为兰畦半为茜。"兰畦指胡兰畦，是陈毅早年的女友，茜即张茜。

陈毅微笑默认。

陈毅因战事连夜赶回溧阳。朱克靖是古道热肠急性子的人，私下加紧进行牵线搭桥的工作。

张茜之前见过陈毅。

那一次在服务团与部队联欢会上，大家都拼命起哄让陈司令出节目。陈毅挠挠头说："那好我就唱首歌吧！"出乎大家的意料，陈毅竟然是用法文唱马赛曲，唱得昂扬，气势非凡，顿时全场欢呼。很多团员听着这熟悉的旋律都目瞪口呆了。

有个团员惊讶地说："啊！老红军还会唱马赛曲啊！还是用法语唱。我们还是专门排练了好几天呐。"

团长朱克靖听见了，转过头来说："你们不要小看人啰！陈司令1919年就去法国勤工俭学，是正经吃过洋面包的。他是大学毕业噢，比你们这些高中生高多了。人家大学生干革命坚决得很！"

朱克靖一席话让大家更加钦佩陈司令了。张茜听在耳里，记在心里，年轻的她也成了陈司令的崇拜者。

但崇拜归崇拜，她的心完全在剧团演出上。服务团到达云岭后，朱克靖等人建议纪念鲁迅先生逝世两周年，组织人写文章，美术组出版画，戏剧组决定排演话剧《阿Q正传》。

朱克靖知道服务团中传说男团员林欢和张茜要好，他们是一起从武汉来参加新四军战地服务团的，但究竟好到什么程度，朱克靖也不摸底。

他先找林琳问："你的那个朋友张茜有没有男朋友啊？好像小林跟她很近乎。"

林琳扑哧笑了："难怪大家叫你是老妈妈团长，什么都管，连人家的朋友都管。朱团长，告诉你吧！张茜还没有男朋友，小林和我们都是武汉老乡，总是走得多些，说得多些。你又想搞什么拉郎配啊！”

朱克靖笑了：“林琳！你最大的优点就是直爽、爽快，你去把张茜叫来。”

张茜走到团部，朱克靖笑呵呵地问：“张茜，听说你和小林来往很近啊！是不是啊？”

张茜一下子就紧张了，马上解释：“我和小林是同乡，是纯粹的工作关系，一般朋友。”

朱克靖更高兴了：“不是特别的朋友太好了。我给你介绍个人吧！”就把陈毅的情况介绍了一番。

张茜没想到朱团长竟然是讲交朋友的事，她脸一下子就红了，低着头不吭声。一边是朱克靖滔滔不绝，一边是张茜闷声不吭。朱克靖碰了个软钉子，不由着急了：“你怎么一句话不说？”

张茜抬起头，一双明亮的大眼睛望着朱克靖：“朱老妈妈，你总得让人想想吧！”

朱克靖拍着额头：“对！对，应该想想。”

朱克靖把这次谈话告诉陈毅，陈毅高兴说：“只要她没有正式男朋友，我就可以进攻了。”

张茜并没有把朱团长的话当真，因为她感到这根本不可能，一个是红军高级领导，一个是刚参军的小干部，她仍然是那样无忧无虑。

可没几天张茜就接到了陈毅的信，一下子就把张茜平静的生活搅乱了。张茜还不满十八岁，她不想过早结婚，她还要努力创造自己的事业。

另外还有一个秘密，张茜一直想在抗战胜利后也像李增援那样读戏剧专业，从事戏剧事业。她更愿意找个同行作为伴侣，这样双方容易理解。可是来信的却是陈毅，差距那么巨大的陈毅，张茜不知道怎么办。在部队这种事是保不住密的，没几天服务团里都知道了，各种议论都出来了。陈毅的信来得多了，团里的议论也越来越多。

张茜受不了了，拿着信跑到了团部，正好副团长谢云晖在。她气恼地把信推到谢云晖面前说："这些信请组织看了以后，退给陈司令，我现在不想谈这个问题。"

谢云晖明白了，和颜悦色地说："张茜同志，选择恋爱对象确实是你自己的事，任何人都不能勉强。从组织角度，当然更愿陈毅这样革命了近二十年的老同志能找到爱人，获得幸福，但并不是要你一定服从，不是不允许你选择。"

好友则在催促，林琳生气地说："你怎么这样固执？这么好的人你还等什么？"

这一切让张茜犹豫。她想起了自己的好朋友王于畊。1939年3月中旬，张茜约了王于畊坐在一片盛开着红杜鹃的山坡上，开始了悠悠絮絮的知心话。张茜拿出一张照片给王于畊，王于畊一看是张茜的一张近照，清丽的面庞绽放着灿烂的笑容，深邃的大眼睛漾着秋波。

好漂亮啊！王于畊感叹着。翻过照片背后却密密麻麻写满了飘逸的小字，"在人们面前，我感到惶惑，惶惑得不知如何是好。摘自张茜来信。"王于畊一眼就认出这是陈毅的字，这是劝慰张茜的特别的方式。王于畊抬起头来盯着张茜的眼睛，她没有看到惶惑，看到的是一双思索的眼睛。

王于畊脱口而出："张茜你用不着惶惑，真的不必惶惑。自己的事，用不着看别人的脸色，自己下决心，选择就是了；惶惑下去，可能，可能是只有自己知道的满怀痛苦。"

张茜点点头，默思片刻，突然问："你呢？如果你遇到这类事，怎么想呢？"

王于畊沉默片刻，毅然说："我想的是生死之交！我觉得在深厚友情基础上的感情，才能成为生死之交。我不喜欢那种种的感情游戏，也讨厌那些指指点点的人们。"

张茜沉思着，幽幽地说：“我同意你的想法。我有一种理想，我总生活在自己的理想中。我向往那种完美的、纯净的爱。”

生死之交的谈话，让张茜想得更深，想得更远。

服务团演戏出名了，各支队的指战员也希望看到服务团的演出。政治部主任邓子恢和朱克靖团长商量，决定组成几个演出队，分头到新四军各个支队慰问演出。

朱克靖负责组织安排，戏剧组第二队要去挺进到茅山的陈毅第一支队演出。朱克靖不免于公事公办中夹带点私情，为老朋友提供和张茜见面的机会，谈恋爱不见面怎么行呢。朱克靖把演剧二队队长找来，面授机宜，对他说：“把张茜分配到你们队。”

二队队长外号“智多星”，心领神会，嘴上说：“感谢领导加强我们的演出力量。”

队长从朱克靖那里领命回来，不动声色地对张茜说：“你被编在演剧二队，回去准备一下，明天一早就出发去茅山。”

张茜起先并没有意识到个中奥秘，等收拾行李时才突然领悟。这些天她一直心神不定，思想很矛盾。她要忘却陈毅，但陈毅的影子总是在她脑海里出现，她怕见到陈毅，又想见到他。她把行李收拾好，又来找队长，嗫嚅地说：“我不想去一支队。”

队长故作惊讶地说：“为什么？你从来没有不服从分配呀。”

张茜当然说不出理由，只是说：“除了一支队，去哪都行。”

队长为难地说：“名单是朱团长定的，已经报了军部，组织上决定的事，哪能随意改。我们服务团员一向不怕艰难险阻，领导叫到哪里就到哪里演出，从来不讨价还价呀。”

张茜咬咬嘴唇，心想去就去，他陈司令还能吃了我。

第一支队司令部的人听说战地服务团要来慰问演出，顿时忙起来，清扫院子，烧水煮饭。黄昏时分，一身风尘的服务团演员们到了驻地。演出队休整一个晚上，第二天便忙着为指战员们演出话剧《韦岗烽火》。这出戏是根据粟裕指挥的韦岗战斗编排的。扮演陈毅的男演员，提出要穿一套司令员的服装，以增加真实感。队长一反常态，没有让管服装的剧务去借服装，而是对主要演员张茜说："你去找陈司令员借一套服装来。"

张茜心想：借服装就借服装呗，干嘛点名让我去，过去这种小事从来不找我干的，真见鬼。她走到半路上耍了点小聪明，改道去找副司令员傅秋涛借，或许是天意，恰巧傅秋涛出去了，几个办公室找遍了也不见人影，只好硬着头皮去见陈毅。

陈毅看到张茜，喜出望外。他说："啊，原来是在云岭见过的老朋友！"热情地为张茜搬来凳子，倒茶，原由警卫员做的事情，他都自己做了。

张茜说明来意。陈毅立即爽朗地说；"要什么样的？我身上这一套可以吗？"说着就把衣服脱下来交给了张茜。

张茜拿起衣服走了。陈毅猛然想起，衣服里还有一样"秘密"没有取出来，急出了一头汗。

原来，陈毅也是刚从前线回来，听说服务团的演出小分队已到了一支队，不由地就想起了张茜，随手就在办公桌上挥诗一首。刚刚写完，尚未来得及仔细推敲，秘书送来一份文件，陈毅就把写好的诗往衣袋里一塞。现在衣服被张茜拿走了，要是发现了那首诗……

正在陈毅感到要是诗被发现，而张茜不能接受他的感情，反而造成不好的影响，让警卫员追回衣服，又怕伤了张茜感情的时候，机要员又送来一份十万火急的电报。电报报告日寇分几路向茅山抗日根据地进行扫荡的消息。陈毅立即召集一支队副司令员、政治部主任一起商量如何打退敌人扫荡的问题。

陈毅没有参加服务团小分队于当晚组织的文艺晚会。张茜在演出结束后整理服装时，发现陈毅的上衣口袋里有"文件"。她将那张纸掏了出来，展开一看，上面竟然写着"赞春兰"三个字，下面是四句诗，字迹潇洒、漂亮。张茜吓了一跳，急忙把诗藏到自己的口袋里。等到躲到一个没有人的地方，张茜才带着怦怦的心跳，小心翼翼地把那张皱巴巴的纸理开来，读了起来：

小箭含胎初出岗，似是欲绽蕊露黄。

娇颜高雅世难觅，万紫千红妒幽香。

张茜读着读着，眼睛有些模糊了，泪花在眼眶里打着转。她心里想：一个人能得到如此真挚可贵的爱情，难道还不应该知足吗？我却还在维护着自己所谓的“自尊”，太对不起陈毅同志的一番情谊了。晚上，张茜在床上辗转反侧，几乎彻夜未眠。

第二天，张茜去陈毅的住处还衣服。当听到陈毅说“请进来吧”，张茜带着一副羞答答的表情走了进去。她把衣服还给陈毅，默默地坐在那里，欲言又止。

这一次，他们整整谈了八个小时，陈毅把自己的经历和两次婚姻全盘托出，他这种磊落的品格和无畏的气质，深深打动了张茜。这天夜深，陈毅第一次送张茜回服务团，初春的夜寒意仍浓，银色的月光皎洁如玉，他们漫步在田埂上却感受的是无比温馨。

不几天，陈毅从江南水西村寄来一篇记叙这美妙夜晚的散文《月夜》。文中散发的真挚的感情和横溢的才华让张茜惊叹不已，知道自己的心已被人俘获了。

陈毅是二十年代“文学研究会”成员，其文学才华可想而知。

张茜同样用诗一般的语言回了一封信，信中写着：“我爱这战斗的春天，我爱这春天的战斗。”

又过了不久陈毅又寄来了一首诗，一首真正的情诗。没有任何色彩，只有对所爱之人的深深的爱恋：

春光照眼意如痴，
愧我江南统锐师。
豪情廿载今何在？
输与红芳不自知。

这一切使张茜心动不已，除了仰慕，又增了倾心、知心，炽热的感情如奔涌的长江潮水，再也止不住了。

即将上前线的陈毅，感到浑身是劲，喜气洋洋。他给还在云岭的媒人朱克靖写了一封意味深长的信。信尾俏皮地写道：“……事情百分之九十九是‘大局已定’了。”

1940年2月6日（春节的前两天），陈毅与张茜悄悄地结婚了，没有仪式，只有两个大红“囍”字照着两个幸福的人。过春节时管理处专门做了肉丁炸酱面请大家吃。大家问：“什么好事慰问我们啊！”管理员说：“祝贺陈司令和张茜结婚，大家同喜呀！”大家没喝上酒，吃了顿炸酱面。

我们大抵很崇尚战争时期的爱情，似乎这种非常时期的爱情才疯狂和浪漫，才真正地将恋爱的双方放在火与冰的炼炉中炙烤和锤炼，那样的爱情才是坚定不移的，那样的爱情才轰轰烈烈、天昏地暗、亘古不变的。

其实，爱在战火纷飞时，有痛苦，有无奈，有悲哀，但更有真情！硝烟弥漫的年代，激情燃烧的岁月。男人的天堂里，唱着爱情的歌，踏过坎坷，留下记忆，永不褪色……

张茜婚后成为陈毅的得力助手和感情知音。动荡的战斗岁月里，二人时常吟诗抒怀。

第六章 所有的足迹大地都会知道

历史的时针在不停地走着。

黄桥大战后到翌年1月，仅三个月，国民党顽固派就发动了“皖南事变”。

1941年1月4日，皖南新四军军部直属部队等九千余人，在叶挺、项英率领下开始北移。1月6日，当部队到达皖南泾县茂林地区时，遭到国民党军七个师约八万人的突然袭击。新四军英勇抗击，激战七昼夜，终因众寡悬殊，弹尽粮绝，少数被俘，大部壮烈牺牲。军长叶挺被俘，副军长项英、参谋长周子昆突围后遇难，政治部主任袁国平牺牲。这就是震惊中外的“皖南事变”。

夜色，很暗，很暗，很暗。

很暗很暗的夜色，能掩饰住人间的悲剧吗?

夜，越来越深，黑暗笼罩着大地。

黎明，离此刻还有多少时间?

朱克靖在《回忆与感想》一文中悲愤地写道：

当皖南惨祸不幸的天大的事件发生的时候，我正在盐城苏北指挥部。大约在1月4号，大家获悉了叶、项军长自皖南转道江南北来的佳音，都在高兴地盼望着不久将来的大会合，期待着发挥我们在江北更大的打鬼子的力量。到了6号，知道皖南军部已到了茂林，此后数日就消息渺然。大家都忖测着他在行军无暇通电，但不疑其有他。到了11号。鬼子以数十架飞机从东台到盐城，从早晨到黄昏，更番地轰炸着，毫不吝惜它的猛烈的炸弹和林雨的机弹，要把东台盐城化为焦土平地，要将我们化为肉泥似的。那时恰巧我和刘少奇同志躲在一个深不及两尺的壕沟内，前后左右不满两丈见方的面积，扔下了7个炸弹，我们混身都为泥土埋没了。当时我们对鬼子的空中屠杀异常切齿痛恨，复仇的火焰在内心已达沸点。少奇同志老是这样说着：“可耻！可耻！娘卖麻皮的娘卖麻皮的！”这是湖南人痛极恨极誓必复仇的表示。

但是当时谁也不晓得，谁也料不到国民党军队的领袖蒋介石先生也派遣了7个大师，把奉命遵令北移的皖南军部包围得铁桶似的水泄不通，也用了飞机大炮在那里大杀特杀我们抗战的新四军。若说在那时蒋介石先生围歼皖南军部与日寇同时轰炸我军苏北指挥部事先有了密约，那或者是有点冤枉，但蒋介石先生及其将领们这样反共的暴行替鬼子屠杀了消灭了不少民族抗日的有生力量，起着秦桧、汪精卫之流的汉奸作用，那就应该是千秋的定论了。

1月20日，中共中央军委发布重建新四军军部的命令，任命陈毅为新四军代理军长，张云逸为副军长，刘少奇为政治委员，赖传珠为参谋长，邓子恢为政治部主任，继续领导新四军坚持长江南北敌后抗日斗争。

28日，新四军军部在苏北盐城重建。军部战地服务团撤销，人员分配到各师战地服务团。朱克靖离别战地服务团，转做地方工作。

1941年3月，朱克靖继续担任苏北参政会副议长，兼苏中三分区专员。

陈毅有他的想法，朱克靖任三分区专员，一是统战工作需要，韩国钧、朱履先等统战对象都在这一地区，需要朱克靖继续做工作；二是陈毅对朱克靖工作的关心和重视。

在新四军中，叶挺和陈毅对朱克靖是了解和尊重的。以朱克靖的资历，任战地服务团团长已经委屈，服务团编制取消后，应该任高一些的职务。但朱克靖坦坦荡荡，大家干的都是革命工作，一个锅里摸勺子，只有分工不同嘛。

5月，朱克靖在苏中三分区县委书记联席会议上作了《发动群众与统一战线》的报告。以后，三分区四个县，在朱克靖的领导下，陆续建立了四县参政会。各县开成立大会时，朱克靖都到会讲话。1943年秋建立了参政会，会上一致选举朱克靖任参政会长。

7月间，黄逸峰领导的“联抗”部队北上，税警团陈泰运挂出“鲁苏战区游击指挥部”的招牌，从姜堰一带窜入“联抗”防区。朱克靖专员作为新四军代表与税警团会谈，争取其抗日，双方协议：姜堰、曲塘、海安以北政权由新四军负责群众工作，税警团不得干扰；税警团在这地区行动，当地的公粮、税收，全部留作税警团的给养。根据此协议，中共海、曲、白（米）工委和海、曲、白办事处领导该地区党的工作和行政工作。

1942年前后，抗日战争进入了极其艰苦的阶段，为粉碎日寇、汪伪联合清剿、扫荡，苏中三分区党政军民，一方面坚决实行“精兵简政”，“坚壁清野”的政策，另一方面又利用各方面的关系，积极开展敌占区工作，分化瓦解、内外夹击、达到打击敌人之目的。身为三分区专员兼敌工委书记的朱克靖，在苏中区党委的直接领导下，不辞劳苦，不怕牺牲，经常出没于封锁线上，了解敌情，掌握时机，指挥我军在敌人内部的武装斗争，使敌伪不断受到沉重打击。

1942年深秋，夜深人静，秋月似镜。窗外秋风飒飒，鸿雁高鸣。

勤务兵把豆油灯的捻子挑亮后，轻轻地退了出去。

朱克靖在昏暗的油灯下，伏案疾书。他胸有成竹，动起笔来，自然流畅。

朱克靖在写自传性的长文《回忆与感想——为庆祝新四军成立六周年纪念而作》，新四军的抗战经历犹如一曲高亢、悲壮、激昂的战歌在他的内心深处响起。

他点起一支烟，提笔写道：

我是从新四军成立时候起，到黄桥决战，到泰州讨李逆长江叛变之役止，一直都是带军服务团奔驰大江南北，尽战地服务的职任，与全体新四军指战员共同战斗着，恰恰有三年半时间。虽然我的工作和成绩是渺小不足道的，但新四军忠勇为国，艰苦奋斗的伟业是可歌可泣的。尤其是它的忠不见谅，功乃加诛，它的首先领导者叶挺军长是北伐功臣、抗日名将，迄今犹囚重庆，回忆起来真令人扼腕、嘘唏，搔首青天，有今世是何世之感。

我的回忆是个人的，片断的，零星的，但其中百分之九十以上都是自己所亲历或参与的事实。择几段显著的血腥的及相忍为国、委曲求全的事实，为国人一道，作为新四军成立六周年纪念的礼物……

勤务兵一觉醒来，见朱专员还在伏案写作。每个晚上不是看书就是写东西，这是朱专员的老习惯。他心疼地摇了摇头，不一会又进入了梦乡。

第二天晚上，朱克靖继续写作：

吾人知道在这个艰苦的时日，正是我们拿起武器斗争的时代，而不是放下武器做羔羊任人宰割的时代。皖南殉国的项副军长、袁国平主任及一切死难的英雄们！请你们安眠吧！安眠在祖国的万花怒放春光明媚的皖南！

叶军长，囚首垢面在重庆的叶军长，闻邹韬奋先生告诉我说，你的胡须现在长得满脸参参了，听说不恢复你的自由，你的尊髯尊须是决不剃的。我们大家和人民都景仰着你的气节，惦念着你的英明的指导，我们大家都在这里盼望着你早日归来，并希望你会把你的胡须剃得光光的，一如过去一样地英姿飒飒地来领导我们把鬼子赶出中国。我们相信这个时日的到来，是不会很久的，黑暗倒退的法西斯的势力，在全世界和中国都快宣告寿终正寝了；而光明进步、民主自由幸福的世界快要来临了。让我们和中国人民在不久的将来，兴高采烈地作最热烈、最愉快的“最后的一笑”吧。

写完了，已是凌晨两点。朱克靖忽然觉得手指间发热，低头一看，原来香烟已经快燃尽了，便连忙吸了几口，把烟头掐灭在烟灰缸里。

《回忆与感想》在苏中区《江潮报》1942年第192至209期连载，并出版单行本，影响很大。海安中学将此书列为青年学生必读的革命书刊。有些进步青年读到了邱东平写的《茅山下》和朱克靖写的《回忆与感想》，对书中描写的新四军东进，开辟苏南茅山根据地和苏中根据地的情景，心向往之，参加了新四军。

曾经在三分区政工大队学习过的郭加畏在《聆听教诲——追思激情燃烧的岁月》一文里写道：

最令我们每个人难忘的是1945年3月初，政工大队举行开学典礼的庄严时刻。我们全体学员聆听了分区专员朱克靖同志非常精辟的讲话，也是我们入学的第一课。朱专员身着灰色军装，脚踩黑色锃亮的高筒马靴，戴一副浅色的墨镜，用他那高亢的湖南乡音，面对全体学员，不用讲稿，侃侃而谈。他仪表翩翩，既富有革命老干部的英姿，又富有学者的风范。他指出当前抗日斗争的形势发展得很快，已经大大超过了我们原有的估计。因此，需要培养大批的革命干部，以适应各条战线的需要。他强调指出，政工大队的任务就是要为党培养大批的行政管理干部，造就行政管理人才。他的讲话，言简意赅，十分富有感染力，使我们每个青年学生受到了一次极其生动的革命理想与前途的教育。我们能够亲耳聆听朱克靖同志的教诲，现在看来也是一次精神上的高级享受，的确是机会难求，不可多得。我们对朱克靖同志渊博的学识、独特的文采早有所闻，十分敬佩。他在庆祝新四军建立六周年时所写的纪念文章《回忆与感想》一文，当时苏中三分区《江潮报》上已全文刊登。这篇文章的发表，在抗日根据地引起了轰动效应，读者如痴如醉。我在如西中学二院读书时，该文是作为语文教材列入必读范围的。虽然距今已时隔60多年，但我还记得文中对陈毅将军有一段诗意般的描写，大体是：在晚霞余辉的映照下，山林寂静，陈毅军长戴着墨镜，骑着一匹小黄马，沿着弯曲的小路远去……

黄秀成在《七十年前的夏令营》的回忆文章里写道：

“1943年，我在家乡如西中学参加了一期夏令营。抗战期间的夏令营，学员享受供给制，进行军事化管理。在夏令营的时间并不长，受到教育却很深。虽不能影响我的一生，但使我终生难忘。

夏令营的学员大多是解放区的在校学生，也有来自敌占区的爱国青年，为了抗日救国的共同理想，聚集到一起。

没有现成的课本和教材，俞铭璜、朱克靖撰写的《新人生观》、《回忆与感想》成为最受欢迎的教学课本;老师编印（油印）的讲义是最生动的活教材。生活艰苦，设施简陋丝毫不影响教师的教学热情和效果，反而激励人们发奋向前。一个半月的磨炼，同学们的思想觉悟和政治水平都有不同程度提高，形成了群众要求入团，团员申请入党，党员报名参军参干的热潮。有志青年纷纷投笔从戎走上新的征程。

普通夏令营却引起县、地委领导的关注。时任苏中第三专员公署专员的朱克靖同志亲自来营作形势报告，这对年轻人来说，是千载难逢的机会。

提起朱专员大家并不陌生，他的《回忆与感想》早为熟知。朱克靖是湖南人，他湘音未改地畅谈二次世界大战的形势。

朱克靖专员告诉我们：当前二次大战正处于历史转折期。反法西斯阵营由防御转为反攻，德、意、日法西斯由进攻转入防御。欧洲战局直接影响到亚洲，日军从中国战场抽兵南进，抢占东南亚，试图为犄角，挽救危局。日军在华兵力捉襟见肘，被迫停止对正面战场的进攻，集中兵力清剿我解放区，巩固其后方作最后挣扎。我国的抗战形势也由战略相持向战略反攻阶段转变。最近我晋察冀八路军发动“百团大战”破袭同蒲路取得全胜表明，我军已具备打运动战、歼灭战的条件和能力。

苏中解放区的斗争形势同样如此。继苏南茅山地区获得反清乡斗争胜利之后，我军又在苏中四分区粉碎了敌人的围剿计划。接着我们主动发起车桥战斗，经几昼夜苦战，击退敌人多路增援，全歼车桥守敌。目前我苏中解放区已连成一片，敌人只能困守控制一些孤城点线，被动挨打，形势对我们十分有利。但不要忘记困兽犹斗，我们还要作长期艰苦斗争之准备，直到最后胜利。

朱专员所讲的都是大家最关心最爱听的问题，有些情况以前闻所未闻，有的就发生在自己的家乡，《车桥之战》的歌声犹在耳边回响。大家受到教育、振奋、鼓舞、热血沸腾，恨不得立即奔赴抗日前线……”

鞠开先生在《我的一切都是党给的》一文中回忆：

1943年7月，我进了三地委青委在江苏省泰兴县霍家庄举办的暑期补习班学习，从这个时候起就开始脱产吃公粮，一直吃到参军，每个月三十斤小米。进学习班后，学了新四军战地服务团团长、三分区专员朱克靖写的《回忆与感想》和宣传部长俞铭璜写的《新人生观》，使我思想上大大开窍，初步懂得了为什么要革命的道理。学习班结束后，又到了共产党领导的民主政府举办的泰县二中乡师部学习。一面学文化、一面学政治。

就是这本《回忆与感想》的小册子，后来如管文蔚同志在回忆录中所说的，成为极其珍贵的历史资料，为诸多研究新四军历史的著作所依据和引用。

在朱克靖身边工作的三分区秘书主任盛仁东说：朱克靖是个了不起的人，我很敬佩他。他担任三分区专员，威信很高。他为人正派，博学强记，书读得多，诗词歌赋，中外历史，《红楼梦》《西游记》，党的历史，都很熟悉，无所不通。我们遇到问题找他，他都能解答，而且告诉你在哪本书里可以找到答案。他有学问，有气派，真正为人民服务，没有私心杂念；工作深入调查研究，别人解决不了的问题，他可以解决；别人没想到的地方，他想到了。对任何同志都真诚热情，不随便发言，不随便批评人。他有很高的理论水平和政治水平，学识渊博，在我接触的干部中是少见的。他写回忆录，敢讲别人不敢讲的话。

笔者在这里要插入交代一件事情：1940年年底，汪精卫派伪政府民政厅长缪斌来到泰州，游说李明扬、李长江，只要把军队编入南京政府，保证满足军队的供应，还可调李明扬去南京政府任职。李明扬坚定地说："我李明扬不慕高官厚禄，不羡安逸舒适，我要抗日、坚决地抗日，不把日本侵略军赶走，我不去南京一步。"李长江却表示了恰恰相反的态度："汪主席有心拉咱一把，咱就靠锅先热。"最后与李明扬"分家"，拉了几个纵队投了汪伪。李明扬则继续率领所部打游击抗日。1941年1月，朱克靖向刘少奇、陈毅汇报了李长江加快投降步伐的重要情报：李长江有勾结敌伪进攻海安、曲塘、东台之意。李长江的投敌面目已经暴露，日伪的意图亦初步为新四军掌握。在李长江加快投降步伐时，新四军军部指令粟裕率新四军一师主力秘密集结，在李长江公开投降后，迅即发起讨李战役。

1942年夏收后，三分区军民取得反“忠救军”北窜的胜利。8月初陈毅又指示朱克靖、黄逸峰和李明扬、陈泰运谈判，请李明扬转告李长江、陈才福等伪军头目，不要助敌为虐，宜切实联络，互保抗战实力，以不互相攻击、不下乡骚扰为条件，有战事打假仗，互相通报。新四军愿同他的鲁苏皖游击队订立抗战合作以及抗战后长期合作条约，在江苏问题上愿意帮助他成为中心势力。

朱克靖作为新四军代表，和李明扬一起到“联抗”部队视察。由黄逸峰主持在曲北区于王庄操场上集会，朱克靖讲话号召“联抗”部队继续与友军团结合作，坚持敌后斗争；李明扬讲话赞扬“联抗”部队艰苦奋斗，坚持抗战。黄逸峰向李明扬转达军部意见，李明扬、陈泰运数年坚持中立这是一大成绩。后来陈泰运走向反动，新四军决定讨伐税警团。

朱克靖还想把老朋友李明扬拉到新四军里来，并就此致电陈毅。陈毅1942年8月回电说：“克靖电提议对李明扬助款一部分，以便策动其反正事，我意如下：“在反攻到来以及敌方严重向我扫荡时，我不应主动去策动伪军反正。如伪方被迫反正，则我应援助之”；“同时亦宜警告伪方应防备敌方突然解决他们，表示我们的关心和援助的决心。苏中存有大批中农票可先拨十万到廿万送李明扬一个人……李明扬设税卡事可以准他”。

1942年10月29日，韩德勤向蒋介石告李明扬的状，说李明扬“渎职违法”，“利用离苏赴渝请训之际，收编土匪，把持税收及勾结奸党陈毅、管文蔚、朱克靖等，借以牵制第八十九军，又派员赴南京与汪兆铭、周佛海往还接洽。请命令撤惩”。

11月底，李明扬派其秘书、曾任民主政府参政员的陈养亭、杭礼门二人，来新四军军部，要求新四军协助李明扬策动李长江、杨仲华两部反正，条件是于反正后划东台、泰兴、兴化等四县为李明扬部驻防地区，李明扬指挥总部移驻东台，并希望新四军军部设盐城与他们靠近。李明扬还企图以策动反正之功活动江苏省主席一职。当时新四军在原则上已答应予以援助。但估计李明扬策动李长江、杨仲华两部反正的计划太大，且有军阀幻想，同时并未深刻考虑到反正后应付敌寇报复之严重困难。陈毅认为反正时机以在反攻时举行为最有利。现在举行战略意义小，且将得不偿失。这些方面已向李明扬代表说明。但为表示对李明扬的同情援助及巩固历史上的友谊起见，仍表示尽力赞助其反正计划。

新四军军部决定派叶飞、朱克靖与李明扬会商一次，进一步解决双方合作问题，并提出反正时机，能推迟在明春敌寇对华中大扫荡时为最有利。叶飞、朱克靖准备元旦前后与李明扬会商，后因敌伪大举扫荡，谈判暂时中断。

1943年春，朱克靖根据苏中区党委意图，经分区叶飞、谢克西、许家屯等集体研究，指派被判处死刑但未执行的泰县张甸分区队长凌玉斋及其子凌宵云，以“苦肉计”办法，改名换姓，于6月拖枪打入泰州李长江伪部。在凌家父子临行前，朱克靖亲自向他们交代了任务：以敌人的名义，发展地下武装，等待时机，内外夹击，消灭敌人。还规定共产党员凌宵云要三个月向分区汇报一次敌伪的情况。在以后的一年多时间里，凌宵云向朱克靖共汇报了七次，每次朱克靖听了汇报后，都对战斗在李长江伪部的我地下武装工作提出具体的要求。

朱克靖甚至冒着风险，单枪匹马直闯伪第一集团军司令部，当面对李长江做深入细致的争取工作，但因时机未成熟，没有实现。

不久，国民党又掀起第三次反共高潮，各界人士无不义愤填膺。如西县参政会在朱克靖领导下，立即召开紧急会议，决定以如西县参政会的名义，给蒋介石发电，奉劝蒋介石以抗战大业为重，撤回包围陕甘宁边区的二十万军队，维护国共团结。电文如下：

主席蒋委员长勋鉴：国共分合关系存亡，六年抗战全赖团结一臻胜利之途。民等困处敌后，忍受艰辛方庆民族更生有日，忽传陕北风云紧急，仇快亲痛，举国忧愤！……抗日民主政府、新四军将士及共产党人士，坚持敌后，清廉艰苦，为我民众，抛头流血，前赴后继，夙日勤公……今忽闻西北国军二十万之众，竟弃河防阵地，大举进犯陕甘宁边区，窃维边区乃我国实行民主政治之模范，八路军精忠为国，人所共鉴，若借“统一”之名，行一党专政之实，将国人政治问题，诉诸武力，此实属军阀行为！若没统一全国，则叛将何以不讨？大后乡贪官如毛，政府恶吏何以不整？况夫内战一起，两败俱伤，徒使日寇得利，国家民族陷于危亡。故民等深盼，钧座公忠体国，实现边区民众之四项要求，即令包围边区国军返原防，肃清国内亲日反共分子，并明令讨伐叛将，加强团结，开展国内民主政治建设，以谋抗战大业之完成。

江苏省如西参政会暨全县七十万民众叩。二十七日。

电文情恳意切，感人肺腑，以事叙理，句句千钧，充分表达了如西人民在朱克靖领导下，民众对抗日民主政权及其领导的军队的拥爱之情，对国共团结、拯救民族危亡、共同完成抗战大业的渴望之心，有力地声援和推动了反内战运动。

陈毅在离开苏北根据地赴延安之前，专门找到朱履先，郑重地对他说：“你应该参加共产党了。”朱履先在叶飞、朱克靖介绍下，经陈毅和华中区党委组织部部长曾山批准，加入中国共产党，并报毛泽东主席批准其为中共特别党员。

为配合四分区反清乡斗争，朱克靖专员专门去做了形势报告。

早在1942年，苏中四地委转交三地委一个地下工作关系，是伪三十四师第六十五旅第一三五团施亚夫。施亚夫1928年加入共产党，见过陈独秀，后失掉组织关系。朱克靖亲自做施亚夫的工作，帮助他重新入党。

1943年冬，解放区的反清乡运动已基本结束，并取得了巨大的胜利。三分区党组织考虑到潜伏在如皋的第一三五团施亚夫地下武装，已无继续在敌占区埋伏的必要，新四军一师副师长叶飞、三地委副书记许家屯、三分区专员兼敌工委书记朱克靖，代表华中局，向施亚夫传达了地下军队于1944年1月11日起义的决定。

在准备过程中，特别党员郑岩因转移家眷失密，敌人即密谋策划在元月五日召开营以上的军官会议，企图在会上逮捕施亚夫，并将我地下武装一网打尽。后因事前已探知此消息，施亚夫随即与朱克靖用电报又取得秘密联系，决定改变原计划，又决定提前举行起义。为吸取教训，朱克靖与施亚夫单线联系，信件均为代号。经过周密的计划，于五日黎明前，即敌人召集军官开会前四小时，施亚夫等人猝然从如皋突围，在里应外合下，顺利回到如黄线伪一三五团团部，宣布起义。部队从如皋出发，经陆家庄、加力、搬经等各营驻地，一路上烧毁碉堡，消灭叛逆，当日昏时胜利到达如西周家庄，即我三分区司令部。伪三十四师师长田铁夫闻施亚夫率部起义，曾仓促追赶，途中被我新四军如西独立团和民兵堵击围歼，仅逃走数十人，此役我军又取得一次胜利。

施亚夫率伪一三五团起义，对敌人震动很大，动摇了汪伪的内外军心，使日伪之间更加相互猜忌，加深了矛盾。此次起义，连法国巴黎报纸，亦曾为此作过报道。

再说颜秀五，有一段时间由于联系上不够通畅加上江湖义气，颜秀五也曾走过弯路，后来他积极配合新四军将兵工厂和临时医院建在他的辖区，并多次向惠浴宇提供日军电文情报。建国后的1955年，陈毅对来京的江苏省省长惠浴宇说："颜秀五，我们的老朋友，他对我们开展联络泰州二李共同抗日起了桥梁作用，对我们新四军苏中抗战是有巨大贡献的。""你一旦有了颜秀五的消息，一定要告诉我。我们的特别党员，党中央会作特别的安排。"

朱克靖在苏中战斗生活的四年零七个月，斗争精神可歌可泣，是他毕生从事革命斗争活动的一个重要阶段。

1943年秋至1945年华中局领导的整风审干运动，成绩和收获是主要的，但也有偏差。朱克靖协助陈毅按照中央指示做统一战线工作，也被一些人视为“右倾”。

朱克靖注意学习，善于独立思考。注意用马克思主义的观点方法，结合自己的体会分析研究国际形势。毛泽东《新民主主义论》发表后，朱克靖注意研读，为专署人员作讲解报告时加入自己的理解。但有人认为是标新立异。

在生活习惯上，朱克靖爱好诗、棋、烟、酒。朱克靖经常吟诗作赋。1944年2月，朱克靖协同苏中三地委书记叶飞和谢克西赴苏中领导机关所在地一仓（今属大丰市），吟诗一首，题为《赴苏中途中》：

八载抗倭溅血痕，
剧怜焦土万家村。
衔枚疾走惊残犬，
策马宵征怒晓星。
寸土争回尝百战，
一声杀敌九天闻。
莫谓重光无底事，
须凭群力任贤能。

这首诗是由苏中三地委谢克西所录，谢克西原注：“1944年2月10日，苏中三专署专员朱克靖同志协同地委书记叶飞同志和谢克西从苏中三分区同赴苏中领导机关所在地，途经如西水洞口、高明庄等新解放区，败垣残砾，旧痕依稀。朱克靖同志有感，至一仓后成此诗。谢克西记录。”

上海新四军老同志张弘说：朱克靖是新四军中的大知识分子，在军部和朱镜我合称“二朱”，大家叫他朱团长，后来叫朱专员，文学造诣很深，诗文写得好。

朱克靖和陈毅是至交，也是棋友，经常和陈毅手谈一局，到三分区后也经常和叶飞同志下棋。叶飞将军后来谈自己学棋经过时说他的围棋技艺第一个得益于朱克靖。

朱克靖抽烟很多。他做上层统战工作，能得到好烟如骆驼牌香烟，也请别的同志抽。时任三分区宣传科长、后任南京军区副政委的孙克骥将军回忆说："朱克靖专员开会抽烟，一支接一支。我对他说你这样抽烟省了火柴了。他苦笑说：没得办法。"

朱克靖的一个朋友、著名的党外人士说：朱克靖是"望天狮子"，性格豪爽，仗义执言，热情好客。

1944年，国际反法西斯战争胜利在即。日本帝国主义在国际上非常孤立，处境危殆。为作垂死挣扎，日军于进犯湖南、广西的同时，以一部兵力转向东南沿海进攻，占领温州、福州、金华等地，妄图阻止盟军登陆。国民党政府执行观战避战政策，军队松散，士无斗志，在日军进攻面前又一次溃退，浙闽沿海地带迅速沦陷。

中共中央决定扩大解放区，缩小沦陷区，以华中新四军一部向西向河南发展，一部向南向东南沿海发展，并指示新四军西进南下两大任务中，应以南下为主，江北兵力尽可能抽调南下，一切工作首先着眼保证南下任务的完成，争取全面控制苏、浙、皖、闽、赣诸省，使我党我军在举行战略反攻时处于有利的战略地位。

关于发展东南的指挥人选，中共中央原定派叶飞、朱克靖担任。

1944年9月27日，由陈毅起草，经毛泽东、刘少奇签署的中共中央给华中局的《关于发展苏浙皖地区总的方针和部署》电报中说：

敌寇目前已进占衢县、丽水、温州等地，其目的在控制浙江海岸线以预防盟军登陆。我军为了准备反攻，造成配合盟军条件，对苏浙皖地区工作应有新发展的部署，特别是浙江工作应视为主要发展方向。建议作如下部署：

……

四、估计到苏南地区现有兵力不敷分配，且必需加强干部，建议派叶飞、朱克靖等同志率两个主力团，由华中局抽调苏南、浙江一批干部随同渡江，汇合十六旅，共同担任南进任务。

中共中央还提议恢复第六师建制，由叶飞任第六师师长。

中共中央和陈毅的提议，无疑含有重用叶飞和朱克靖的意图在内。

粟裕认为，他长期战斗在苏浙地区，对那里的地理、社情较为熟悉；苏浙现有的十六旅，浙东游击纵队及浙南游击队等武装，过去一直受他的领导和指挥，在干部关系上较好处理，由他南下对全局较为有利。他把请缨执行南下战略任务的意见上报华中局、新四军军部。

华中局、新四军军部研究了粟裕的建议，认为粟裕南去较为合适，确定由粟裕先率三个团南进天目山地区，朱克靖带领地方干部随行，负责地方工作。中共中央同意华中局发展东南的部署。

1944 年 12 月 27 日，粟裕率领新四军第一师师部和三旅第七团，由苏北出发南下浙江。

1945 年 4 月 7 日晚，叶飞率领第一旅第一团、特务第二团、高邮独立团及朱克靖带领的淮海、苏中地区的地方干部三百多人，组成第二批南下部队，分别从江都地区和靖江地区渡江到达江南。朱克靖、韦一平由靖江一带渡江，中共长江工委组织九十多条船只，靖江青年渔民周盛友等参加抗日组织担任水上交通员，承担了侦察敌情、运送军需物资、接运及转移军队和地方干部等任务，两次运送朱克靖、韦一平率领的新四军干部渡江南下。

朱克靖带领到达新区的地方党政干部，跟随部队推进，深入发动群众，建立地区民主政权，开辟新的根据地。

为了加强新开辟地区的工作，适应斗争形势的需要，1945 年 5 月 1 日，在临安地区成立浙西区党委，由金明、张彦、朱克靖、顾玉良四人组成，金明为书记。同时，成立浙西行政公署，由朱克靖任浙西行政公署主任，以粟裕、金明、朱克靖等人组成浙西区财经委员会。1945 年 7 月，任苏浙军区第四纵队政委的韦一平，兼任中共浙西地委书记和浙西军分区政委。朱克靖和韦一平又在一起工作。

1945年8月初，华中局决定：原苏南、浙西两区党委，合并为苏浙区党委，粟裕为书记，金明为副书记，吴仲超为苏南行署主任。保留浙西行署，朱克靖为行署主任。同年9月，浙西区党委和苏南区党委正式合并为苏浙区党委，浙西行政公署归属苏浙区党委领导。

1945年10月，根据中共中央指示，位于长江以南的新四军分批向江北转移。朱克靖随苏浙军区部队及地方党政干部北撤过江，回到苏北解放区。

第七章 策反，沿着剑锋所指的方向

群山逶迤，松林如黛，一条小溪自西北流向东南，日日夜夜冲刷着河床上美丽的卵石。

朱克靖回到苏北解放区后不久，随新四军军部北上山东，军部驻临沂。

一天傍晚，陈毅正和几个警卫员在军部外的一片高粱地边。

高粱风姿诱人，高飒飒的身条，在风中晃晃当当的。

高粱长得很高大，离地尺把高的关节处，向下长着许多气根。两个警卫员走了过来，用手摸摸，很坚韧，像鹰爪一样，强有力地抓住土地。

对于高粱，气根是不可缺少的。早在夏天暴风雨来临前，它就迅速地生出气根，深深地扎进土里。

陈毅对几个警卫员说："你们试试，看能拔起一棵高粱不?"

几个警卫员一人一棵使劲拔了起来，"拔不动啊!"

陈毅说："怎么着？练拔河哪！这就是高粱，莫说你们，再有力气的庄稼人也很难拔起它啊!"

他接着说，"这苏北鲁南啊，只有高岗和山坡才种高粱。因为高粱耐旱耐涝，适应性强，旱点涝点都没关系，不需要太多的营养就能长得郁郁葱葱。如果种在洼地里，高粱秸秆就会长得像小树一样粗壮，秋天收割都费劲呢。"

战士们围拢过来，陈毅说："咱新四军就是这高粱啊，老百姓就是我们生存的土地啊！我们是来自人民、属于人民、为了人民的军队，战斗、生产、群众工作是我们的三大任务！目前的困难都是暂时的，我们只有把根牢牢地深入这片土地，才能根深叶茂，屹立不倒啊。你们说，是不是啊?"

战士们齐声说："是!"

朱克靖来了，陈毅喊了声"是克靖兄啊，快来，快来。"

朱克靖和陈毅来到军部，警卫员给两个搪瓷杯倒满了水。

陈毅说："克靖兄，郝鹏举你是熟悉的，你们都在苏联留过学。"

"我比他留学早两年，他在基辅。此人变化无常，1941年4月，南京伪立法院副院长缪斌受汪精卫之命，策反苏北之鲁苏皖边区游击副总指挥李长江，李长江率其所部颜秀五、陈才福、丁聚堂等易帜为和平军，郝鹏举为其中将参谋长。我在李长江那里见过他。郝鹏举与颜秀五、丁聚堂等有交谊，但李长江对郝鹏举则颇有戒心。郝鹏举感到与李长江很难共事，1942夏调回南京任伪军政部中将次长。"

陈毅目光灼灼地对朱克靖说："1938年徐州会战后，国民党西移，日伪军统治这个地方达七年之久。徐州市及周围地区的共产党人，一直争取伪军中可以争取的觉醒力量。郝鹏举现在又处在十字路口上了，何去何从，内心犹豫徘徊。我们要做好一切统战工作啊！克靖兄，你肩上的担子不轻噢。”

《双十协定》没几天，人民还没有来得及休养生息，蒋介石就悍然发动了全面内战，调动百万国民党军和几十万伪军，向我解放区进犯。随着中日民族矛盾的解决和国内阶级矛盾的激化，形势发生了剧变，抗日民族统一战线发展为反蒋民主统一战线。联络工作的主要任务，就是开展对国民党军高级军官的统战工作，分化瓦解国民党军队，争取国民党军官兵倒戈起义，退出内战战场。

这时的陈毅，正承受着巨大的军事压力。

在鲁南地区，国民党军要打通津浦路徐州济南段，新四军面临国民党三路大军的进攻：西面左路是蒋介石嫡系陈大庆指挥的第十九集团军，装备精良，兵员充足，有微山湖作依托，占据有利态势；中路是冯治安指挥的第三十三集团军，是原西北军的底子，颇有战斗力；右翼东路是郝鹏举指挥的新编第六路军，兵力有四个师和一个特种兵纵队，虽然是由伪军改编的，但就近接受了日军第六十五师团的武器装备，鸟枪换炮，郝鹏举也是西北军出身。国共攻守的重点都放在了军事咽喉台儿庄。

台儿庄位于津浦铁路与陇海铁路交会地带，连接苏北和鲁南，是徐州的门户，京杭运河的咽喉，历来属兵家必争之地。

中共中央和中央军委指示陈毅和华东的野战军，要提高士气，准备战斗，阻止国民党军北上，消灭国民军主力。要大力开展政治攻势，瓦解国民党军战斗意志，特别要组织国民党军内部起义工作。

周恩来在给华东野战军领导人的电报中，详细分析了西北军将领的心态和动向，指出：自高树勋率部在邯郸起义后，对原西北军的将领震动很大，他们看清了蒋介石只让非嫡系部队上前线打仗，却不给换装美式武器装备。在华东地区的西北军将领，如刘汝珍、曹福林、张岚峰、郝鹏举及西北军老人梁冠英等，都可以寻找时机和他们联系，争取他们反正。

新四军在山东重新整编。1946年1月7日，中共中央、中央军委决定新四军军部与山东军区合并。任命新四军军长陈毅兼山东军区、山东野战军司令员，粟裕为副司令员，任命朱克靖为山东野战军政治部联络部长，对外以秘书长的名义活动。山东军区和山东野战军后改称华东军区和华东野战军。

朱克靖遵循中共中央新的统战政策，投入了新的统战和联络工作。

此前，中共徐州工委书记赵卓如，详细地向朱克靖介绍了郝鹏举及其部属以及我党原先派在郝部工作的人员情况。

夜色迷人，万籁无声。

满天星斗，闪闪烁烁。四周的建筑，影影绰绰。

军部位于一条南北街的普通民房里，陈毅与朱克靖凝神运筹。

分化、瓦解、打击。

有理、有利、有节。

2015年4月，春风吹拂在江苏东海县的原野，大地披上了绿色的衣装。笔者行走在古老而年轻的白塔埠镇，寻找一段历史的记忆。

白塔埠的四面八方，皆是富饶的平畴，春种秋收，粮棉丰足。笔者看到庄稼一片碧绿，在风中激扬着生命的青春与活力，不知道它们是否知道，它们生长的土地曾经洒满了烈士的鲜血，它们旺盛的生命，是否也得益于烈士血肉融化的土地。

在白塔埠镇原八一工厂的北侧，有一个数米深的小水塘，水塘的周围，是一片郁郁葱葱的麦地，一片片麦浪随风起伏。“这里，就是当年我军指导员俘获国民党将领郝鹏举的地方。”白塔埠镇关工委的一位老领导告诉笔者说。

上世纪40年代，这里发生了一场惊天动地的解放战役。国民党高级军官郝鹏举成为我军抓获的一个重要“俘虏”。

1947年2月6日，华中野战军第二纵队在东海县白塔埠地区发起讨郝战役。当日夜里，第二纵队第四师冒着呼啸的北风和漫天大雪，严密伪装，搜索前进，于7日凌晨发起进攻，一举消灭郝鹏举部驻防于石榴树、尚庄湖、驼峰和鲁兰等地的两个师。7日晚18时，第四师向白塔埠发起总攻。郝部官兵在猛烈打击下已丧失斗志，加之许多官兵对郝鹏举出尔反尔的行动极端不满，不愿为其卖命，纷纷缴械投降。攻击部队直捣郝鹏举的总部，最终将其俘获。此战役共歼郝部六千余人。

如今，历史走过六十八个春秋，当年的战争已烟消云散，白塔埠战役成为远去的记忆。如今，活捉郝鹏举的地方已是一片绿色的庄稼，只有被后人开发的一汪石英水塘，还能找寻到当年战争留下的印记。

站在春天的阳光下，笔者似乎还能听到那场硝烟弥漫的战争冲杀声，从遥远的历史深处传来。

白塔埠战役，我军永远铭记的红色历史。今天的白塔埠，已成为陆海空交通便捷的工业名镇。

从这里，笔者开始前溯历史，开始起底近现代历史上最反复无常的变色龙、人称“现代吕布”的大汉奸郝鹏举的诡异人生。

郝鹏举，幼名勉，字腾霄，1903年1月29日（清光绪二十九年正月初一）生于河南阌乡县（今灵宝县）县城郝家巷一户小康之家，其父郝福是县公署衙门一个衙役。对于童年郝鹏举的家境，有两种不同描述：一是说他家庭小康，幼时聪慧过人，深得父母疼爱，成绩出众；一说郝福嗜吸鸦片，家境日益穷蹙。郝鹏举八岁丧母后即流浪乞讨，做过学塾杂役，还曾投华山学道。后得同乡襄助，才得以进阌乡高等小学卒业，而后又到洛阳考入省立第四师范学校，读书至毕业。

1921年，冯玉祥的部队进驻阌乡县，以后取道渑池进入陕西。冯玉祥的赫赫军威给正在省立四师上学的郝鹏举以极深的印象。他曾写出“做人当如冯玉祥”的诗句，表示对冯玉祥的无限崇拜。1924年夏，郝鹏举在四师毕业，怀抱着书生掌兵一展抱负的宏愿，便将名字改为“鹏举”，想跻身于军政界出人头地，展翅高飞。

1924年11月，冯玉祥在北京发动政变，逐清帝出宫，此举轰动全国。郝鹏举闻讯为之一振，仿佛看到了希望，觉得投靠冯玉祥或许可以闯出一条升迁之路。于是毅然北上，投笔从戎，投入冯玉祥第十六混成旅当了一名肩扛“汉阳造”的二等兵。

郝鹏举因有一定的国学功底，在当时一般士兵大字不识几个的年代，他这个师范的高材生在军营中算得上是凤毛麟角，入伍不久，即被梁冠英选去担任团部文书。起初，郝鹏举干得很卖力，梁冠英对其也很满意。但时间不长，郝鹏举就觉得整天伏案抄抄写写，有悖于从军的初衷，长此以往，将会是文不成秀才武不成兵，一辈子也别想有大出息。想到清末中兴名臣左宗棠，四十岁之前的左宗棠仅是个布衣教书匠，四十岁后投奔曾国藩，因带兵打仗，只几年功夫就当上了浙江总督。年过不惑的左宗棠因投军而发迹，而我才二十来岁，为什么就不能借助军队干出一番大业？既然立志从军，那就得上火线一刀一枪地拼杀，战死拉倒，不用马革裹尸；战不死，立下战功即可升迁。想到这里，郝鹏举便向梁冠英提出要求下连当兵。梁冠英是河南郾城人，对他这个小同乡郝鹏举还是很器重的，见郝鹏举志向不凡，也有意要将他培养成文武双全的军中干将，便把他推荐到第十六混成旅“模范连”当兵。

这“模范连”，是冯玉祥为灌输自己军事教育思想、加强军队建设所设立的样板连，士兵都是经过严格挑选的，优秀者可以被选拔充任排长。郝鹏举有心计、有文化，能说会道，又不怕吃苦，很快便在战术考试、军事训练方面崭露头角，引起了冯玉祥的注意。待冯玉祥升为北洋陆军第十一师师长时，便将郝鹏举调到师部卫队营，令其随侍左右，常让他给自己读书、读报、讲古文。遇此良机，郝鹏举岂能放过？便主动巴结冯玉祥的心腹爱将宋哲元、韩复榘、吴化文等人，这些人自然常在冯玉祥面前夸他是个不可多得的才子，这也就为他以后的升迁奠定了基础。1925年初，郝鹏举被冯玉祥任命为西北军军官学校大队长。

1926年冯玉祥倾向革命，军队中聘请了苏联顾问，3月至8月，冯玉祥亲赴苏联考察并学习了几个月。回国后，冯玉祥接受李大钊和苏联驻华大使加拉罕的帮助，在国民军中挑选一批青年军官送往苏联学习军事。郝鹏举即是其中之一，进入苏联基辅红军各兵种混成干部学校炮兵科学习。

1927年冬，郝鹏举从海参崴登上了回国的轮船。

冯玉祥此时已是国民革命军第二集团军总司令，郝鹏举一回到营地，即谒见冯玉祥。几个月后，冯玉祥任命郝鹏举为独立第一旅少校参谋。

第一旅是梁冠英的部队，郝鹏举在第一旅，不似先前那么谨慎，凭着他的闯劲和才干，1929年夏晋升为炮兵团团长，1930年又擢升为第一旅少将旅长，二十七岁的郝鹏举身穿将军服可谓鹏翅一展，万里春风，少年得志，步步高升！

可是就在这时，为争权夺利蒋介石与冯玉祥展开中原大战。那蒋介石权术诡诈，冯玉祥怎是对手？交战不久，西北军节节败退，冯玉祥的老部下吉鸿昌、梁冠英等将领纷纷倒戈。郝鹏举眼见冯玉祥前景不妙，便抛弃旧主，改换门庭，随梁冠英倒向蒋介石。

不久，梁冠英被蒋介石任命为二十五路军总指挥，郝鹏举也随着被提拔为独立第一旅旅长，很快转任二十五路军参谋长。整编后，蒋介石即把二十五路军调往苏北驻防。因此从上世纪三十年代起，郝鹏举辗转于淮阴、徐州、海州、扬州等地，扑灭革命运动，镇压共产党，欠下人民很多血债。

二十五路军总指挥部驻淮阴。这段日子，他表面上仍讲礼义廉耻，但暗地里日益放荡，常常偕部下违犯军纪，寻衅滋事。一次，部下告诉他水门桥堍周老中医家有个小姐长得体态轻盈，容貌迷人。郝鹏举本来只是暗里干些花花柳柳之事，那天酒喝多了，在部下怂恿下闯进了周老中医家，竟在光天化日之下，调戏良家妇女。周老中医哪里肯依，大骂他是衣冠禽兽。郝鹏举恼羞成怒，亲自动手把老中医打了一顿，还吩咐部下大打出手，把老中医家砸得个一塌糊涂。

谁知水门桥下这位周老中医可不是个一般百姓，他家几个亲戚都在南京政府中任职，他的二女婿还是行政院一个要人呢！周老中医受辱后岂肯罢休，立即修书赴宁，要为自己鸣冤报仇。

几方面状纸都通到国防部，还能不灵？国防部一封敕令直达梁冠英，命令“整饬军纪，严惩郝鹏举”。这梁冠英与郝鹏举开始关系尚可，后来见郝鹏举自恃才高，时有桀骜不驯的言行，因此渐生反感，早想翦除，这次接到国防部的指令，正中下怀，便将其推给第二十六路军总指挥孙连仲。

就这样，郝鹏举被拿掉了二十五路军参谋长的乌纱帽，另闯新路去了。二十六路军总指挥孙连仲早听说郝鹏举很狂，现在投身门下，就想压压他的锋芒，把他降级任命为一个师的参谋长。郝鹏举当然不满意，但寄人篱下又有什么办法，就这样混几年吧。孙连仲却对郝鹏举实在不感兴趣，不多久就把他送到陆军大学第十四期特别班受训，名曰“深造”。实则一送了之。

郝鹏举当然明白孙连仲意思，他再也不想回二十六路军。“陆大”特别班结业后，他被任命为豫、鄂、皖三省“剿匪”总部参议。因为反革命有功，1933年，升任国民党第三十军中将参谋长，继续干着“围剿”革命的罪恶勾当。由于消灭异己的需要，蒋介石于1936年初在南京黄埔路官邸召见郝鹏举，要他到二十五路军去“做做工作”。这用意郝鹏举完全心领神会，他知道蒋介石对于非嫡系部队一向是排挤、打击、分化、瓦解，以吃掉为最终目的。虽然二十五路军总指挥梁冠英本是郝鹏举没齿难忘的恩公，可是在郝鹏举心灵的天平上，能为总裁效命，就是天大的幸运，就有无量的前途。郝鹏举二话没讲就接受了这个卑鄙的任务。

在郝的挑拨和利诱下，梁冠英部下有几个旅和团打电报要求脱离二十五路军直属中央指挥。当梁冠英得知这一切均是郝鹏举从中耍阴谋搞策反所致，气得他大骂郝忘恩负义，无耻之极。可是已经晚了，不久蒋介石即对二十五路军进行整编，一部分划归卫立煌指挥，另一部分缩编为第三十三师，直属中央。二十五路军就这样被蒋介石吃掉了。

郝鹏举给蒋介石立了一大功，心中好生得意。有功受禄，理所当然，以后受重用得提拔还有什么疑问?

对这个杂牌军中的人物，由于他不是黄埔嫡系，所以并不被蒋介石倚重看好。二十五路军瓦解后，蒋介石只是给郝鹏举委任个第一集团军军事委员会委员长的虚职，以后又兼任集团军参谋长，不久调任苏北行营参谋长，始终未授予实权。期间郝鹏举参加了国民党的秘密特工组织“蓝衣社”，想以此效忠蒋介石。

俗话说，不经一事，不长一智。郝鹏举升官不成，却也从中明白了好多道理。他知道自己缺少一个强有力的靠山，不借用靠山的力量他这只鹏鸟是难以腾飞的。于是他睁大双眼，观察着政治风云，伺机进行新的搏击。

据研究过郝鹏举的沈涛、尚爱民两位先生叙述：1937年7月，抗战全面爆发，国民党CC派权力剧增，曾任江苏省长的中统头子陈立夫，此时主宰国民党中央大本营，并兼任第六部长，党政大权统揽于手。郝鹏举经过综合分析，觉得陈立夫无论在经济上、政治上、军事上都是中国的支柱之一，他决定选他作靠山。可是怎么才能得到陈立夫的赏识呢？郝鹏举颇费了一番苦心。他探听到陈立夫正想筹办一个留日学生高级班，以备日后形势发展的需要，现在亟需人员；他又探听到，陈立夫酷爱古董，对色釉雅艳、技艺精绝的钧窑等宋瓷，更是嗜如性命。郝鹏举精心设计了一个方案：他破费万元，从扬州一户巨商家中收购了一对钧窑梅花瓶，而后又花了整整三天写了一篇完全体现陈立夫心意的、对于当今时局的条陈，在双十节的前几天，他到南京专程拜访陈立夫，来个送货上门、毛遂自荐。

陈立夫十分欣赏郝鹏举的姿态及胆略。没几天就把他调到南京CC系主办的一个留日归国学生训练班任少将总队长。郝鹏举口才绝佳，他施展全身解数，竭尽平生所学，把这个训练班办得纪律严、气氛好，上下齐称赞，深得陈立夫的赞赏。

归国学生中有一个湖北女生刘琼，是一位美人。只见她容貌俊秀，身段袅娜，肤色细嫩，眉不描而黛，顾盼之间，万种风情尽生。郝鹏举完全被她迷住了。刘琼特别倾慕郝鹏举的才华和地位，郝鹏举本是贪色之徒，两人一拍即合。

可是好景不长。正当郝鹏举得宠于陈立夫跃跃欲飞之际，蒋家王朝最高层内部发生倾轧，CC派一时失势，陈立夫被逐出大本营，留日学生训练班亦为黄埔系所接收。郝鹏举作为陈立夫红人，当然从云霄一跤跌落尘埃，他的全部职务一扫而光，郝鹏举好不心伤！而刘琼回到武汉老家，后嫁与胡宗南部之上校团长。

陈立夫对郝鹏举的遭遇深表同情，他给胡宗南写了封引荐信。郝鹏举就带了这封介绍信，一口气跑到大西北，寄食于胡宗南的麾下。由于陈立夫的引荐，胡长官对他还可以，开始就委任他当西北政治训练班的总队长，后来又保荐他任军校第七分校总队长，这是升做师长的一个必经阶段，可算是个关键性职务，可是中央的回批是“此人阴险不可用”。这对郝鹏举又是一次沉重的打击。不久胡宗南部到豫西参加一次战役，胡又委郝鹏举任临时参谋长，但因所战不捷，胡宗南对他也完全失去兴趣了，只安排一个三十四集团军总司令部少将高参的空名，每月发一百五十元薪水，让他在西安街头闲逛罢了。

郝鹏举在西安做寓公，心智萎靡之时，天天出入酒馆花楼、戏院舞厅。

没想到有一天，他在西安又遇见了刘琼。原来刘琼也随着丈夫来到西安。时西安人口暴增，住房困难，郝以少将高参之职位，住房很是宽余。郝鹏举早已有妻室，育有一儿一女，妻子为一基督徒，为人性格平和。刘琼夫妻就请求到郝鹏举家里借居，当时郝鹏举妻子还不知他们原来的关系，只知道同在一个部队中，有困难应该互助，所以让出余房借与刘琼夫妻居住。

刘琼自寄居郝宅，与郝旧情复燃，又因为丈夫经常住在部队中，1939年两人的不正当关系发展到高潮，两人双宿双飞，形影不离，很快成了西安第一艳闻。

时间长了，郝鹏举和刘琼厮混却越来越如胶似漆，忘乎所以，简直就像公开夫妻。这位刘美人公然称郝鹏举为“伟丈夫”，而称自己原夫为“小玩意”。小玩意从前线归来，郝鹏举也毫不回避，小玩意当然敌不过伟丈夫。

刘琼怀孕将产，丈夫知道后大怒！眼看娇妻被夺去，只得哭诉于胡长官。胡宗南与郝鹏举本来相处得还马马虎虎，闻此大为震怒，立即将郝鹏举革职，并交给特务营看管，同时呈报中央军委会，拟杀之以振军纪。

郝鹏举被胡宗南禁闭达三百三十三天之久，在此期间胡宗南几次欲杀郝鹏举，电请蒋介石均未获准。刘琼生子后，与丈夫离婚，抱子赴重庆考入中央大学学习。

郝鹏举被禁闭期间，刘琼正在重庆学习，仍然与郝暗通信息。刘琼之近亲在蒋介石之机要室工作，故蒋、胡处理郝之电文皆被密告刘琼。

1941年3月间，郝鹏举被释放，胡宗南命令他离开西安，赴内蒙策反王英部队。郝鹏举恢复自由时收到刘琼的密信，怕胡宗南找机会收拾他。郝鹏举在西安最贴心的有两个人，一个叫毕书文，是胡宗南手下一名上尉副官；一个叫刘伯阳，在胡宗南特务营中任少校副营长。认识刘伯阳，是通过毕书文走的路子。

郝鹏举认为只有出逃才有生路。可是逃往哪里去呢？中国那么大，但要逃出蒋介石的手心可不易。

可也巧了，有一天，郝鹏举在南京街头碰见了老相识缪斌。

缪斌头戴礼帽，身穿大氅，好不神气！缪斌任江苏省府二厅厅长时就和郝鹏举相识，又在留日学生训练班共过事，两人关系比较密切。他看到当年少将总队长而今这般模样，很是吃惊。当晚在家中为郝鹏举接风叙旧。

郝鹏举将近来遭遇相告，缪斌听了倒有种兔死狐悲的感觉，他宽慰郝鹏举道："腾霄，韩信还受过胯下之辱呢！你这点苦算不了什么，愿跟日本人干，好说！你先过江到李长江那里委屈一下吧！"

本来是汉奸行径，郝鹏举却看作是福从天降，时来运转。同时，郝鹏举又通过留苏同学林柏生的关系，得到陈璧君的垂青。1941年7月29日，汪伪行政院任命郝鹏举为李长江第一集团军的参谋长，刘伯阳做了郝鹏举的副官。

第一集团军的司令部在泰州，是里下河平原的鱼米之乡。郝鹏举新官上任，十分卖力，大事小事办得干净利落，上下左右哄得团团转！但是美人刘琼未能同享荣华富贵，这实在是一件最大的憾事。

于是，他写信给刘琼，托上海盛锡福帽厂的老板转交给正在重庆中央大学学习的刘琼。这一天，军中无事，郝鹏举闲得无聊，突然，刘伯阳一步闯进屋来，高兴地喊着："大哥，你看谁来了！"

原来是刘琼来了，护送她来的正是他的铁杆兄弟毕书文。

郝鹏举又惊又喜，拉着刘琼，走到毕书文跟前，紧紧地握住他的手，说："老三，你辛苦了！"又把刘伯阳也拉过来，激动地说："咱们弟兄生死与共，一块干吧！"

这一时期的郝鹏举，英雄美人团聚，心腹兄弟会齐，好不得意了一阵子。

伪军中的能人是不多的，郝鹏举的才干很快得到了汪精卫的赏识。1941年10月就任命他为伪中央军事委员会委员，长驻苏北行营参谋长兼第一集团军参谋长，同年12月又调往南京伪中央任军事训练部次长，以后他官运亨通，步步青云，平均两个月升一次官，加一次衔。1942年8月为陆军将校训练团中将教育长；10月为中央军事委员会参赞武官公署武官；1943年2月为新国民运动促进委员会委员，9月

2日为伪国民政府政务参赞，真有点应了他的名字，大鹏鸟展翅高飞了。

该心满意足了吧？郝鹏举不！作为一个军人，他有一个根深蒂固的信条：实力是生存的条件，有实力就可以支配别人，甚至支配全中国。从入伍起事至今，自己一直处于下手、助手、帮手的从属地位，原因就是缺乏实力。而军权更是他的命根子，他渴望能在中国有一块属于他的地盘，借以扩充实力，进而实现自己的权力版图。

郝鹏举发现华北与华中之间，有一块以徐海为中心的军事缓冲地带，战略地位很重要，历来为兵家必争之地。日伪在那里建立了一个行政区，名为“苏淮特别区”，郝鹏举看中了这块地方想攫取到手。当时苏淮特别区的行政长官是东北籍的老牌汉奸，也姓郝，字浴苍，单名一个鹏，虽然年龄已大，能力一般，但他经营徐海两三年，有一批党羽和喽啰。

郝鹏举制定了一个分两步走的方案：第一步先挤入徐州，第二步再赶走郝鹏。

其实，比他更早看中徐淮的是老奸巨猾、目光长远的汪精卫。

1943年2月18日，汪精卫视察苏淮特别区，周佛海（行政院副院长兼财政部长）、林柏生（行政院宣传部长）、郝鹏举（参赞武官公署武官）等随行。

汪精卫带郝鹏举来视察，有他的考虑。他发现郝鹏举这个人物既有带兵的经历，又有军事教育的经验，是他称霸天下的得力鹰犬。郝鹏举几次走了汪精卫门路，终于在1943年9月7日得到了“苏淮特别区保安司令”的要职。汪精卫所以派郝鹏举身兼淮海地区的要职，是因为这一地区的财力，便于扩建伪军，作为汪伪今后的政治资本。

秋高气爽之日，郝鹏举携爱妻刘琼及贴心随从刘伯阳、毕书文走马上任了。

到了徐州以后，郝鹏举主要精力就是放在建军上。郝鹏举之所以这样卖命干就是为了捞取军权，以不变应万变，作为自己讨价还价的本钱。

徐州地处四省交界，五省通衢，中枢要津，为古今兵家争雄之战略要地。郝诡称“曲线救国”之谬论，实属汉奸认贼作父，是民族败类。

郝鹏举到职后，狠抓军政，扩充队伍，截止1945年8月日本投降时，仅短短两年，郝部竟由原驻徐州西关燕子楼约五百人的警卫大队扩展到四个整师及好几个直属团营，加上军需后勤等单位。约五万人众，还有警卫团、特务团、骑兵团、炮兵团、通讯营、辎重营、兵工厂、被服厂、军医院等单位。

1943年深秋至1945年夏期间，先后有汪精卫老婆陈璧君（伪中央执委）、伪国民政府代主席陈公博到徐州视察，郝鹏举亲陪他们到云龙山下体育场检阅军队，以显示其治军有术。在对部队讲话时，郝鹏举反复振臂高呼“三个一”口号：

“我们只有一个领袖——汪精卫主席”；

“我们只有一个党——国民党”；

“我们只有一个主义——三民主义”。

其卑劣姿态，令人嗤鼻。阿奉讨好汪精卫、陈璧君、陈公博，果然奏效，1944年1月13日，伪中央设置淮海省，委任郝鹏举为省长，兼保安司令。汪伪为积极反共，强化治安，又成立淮海绥靖公署，也由郝兼任主任。伪淮海省以徐州为中心，包括苏北、皖北、豫东，总面积为五万平方公里，约有人口一千三百万，下设六个行政督察区，二十二个市县。

建省不久，郝鹏举“以使淮海省为和运模范实验省为己任”，以“政治革新，澄清吏治”为幌子，于1944年3月建立了淮海学院，由郝自兼院长，由日军太田中将任总顾问，大规大佐任顾问，培植轮训忠于他的县、区、科长以及政工干部，强化其政治工具，且与其他伪化省分庭抗礼，梦想实现其“走第三条路线”的狼子野心。

郝鹏举在淮海省开始了他的霸王美梦，这里公路铁路密如蛛网，又有湖泊之甘鲜、平原之沃壤，杂粮、鱼盐、矿产金属丰富，因为有过留苏的经历，他把淮海省称作中国的乌克兰，梦想成为他的国中之国。

郝鹏举利用熟谙淮海省的地形地貌，配合日军扫荡中条山地区成功，博得日本主子的进一步信任与宠爱。从1943年初到1945年8月，是郝鹏举一生中权力的顶峰，他赫然成了汪伪政府六大伪军头领之一。

客观上，日本人对汪伪组织在这一时段放松了控制，之所以这样放松控制，其主要原因是，在日本帝国主义发动太平洋战争以后，战场上节节失利，兵力不足，兵源枯竭。妄图扩充伪军，去协助它维持摇摇欲坠的局面。

郝部位于徐州西关的枪弹修械所，每天能造出一挺轻机枪、几十支步枪，甚至能造迫击炮。

此时郝鹏举羽翼丰满了，非常得意，曾于1944年冬，集合所属各部队，及市警防团员，不下五六万人，齐集于徐州云龙山下体育场，举行大检阅，时值隆冬季节，是日大雪飞舞，地面积雪盈尺，郝鹏举身着戎装，率伪省府高级文武官员，亲临检阅。因天公不作美，检阅仪式，草草进行一遍，当即列队游行，各部队全副武装踏雪前进，经过徐州各主要街道，声势可谓浩大，连日寇驻徐部队及杀人如麻的宪兵队，都侧目视之。郝鹏举当时的自豪劲头，也就可想而知了。

郝鹏举常于酒酣耳热之际对其文武官员道："假如老天再给我三年时间，我的大事就成了。"

他的"大事"是什么，联想到他的"乌克兰之与苏联"的论述，说穿了，他的"走第三条路线"就是在国民党和共产党之间独树一帜，进而统治全国。

除了把兄弟毕书文做副司令，刘伯阳做他的参谋长外，郝鹏举的身边围满了大小汉奸及一批无耻文人，他不光抓军事，还紧抓舆论，指定几个汉奸文人在报纸上连篇累牍为他吹嘘，有一个马屁文人专门写了一篇《郝鹏举论》的文章，肉麻地吹捧郝鹏举为日伪“鞠躬尽瘁、死而后已”的精神，从而使郝鹏举更加臭名远扬。

1944年6月18日，校址在海州临洪的东海县保安队教导队举行毕业典礼。正巧，郝鹏举陪同日本木越智联络长来海州视察。听到教导队举办毕业典礼的消息，郝鹏举立即专程前往，在临洪作了一次臭名昭著的演讲：“今天你们毕业了，从今后就是淮海省保安队的军官，只要跟着我走，我郝鹏举绝不会亏待你们。”

“下面我想讲讲，作为一个时代军人，必须做到以下三点：第一，要弄清谁是我们的敌人？我们的敌人就是英、美集团和共产党，他们是我们射击的目标；第二，我们军人要有一个灵魂。一个人没有灵魂不能生存，军人还必须有一个军人的灵魂。这个军人灵魂就是：我们必须树立复兴中国和参加大东亚圣战的牢固信念；第三，我们还必须排除心中潜在的蟊贼。什么是心中的蟊贼呢？也许有人在想：共产党是时代的革命，因而对自己的事情起了一个怀疑，从而有一种畏惧心理——这就是心中的蟊贼，必须毫不留情地枪毙它……”

郝鹏举唾沫四射，得意洋洋，也杀气腾腾。这是他丑恶灵魂的一次大暴露，他已经忘记了自己是一个中国人，把中国人民当做敌人，当做射击的目标。这次讲话又是一次绝妙的讽刺，像郝鹏举这样一个没有灵魂的人，居然大谈其军人的灵魂，真不知天下有羞耻二字。

郝省长在临洪的训言内容，在次日《海州日报》上以显要位置全文刊载。在他看来是扩大了影响，但让海州百姓更加认清了这个铁杆汉奸的嘴脸。

好景不长。1945年7月，日军在太平洋和中国东北战场节节失利，日军要求郝鹏举确保徐州陇海、津浦两路以及淮海省的安全，郝鹏举与日军曾计划与蒋介石决战……

夜深了，未眠的寒风，似乎怀有好奇心，在门外探头探脑，总想找个机会悄悄钻进来，门缝里便常常响起吱溜溜的声音。

那是风在吹口哨。

屋里，朱克靖聚精会神地思考有关郝鹏举的问题，丝毫没有注意到风的动静。

时间不等人，

时间在逼人。

这是一道摆在朱克靖面前亟待解决的难题！

深夜，是清晨的前奏。

当他习惯性地把烟举到嘴边时，才发现指间的那支烟没有点燃，不禁笑了，“点火，点火！”朱克靖自言自语道，然后从棉衣口袋里掏出火柴，把香烟点着。

一缕淡蓝色的烟云袅袅升起。

一缕缕思绪也从朱克靖的脑海里缓缓升了起来。

朱克靖猛地吸了几口烟，接着，把烟掐灭。

这时天已渐亮。

谁家的院墙上一只雄鸡引吭高歌，嘹亮的声音，从窗外传了进来。

闻听鸡鸣，朱克靖搓了搓脸，自言自语道：“新的一天开始了。”

刚刚升起的太阳，从灰蒙蒙的晨霭中钻出来，很快就映红了天边的云朵。

1945年8月15日，日本侵略者宣告无条件投降，这对郝鹏举来说，犹如塌了天，陷了地。日本人这棵大树倒了，他这只猢狲将何处存身？这严酷的打击，一时使郝鹏举昏头转向，惊慌失措。但是郝毕竟是闯荡江湖久经磨难的老政客，一阵惊慌之后，慢慢冷静下来，他想：凭我七尺男儿、五万军队，茫茫天地岂无我容身之处？他立即把各路保安队全部集中到徐州，加强徐州附近大小据点，拒不向新四军投降。同时派出亲信，与蒋介石挂钩。郝鹏举坚信：只要有军队，就可以称霸一方。

果然不出所料。蒋介石为了扩大势力，准备内战，不顾全国人民关于惩办汉奸、解散伪军的严正要求，大量收编各地伪军。8月16日，蒋介石对郝鹏举部改编加委，任命郝为新编第六路军总司令兼淮海绥靖公署行政长官。郝鹏举这个汉奸头子，摇身一变成了“中央军”司令。

本来郝鹏举拟将所属部队改编成五个军，佩戴符号分别是“举仁”、“举义”、“举礼”、“举智”、“举信”，因二十八师已被新四军消灭，蒋介石为削弱他的力量又把他的原十五师和七十一旅、七十二旅划归安徽、江苏指挥，原属各县保安团树倒猢狲散，所以只改编为四个师。

很快，蒋介石嫡系第十九集团军开进徐州，总司令是黄埔一期的陈大庆。郝鹏举给陈大庆让出省府，又送汽车、金条。但陈大庆瞧不起郝鹏举和他的汉奸军队，多方凌辱和责难，双方不断摩擦。

国民党军政首长纷纷来敲诈勒索。郝鹏举过去对这些人物不屑一顾，现在要请人家帮忙说话，只得用金条换取平安。何柱国的十五集团军从安徽赶来，他忍痛拿出几百万元权作见面礼，不久骑二军、十二军开向山东路过徐州，他又送出几百万元，汤恩伯部十九集团军开来，他狠心捧出上千万元。人人都知道郝鹏举发了财，索取钱款越来越多，黄金像流水一样淌走，他深感痛心。

在政治上，郝鹏举那段当省长的历史，而今已成不光彩的一页，常常遭人奚落和歧视，一些国民党要人公开斥为“伪军”、“汉奸”，这就像是揭了秃子头上的伤疤。有一次，上面送来一份文件，令郝鹏举按名单逮捕汉奸。他接过一看，其心腹、要员均榜上有名，实在觉得欺人太甚！他愤怒地在文件上批道“列漏一名郝鹏举！”然后原件奉还。这件事后来虽然不了了之，但使郝鹏举十分心寒。

在此期间，徐州驻军机构变化频繁，由三十三集团军司令部变为第十战区指挥部，不久又变为徐州绥靖公署，后来由顾祝同亲自坐镇徐州，级别可谓越来越高，而郝鹏举的地位却每况愈下。先是将郝鹏举的新编第六路军缩编为四个师，后又传闻四个师缩为四个支队。郝鹏举感到前景不妙，很快有被吃掉的危险。

郝鹏举对蒋介石让自己来台儿庄十分不满，顾祝同让他打头阵当炮灰，他进，其他两路就跟着进；他停，他们就停，完全把他当成一个战场赌注和吸引打击的目标，显然是想借共产党之手翦除异己。他到了进退维谷的地步。

并且，郝鹏举因丑闻而与胡宗南结怨，逃出后投身汪伪，现在胡宗南已驻陕豫，是蒋介石的红人，郝鹏举自揣斗不过胡宗南，这令他更为个人前途深感忧虑。

还有两件事引起郝鹏举不安的，一件是同年10月高树勋率部起义，人民交口称赞；另一件是国民党十一战区副司令长官兼四十军长马法五顽固地与人民为敌，被共军俘虏，落得身败名裂。郝鹏举与高、马都曾在西北军蹲过，知之甚详，两种前途，不能不引起郝鹏举的深思。

郝鹏举的另一图谋，是妄想从国共战争中求生存，以保存实力，走第三条路线，进而实现其统治中国的野心。

他的目光开始在国军和新四军之间游移起来。

这期间郝鹏举开了几次高级干部会议，一再商讨几万人的出路问题。军官们分成三派：以副司令毕书文、参谋长刘伯阳为首的一派，主张依靠蒋介石；以师长乜庭宾、张奇为核心的一派，主张投奔共产党；郝鹏举自己也成一派，他想把部队变成第三种势力民主同盟的武装。在高干会议上各执一词，针锋相对。郝鹏举最后总结说：“双方争论，各有道理，不能不听，也不能全听。我们要加强对任何一方的联系，为保存五万人的团体而努力。”会议决定：派刘伯阳专门应付蒋介石的代表顾祝同；派乜庭宾向新四军进行试探工作。

陈毅早就领导了策反郝鹏举的工作，密切关注他的任何信号，认为郝鹏举部起义在此关键时刻意义十分重大。华东局书记、新四军兼山东军区政治委员饶漱石，华东局常委兼国军工作部部长、新四军兼山东军区政治部主任舒同、山东野战军联络部长朱克靖等一批工作人员立即赶来前方。

陈毅加紧策反郝鹏举，由中共淮北区委书记邓子恢和淮北军区司令员张爱萍负责。邓子恢派中共徐州工委书记赵卓如、中共邳睢铜地委敌工部长廖卓之以及淮北区党委敌工部长吴宪，做争取一师师长乜庭宾和二师师长张奇的工作。廖卓之以淮北军区代表身份与张奇在徐州云龙山详谈，吸收张奇为中共党员。

乜庭宾身材魁梧，挂中将军衔，原是西北军的高级将领，有段时间地位比郝鹏举还高。1945年春天，郝鹏举派他在沛县与八路军作战，全军覆没，乜庭宾被俘。在解放区的两个月里，乜庭宾受到八路军教育。送回郝部后，又经赵卓如和敌工干部柏寒（化名张国恩）教育、考察，9月被批准为中共特别党员。

邓子恢和张爱萍写了一封词意恳切的信，交给柏寒，冒险去找郝鹏举部第三师中将师长乜庭宾，让他相机做策反郝鹏举的工作。

看上去很平静。

无风无浪。

平静的表面下暗藏着惊涛骇浪。

试探与摸底，是双方的战术。

12月，在一次郝鹏举召开的高干会议上，出现了“急进”还是“缓进”两种主张，“急进”就是立即起义，“缓进”就是暂时不动，观察局势变化。郝鹏举让大家发言，乜庭宾、张奇主张“急进”，主张“缓进”最力者是曾纪瑞、李铁民。会后，郝问张奇为什么主张“急进”，张奇说：“你不是常说要作一番事业，我认为中共领导的事业是真正的事业。”郝鹏举听后一言不发。

军心动摇，郝鹏举歧路彷徨。

郝鹏举找来乜庭宾密商，乜庭宾力促郝鹏举起义，要他写信给陈毅求援，以摆脱困境。

陈毅接到郝鹏举来信后，认为时机已渐成熟，派出山东野战军参谋长宋时轮为全权代表，与鲁南区党委城工部长王少庸、赵卓如，到郝鹏举驻地涧堂集与其谈判。派联络部长朱克靖和冯文华几位同志多次来回联系，另外还通过蚌埠工委从侧面配合工作。

宋时轮等由乜庭宾陪同见郝鹏举，郝鹏举设宴欢迎。宋时轮在剖析郝鹏举部目前的处境后，转达陈毅的亲笔信，让郝鹏举审时度势，就此阵前起义，走邯郸高树勋的光明道路。但郝的目的是保存实力，谈判不过是暂时的手段，目前最关心的是如何安全渡河，应付顾祝同和陈大庆的追逼。郝鹏举说："请贵军让出一些地面，先使我军渡河，然后再详谈起义这件大事。"

宋时轮依照陈毅事先的指示，答允：郝鹏举部可以按指定的地点渡河，新四军不予阻击。郝鹏举部渡河后，必须将四个师的兵力驻在台儿庄西北十余公里的马兰屯一带，不得再进。双方可作相互游戏式的开火，迷惑后面的陈大庆。

郝鹏举召集高级军官会议，乜庭宾在会上力陈起义的意见。刘伯阳等由于陈大庆的苦苦相逼，也就无话可说。最后郝鹏举决定两点：立即晋见陈毅将军，决定起义。

陈毅亲自接见郝鹏举，会见地点选在鲁南峄县城内。峄县是新四军后方，距郝鹏举部驻地马兰屯约有八十华里。郝鹏举带领乜庭宾和一个警卫班，配备十挺日式轻机枪和五十匹日本大洋马，在新四军人员陪同下，翻山越岭，将近午夜到达峄县。当时正在下雪，天寒地冻，郝鹏举穿了很厚的皮大衣，仍旧冷得不住哆嗦。到达旧县政府的一个大房子里，但见红烛高烧，桌上摆好了酒宴。

不一会，只听门外一个解放军战士轻声喊道："陈毅军长到！"郝连忙站起，一个四十开外、身材魁梧、浓眉大眼、风度翩翩的军人出现在门口，这就是赫赫有名的陈毅。陈毅头上冒着热气，是从十八里外的王庄匆匆赶来，他亲切地与郝鹏举、乜庭宾一一握手，欢迎他们的到来。他那爽朗的笑声，仿佛给这寒夜中的小屋增添了几分温暖，郝鹏举也似受到感染，冰冷的脸上露出了笑容。

陈毅招呼大家入席，边吃边谈，他纵论敌我形势，新四军主力部队多少，民兵多少，如何打法，听起来好像什么底都全交给对方了。郝鹏举频频点头，很受感动。

郝鹏举先滔滔不绝地讲了投汪“曲线救国”的苦衷，最后摊牌说：“我目前进退维谷，无路可走了，如果接受顾祝同的命令，就要和贵军开火，这是我最怕的；但如不推进，又要说我违抗军令。为此，我急如星火赶来，郑重向仲弘将军请教。”

陈毅直言相告：“蒋介石只是要你们当牺牲品而已。你们目前唯一的出路是学高树勋将军，阵前起义，走光明道路。”陈毅着重说，“我党我军对来归的部队，来者欢迎，去者欢送，不加歧视，待遇从优。”

郝鹏举听后，表示万分钦佩，已倾向起义，但又说事关几万兄弟的身家性命，要回去慎重商讨后决定。

这次会谈，一直谈到第二天红日东升。陈毅为了表示隆重欢送，特派了一个骑兵排，护送郝鹏举返回驻地。这近百匹马的行列，浩浩荡荡，一溜烟往南驰去。事后陈毅对部下说：“我就是要郝鹏举在大白天这样神气活现地回去，可以引起顾祝同和陈大庆的怀疑。”

不出所料，顾祝同得到郝鹏举和陈毅会见的报告后，就软硬兼施，加强对郝鹏举部的监视，派一个姓王的参议，带着随员和电台前往郝鹏举部“抚慰”。

郝鹏举不愧是只老孤狸，他与陈毅联系上后，倒拿起架子来了。他想，我现在已脚踏两只船，风浪起来不管哪只船翻，我都有生路。就在这关键时刻，徐州绥靖区副司令张克侠来到了郝鹏举司令部。他带来一封密电，把老狐狸郝鹏举的两只脚搬到一只船上。

张克侠是中共地下党员，1926年去苏联东方大学读书，当时郝鹏举也在苏联基辅学习，二人因此相识。以后张克侠长期在西北军中任职，与郝鹏举共过事，而且张克侠与冯玉祥是连襟关系，冯玉祥对郝鹏举又有知遇之恩。这些，对于做郝鹏举的工作都是极好的条件。

张、郝二人见面寒暄几句后，即屏退下人讲起悄悄话来。郝鹏举把近日满腹牢骚尽情向“老同学”、“新上级”发泄出来。特别当说到一个国军嫡系将军为敲竹杠竟把郝的副官吊在梁上痛打的时候，他腾地站了起来，满脸憋得通红，忿忿骂道："他妈的，简直比日本人还厉害！俗话说，打狗还得看主人，这叫我郝某人的脸往哪儿搁！"

张克侠静静地听着、看着，不动声色，只是嘴角微露笑容。待郝鹏举把话讲完，他不慌不忙从衣袋里掏出一份文件，关切地说："腾霄，给你看看这个。"郝鹏举双手接过细细观看，不由得两眼发直。他本来是气鼓鼓地站着，一下子泄了气，扑通一声，一屁股跌坐在椅子上。

这是一份从南京发来的秘密文件，内中谈到要将郝部划归第三绥靖区指挥。这不是降他的级、夺他的兵、割他的肉吗？只见郝鹏举的脸一会儿由红变白，一会儿又由白变红，半晌才说出一句话："唉，上了老混蛋的当了！"

张克侠端坐一旁，打量着郝鹏举的面部表情，揣摩着他心里的变化，觉得火候差不多了，便解开几层衣服从贴身内衣中又取出一份电报，说："老弟，更厉害的还在这儿哪，你看看吧。"

郝鹏举又接过细看，只见这一份蒋介石亲自签发给第三绥靖区的绝密命令中，明确指示要把"已改编和尚未改编的伪军全部解散"。张克侠说，老蒋这是必欲将腾霄置之死地而后快啊！郝鹏举像触电似的一弹而起，抓着密电的手瑟瑟发抖，眼里喷着火光，嘴里哼道："妈的，欺人太甚！真要把我逼上梁山了！"

片刻，他转向张克侠说："陈毅约定今晚要会晤我，时间就在今晚，这事情不知道该如何办才好。"

张克侠眼见时机成熟，站将起来，把手向郝鹏举伸了过去："腾霄，事到如今，也只有投共产党这条路了！我在那边还有几个朋友，如果愿意，我可以陪你一起去会会陈毅！"郝鹏举好像看到了希望，紧紧地握着张克侠双手，激动地说："好，好，请老同学多多关照！"

当晚是阴历月底，天色墨黑，西北风呼啸着掠过长空，天气十分寒冷。郝鹏举和张克侠乘着马，以查哨为名，带了二十余名骑兵越出警戒线，向北疾驰而去。一路上，除踏踏的马蹄声，周围一片寂静。在赵卓如带领下来到了高皇庙，陪同前来的还有乜庭宾和唐禹九。一路上，除了马蹄声和路旁树枝被碰折的响声外，周围充满紧张的沉寂。来到一个村庄时，张克侠的马陷入一条浅沟内跌了一跤，幸好没有伤人。

不一会，来到一处有灯光的所在，这是一所远离村庄的地主场院，只有几间房屋。屋内几张小凳摆在中间，正中放了一个烧木柴的火盆。陈毅在华中分局城工部副部长吴宪和鲁南区党委城工部长王少庸及六七名参谋人员陪同下，在夜色中策马来到了会面地点。张克侠与陈毅虽是初次见面，但感到十分熟悉和亲切。陈毅精力充沛，热情洋溢，显得十分健壮有力。敞开衣领口，不时地擦汗，显然是匆忙赶来的。他看大家有点寒冷，立即拨了拨木柴，火立即旺了起来。

一开始，郝鹏举还是显出彷徨的样子，态度模棱。其实，他是在讨价还价。

张克侠插话说："停战令即下，蒋介石就要收拾异己了，希望鹏举兄即刻表明态度。"

这时，参谋人员纷纷向张克侠探听蒋介石徐州部队番号及指挥官的姓名，张克侠便从口袋中取出命令念给他们听。参谋们说来不及记录，要求张克侠把文件借给他们看看。张克侠说："这就是带给你们的。"

郝鹏举在一旁看见忙说："这可是无价之宝啊！"

最后，郝鹏举答应关于起义的具体事项再和陈毅派去的人具体商谈，双方保持密切联系。

告别归来已是半夜，张克侠即住在郝鹏举总部进一步坚定他的决心。王少庸则在乜庭宾那里进一步商谈起义事项。

此时，我军不失时机地发起津浦路徐州、济南段战役，歼灭国民党军二万八千余人。这也给郝鹏举一个直接的压力。

几天后，华东军区政委、华东局书记饶漱石提出要见见郝鹏举。

于是，在峄县东南峰台公路边的米庄，陈毅第三次约郝鹏举会谈，郝鹏举由乜庭宾、唐禹九陪同前来。

会谈开始前，陈毅向郝鹏举介绍了饶漱石、舒同等领导人，郝鹏举向他们一一行军礼，表现得十分谦恭。

饶漱石与陈毅向郝说明了中共中央的意见，意思是国共两党正在谈判，停战协定很快就要签字了，如果停战协定签字后你再想过来，到那时我们就不好接收你了，最好就在近几天起义。郝鹏举认为受到了中共中央的器重，很是得意，提出起义以后“三不变”：保持编制不变；部队调动指挥权不变；各级军官任免权不变。陈毅表示同意，并答应拨给郝鹏举部棉军服三万套，经费法币一百万元，以后按时发给军需粮饷。那时新四军吃的是杂粮和小米，发给郝鹏举部的却是白面和大米。

双方约定，起义后部队番号议定为“中国民主联军”（后改为“华中民主联军”）。据张奇回忆，郝鹏举改编时要称“中华民主联军”，陈毅说“中华”牌子太大，称华中民主联军就行了吧，郝鹏举任总司令，先移驻附近之郯城、马头一带。

徐州贾汪火车站，成堆的辎重物品，堆积如山。夜以继日，赶运前方。

第三集团军总司令冯治安看到郝鹏举开始将徐州所存武器、弹药、通信器材、大米麦粉以及兵工厂各种重要武器、材料，全部运走，立即派总参议戈定远到贾汪的运输司令部找到时任郝鹏举副参谋长的范学增说：“现在徐州谣言很盛，说郝鹏举在前方有投共军的消息，冯治安总司令叫我来找你，要你赶快给郝总司令去电，叫他悬崖勒马，回师贾汪。这是冯总司令写给腾霄的一封信，你明早派人送到前方，希望腾霄回心转意，消除成见。”

范学增没把信拆封，也没转送。

第二天冯治安又派人找范学增去面谈，冯治安说，队伍在前方，是要去打仗的，腾霄把兵工厂的机器运往前方，是什么意思？这种笨重东西，妨害队伍行动，应立刻停运。现在徐州方面纷纷传说郝鹏举倒戈投共，我是不相信的，我与腾霄是西北军的老弟兄，有什么事不可以说，还有解决不了的吗？从现在起，再不准往前方运送机器。你回去立刻给腾霄去电，机器不准再运，是我说的。并且叫腾霄急速回贾汪面商一切。

顾祝同从郝鹏举的挺进方向及行军速度看出了端倪，意识到将要出事，于是马上派人告诉郝鹏举要送去三千万元现款，企图先稳住他一时，又亲自挂电话给郝：“腾霄，腾霄，你要坚持，要坚持！我会帮你渡过难关的……”但是晚了，话筒里哪有郝鹏举半句答言。

在郝鹏举一生的历史上，1946年1月9日这一天是一个重大的转折。他从米庄急匆匆回马兰屯以后，连夜召开了团以上军官会议。这时，在徐州留守的副总司令毕书文和郝的第二个夫人刘琼都已到了前方。郝在会上讲了当前的时局，该军的处境，蒋介石、顾祝同一伙借刀杀人的阴谋，郑重宣布说：“经和陈毅将军多次联系，我决定效法高建侯（树勋）光荣起义的道路，退出内战，不再替人卖命。我郝某和在座各位共事多年，大家同生死，共患难，犹如同胞手足。大家抬举我，我也从来没亏待过大家。我之所以决定率部举义，主要是为了我们这个团体，为了两万弟兄的前途。今后，有我郝某吃的饭，就不会让弟兄饿肚子。但是，人各有志，谁不愿走这条光明大道，我也不予勉强。可以明说，我们好聚好散，各走各的路。谁如果背后拆我的台，误我的大事，那么，我郝某的脾气，大家也是知道的……”

说至此，郝鹏举目光炯炯地扫视全场。整个会场鸦雀无声，军官们都以惊讶的目光看着郝。事情来得太突然了，许多人早就对国民党不满，但一旦说要投奔解放区，却缺乏足够的思想准备。

郝鹏举加重语气说：“陈毅将军当面向我和乜庭宾、唐禹九宣布了中共对起义部队的政策：来则欢迎，去则欢送，一切待遇从优。本军起义后，原建制不变，各级指挥权不变，人事任免权不变，弟兄们一样实行薪金制，比在国民党还有保证。陈毅将军性格直爽，说话坦诚，待人宽厚，光明磊落，肝胆照人，具有大将风度，是当代一位风云人物。他说话历来是算数的，请大家放心。”

乜庭宾带头鼓掌，会场上立时响起一片热烈的掌声。没有一个人站出来表示异议。

郝鹏举当即发布命令：“各师、团长连夜回部队做好一切准备工作，11日全军向郯城、马头一线开拔，违者按军法论处。”

郝鹏举为了表示自己的诚意，还将顾祝同派来的王参议和随员、电台等，扣押起来送给新四军。

郝部起义时，国民党军妄图予以拦阻，被陈毅事先派出的部队歼灭三个团。我军粉碎了顾祝同的阴谋，并顺利地配合了郝部的起义。

郝鹏举于起义后不久对人事作了一些调整，毕书文、李克昌、李泽洲任副总司令，刘伯阳任参谋长，王效曾任副参谋长，韩君明任政治部主任，张润三任政治部副主任。部队编为四个师，乜庭宾任第一师师长，张奇任第二师师长，李铁民任第三师师长，曾纪瑞任第四师师长。

华东局和郝鹏举商议确定，该部调至莒县整训。

第八章
深入虎穴，没有硝烟的战斗

初春的后半夜，月朗星稀，流萤飞舞，夜风在低吟。

朱克靖似乎了无倦意。

为了教育改造郝鹏举起义部队，考虑到原先许下的诺言，新四军和山东军区派出了以朱克靖为首的联络部，常驻郝鹏举总部，不向郝部派出政治委员。帮助他们解决所遇到的实际问题，以八路军、新四军的光荣传统去影响和感化起义官兵。先后派出几批政工干部前往该部帮助进行政治教育，也不具体担任某师某团的政治委员。这样做，是希望通过渐进的方式帮助该部改造，同时也是为了给其他未起义的西北系国民党军做出一个样子，解除他们的疑虑。

朱克靖是1922年入党的老党员，比郝鹏举早两年赴苏联留学，北伐时任国民革命军第三军党代表。蒋介石发动四一二反革命政变后，党派他秘密到南昌第三军旧部做兵运工作，南昌起义时朱德任第三军副军长，朱克靖任该军党代表。抗战爆发后参加新四军，协助陈毅开辟苏北，富有统战工作经验。后又随粟裕南下开辟江南地区，任浙西行政公署主任。抗战胜利后部队北撤至山东，他任新四军兼山东军区政治部秘书长兼山东野战军联络部长。党派这样一位德高望重的老党员至郝部任常驻联络代表，足见对该部的重视。

1946年2月28日，《大众日报》报道了军区文工团代表省军政机关慰问民主联军的盛况：省军政机关日前特派军区文工团，远道赶赴民主联军驻地，进行慰问。19日晚，慰问大会于雄壮的铜管军乐声中开始，联军部队军容严整，情绪兴奋……联军全体将士皆热烈高呼："与八路军、新四军紧密团结！""保卫人民利益！"继即举行献旗典礼。于军乐与狂欢掌声中，新四军秘书长朱克靖代表军首长以"为全国民主化而奋斗到底"之大锦旗，敬赠郝总司令暨全体将士。郝总司令受旗后致答词勉励部队要不避艰难，争取和平民主彻底实现而奋斗。会毕，文工团连续组织六次晚会，始终充满了热烈、欢快、团结之气氛。

陈毅同时指示滨海区党委书记兼军分区政委谷牧、军分区司令员刘少卿，要教育当地干部群众，对起义部队要以诚相待，协助上级做好起义部队的改造工作。

滨海区党委接到指示后通知莒县县委说：郝鹏举部队人员成分复杂，各种关系千丝万缕，藕断丝连，思想千端万绪，不进行教育改造，是不能巩固这支部队的。莒县是个老解放区，群众基础好，要求莒县的党政军民必须配合一致，协助上级做好对部队的教育、改造工作。

莒县县委书记孔福亭、县长王子谦召开专门会议作了研究，一致认为决不辜负领导的期望，努力做好这项工作。

第一批进驻郝鹏举部的政工干部有邓旭初和朱克靖的爱人康宁等十多人和一个警卫班。康宁后来担任民主联军文工团团长，她还带着两个小女儿青星（康青星）和毛羽（朱清宇）。

朱克靖到莒县后，先把县委书记孔福亭、县长王子谦约去，向他们介绍了郝部的情况以及工作中的注意事项，并说，以后由他和庄进与县委互通情报。接着带领孔福亭和王子谦，会见郝鹏举。见面后，朱克靖向郝鹏举介绍了孔福亭和王子谦，孔福亭和王子谦对起义部队来莒表示欢迎，同时说明县、区、村人民政府及驻村群众如有照顾不周之处，希多多见谅。郝鹏举也说了一些客套话。

朱克靖还向民主联军政治副主任张润三，转达陈毅的问候。张润三是陈毅在中法大学时的老同学，起义前曾写信和陈毅联系。

为了争取把这支部队拉到革命阵营，当地干部群众响应上级的号召，以大局为重，起义部队每到一村，儿童团敲锣打鼓，识字班和民兵扭着秧歌列队村外迎接。群众把最好的住处让给他们，并把房屋、庭院、街道打扫得干干净净，还提前给部队理好铺草。部队到村后帮助战士拿东西、安放物件、送水、送烟，处处提供方便，真是情同家人。地方干部群众勒紧腰带，好吃的、好用的先让给起义部队，盼望起义部队早日转化成八路军、新四军式的人民军队。人民群众对起义部队的热情接待，使不少士兵和下级军官感动得偷偷流泪。

郝部途经赵镈县（1944年由临沂、郯城、费县、峄县四县边联改置），赵镈县委、县政府组织农村剧团、秧歌队慰问演出，对郝部起义归来表示欢迎。组织民工从各个兵站调集大宗白面、猪肉、粉条、白菜等物资运送给起义部队。

春节期间，莒县县委、县府举行盛大军民联欢会，特邀郝鹏举参加，他却借故推辞，只派他的副总司令毕书文带领几名军官前去应付。而联军举行联欢会时，滨海区党委负责人唐亮、张华、谢辉和莒县县委、县政府的负责同志，都不远数十里而来。宴会上，当谈到毛主席去重庆谈判，签定双十协定时，郝鹏举假惺惺地说："以后我就将部队交给国家，统一整编，至于我个人干什么，当然由国家安排……"赴会的滨海区领导人没人相信他的话。

朱克靖除做郝鹏举的工作外，还广泛接触各师、团干部，与不少军官建立了一定的感情。

朱克靖早就通过内线知道，在郝部的军官中，张奇和乜庭宾两个师长是共产党员。中共徐州工委副书记庄进是张奇的联络人。

张奇是爱国军人，1904年生于河南宜阳县汉营村一个农民家庭里，父母早亡，在伯父抚养下长大成人。十九岁时，因家庭生活困难而从军，其后参加冯玉祥的北伐军，出潼关，奔洛阳，战郑州，逐步被提任师参谋长。"九一八"事变，张奇被调任国民党军队六十五师任团长，对日寇的侵略极为愤慨，对蒋介石的"攘外必先安内"政策，深表不满。卢沟桥事变爆发，张奇北上抗日，入晋援大同，坚持四十天的忻口阻击战，以后转战晋西，反攻侯马，参加中条山战役，在此期间，接触过共产党地下工作者，从而对时局有了正确的认识，树立了抗战必胜的信心。1941为其上级军长武廷麟所逼，出走南京，参加了汪伪的"南京将校团"，后任汪伪郝鹏举部的参谋长等职，在这一阶段，张奇的精神极为沉痛，后悔不已。在其诗词、书信中流露出自疚心情：

《愧春》(1943年于南京)

春风荡漾送芬芳，游人依依秦淮河。国仇家恨间情渺，辜负江南好春光。

《忆梦》(1943年于南京)

夜来飘然莅故乡，隐携次女游井傍，不知多少饮恨事，羞于邻人话短长。

《答抗日战友》（1944年于徐州）

今日实无所求，只期于辱中求不辱，于不辱求光荣而已。念及事业，衷心为焚，临池言心，涕泪如雨。

朱克靖还了解到，郝部在徐州做伪军时，部队里驻有日军联络部，好比监军。郝鹏举要求手下人对日军联络官优礼相待。可是这个张奇却秘令手下调查日军在徐州各地的兵力和装备部署，日军联络部长找郝鹏举查询此事，严厉质问："这个行动，泄露皇军军事机密，对军事上十分不利，是谁的主张，什么用意?"郝鹏举没办法，将张奇暂时撤职。

朱克靖开始秘密接触张奇，第一次见面，朱克靖先从诗词谈起，两人交谈非常融洽。当朱克靖希望他为革命、为人民做出贡献时，张奇很激动，流露出异常兴奋和喜悦的神情。

打入张奇师部的庄进，仍不公开政治面目，以张奇的客人出现，为便于活动，挂了师部秘书名义，搞一些宣传和组织工作，帮助张奇进行系统政治学习和锻炼。张奇勤于学习，勇于吸收新鲜事物，加上朱克靖、刘述周的指导，进步迅速，很快彻底划清了敌我友界线，打破了对郝鹏举、蒋介石的幻想。

1946年2月4日，是农历正月初三，这一天正好是立春。

树林河流草坡庄稼，阳光下星星点点残雪的痕迹，近山的草坡已经泛绿。

那些枯草和干枝，已走过最深的冬季，在辽阔的原野下面，是一个草木萌动的春天。

政治上的春天似乎也已经开始。国共双方签署的停战令于1月13日午夜12时正式生效，弥漫于全国的内战烽火暂时熄灭了。

鉴于郝鹏举几次邀请他去视察他的部队，陈毅答应了他的要求，代表中共华东局和新四军兼山东军区领导机关，对该部进行慰问，并一起欢度元宵佳节。临行前他对张云逸副军长说："我这次只带张茜和几个参谋去，张茜同志去做郝的家属工作，这对争取稳定郝部是有好处的。"

要不要带警卫部队呢?

负责警卫工作的同志提出：该部起义不久，内部还不稳固，也可能还有暗藏的国民党特务混迹其间。他们建议带一个全副武装的警卫连或至少带一个机枪排护送陈毅前往。

但陈毅却另有考虑。

陈毅深知郝鹏举狐疑成性，但他分析说："郝鹏举刚起义投奔我们，一般地说他不会对我搞什么劫持、暗害等名堂。再说莒县距国民党统治区路途也较远，这方面的顾虑可以排除。据我掌握的多方面的情报，郝对他的部队是能够控制的。我不带警卫部队去，我的人身安全的责任就要由他负责了。看起来增加了他的负担，添了他的麻烦，实际上使他增加了对我们的信任感。再说，即使带个把连去，万一出了事，也起不了多大作用。相反，兴师动众，反而会使人家在心理上产生反感。"最后决定，他和张茜只带几位参谋和警卫员去。

2月4日一大早，他就催促妻子张茜快快起床，做好出行的一切准备。

陈毅和张茜轻车简从，由临沂出发，到达莒县郝总部于家庄时，郝鹏举亲率三位副总司令、四位师长、正副参谋长、正副政治部主任及总部八大处处长和夫人刘琼等，在路口列队迎接，接着设盛宴为陈毅一行接风洗尘。大家畅谈甚欢。

陈毅夫妇当晚即下榻于郝总部大院。

警卫人员要为陈毅站岗，陈毅坚决不同意。郝鹏举发觉陈毅住处未设内卫，立即召集有关人员开会，激动地说："陈军长夫妇住处未设警卫，是相信我们。人家这样看得起我们，我们就要对陈军长的安全绝对负责。"他当面布置有关处长轮流值班，负责警卫，晚间他还亲自进行检查，保证万无一失。

第二天上午，陈毅在城西飞机场对郝部官兵进行检阅。事前，郝又亲自召集师团长开会，规定所有参加检阅人员只携带枪支，一律不准带子弹和手榴弹，违者按军法严惩并对其长官追究责任。

令陈毅特别高兴的是，他在郝部碰见了二十多年前中法大学的老同学张润三。张润三现任郝鹏举的政治部少将副主任。

第三天，迎来了一场皑皑大雪。

大雪刚过，莒县浮来山远远望去，青黛银白相间，将山峦点缀得越发嶙峋陡峭。料峭的寒风贴着地皮，打着旋儿急走，不一会儿的工夫，窄窄的山路上，又结了一层薄冰。忽然，空寂的大地上，传来达达的马蹄声，清脆而悠然。

浮来山，在历史上是个很有名的地方。《左传》上记载，这里是齐桓公与鲁侯会盟的地方，从此齐桓公成为一代霸主。这里也是《文心雕龙》作者刘勰的故里。

陈毅兴致勃勃地和郝鹏举等高级将领策马前往当地著名风景区浮来山，去观看元宵节庙会。张茜和郝鹏举的二夫人刘琼、朱克靖夫人康宁，是坐马车去的。张润三不会骑马，和她们同乘马车。到了浮来山，走进大庙时，陈毅对张润三开玩笑说："怎么你们三个姓张的碰到一起了？"

张润三不解其意，回答说："康宁同志并不姓张嘛！"

陈毅笑道："她是南通张季直老先生的孙女，怎么不姓张呀！"

张季直即张謇，是清末状元。张润三佩服陈毅知人之深。

游览过程中，陈毅和郝鹏举等人来到古刹定林寺。寺内大雄宝殿前，有一棵古银杏树，虬枝参天，古朴苍劲，雄奇而壮观。

陈毅领着郝鹏举走到银杏树南面的一座石碑前，指着碑上的文字念道："大树龙盘会鲁侯，烟云如盖笼浮丘，形分瓣瓣莲花座，质比层层螺髻头。史载皇王已廿代，人经仙释几多流，看来古今皆成幻，独子长生伴客游。"

陈毅又说："这碑是清朝顺治甲午年间莒州太守陈全国所立，记载的是鲁隐公八年，鲁国国君鲁公和莒国国君莒子在树下会盟的故事，代代相传直到今天，已成为历史上有名的佳话。”

陈毅博古通今，使郝鹏举佩服得五体投地，说：“军长文韬武略，真乃古往今来少有之儒将。郝某才疏学浅，惭愧，惭愧！还望军长多多赐教。”

陈毅又讲了齐桓公从莒县回去后任用管仲进行改革，国力大增；讲了鲁庄公的弟弟庆父不断制造内乱，齐桓公见鲁国多难，又是亲戚之邦，派使者前往慰问，使者回国后向他报告了鲁国的内情，说：“不去庆父，鲁难未已。”后来，鲁人因为庆父反复无常，好乱成性，作恶多端，就将他赶跑了。庆父逃到了莒国，后来被押送回鲁国，畏罪自缢而死。

银杏树下，舒同笑道：“鹏举兄，弟送你一首诗，如何?”郝鹏举笑道：“毛泽东主席称你是党内一支笔、马背书法家，今日若能求得你一幅墨宝，鹏举荣幸之至!”随即，命警卫员取来纸笔，布好桌案。

只见舒同略一思索，腕底生辉：“侧势远从天上落，横波杂向弩中生。静如油漆轻轻抹，动似蛇龙节节衔。”落款为：赠郝鹏举兄。

这首诗，取自曾国藩论书法用笔的诗句，“侧势远从天上落，横波杂向弩端涵。刷如丹漆轻轻抹，换似龙蛇节节衔。”只不过舒同对其略作改动，看似还是论书法，实则另有深意。

郝鹏举低头看舒同腕下书法，心中惊叹，好字！字字如长剑快戟，锋芒森森，寓沉雄于静穆之中，犹如大将排兵布阵。共军确实不是一支草莽之师。共军有这样的人才，国民党怎有不败之理啊！

陈毅滔滔不绝地讲历史，言者有意听者也有心。郝鹏举是个聪明人，他听出了陈毅的弦外之音，为表起义忠心，郝鹏举紧随其后赋诗道：“策马浮来展大荒，齐桓刘勰两茫茫。千年老树应知我，一片忠心向夕阳。”

诗词造诣很深的陈毅和朱克靖则未予附和，他们对郝鹏举更多的是观察。

为了加速对这支部队的改造，2月间，新四军又派出刘述周、谷凤鸣、李子新、郭立军、王泽荷等第二批政工干部到郝部工作。刘述周是江苏靖江人，早年在上海求学，曾任中共靖江县委书记，1941年调新四军政治部敌工部，后任中共淮海区委敌工部部长，1945年任中共苏浙区党委秘书长、民运部长，是有经验的敌工干部。谷凤鸣师范毕业，能写能画，做过敌军工作，参加策反驻莒县的敌军起义。其他同志也都是很得力的政工干部。

出发前陈毅向上述同志作了指示，他说："在历史上，国民党军队起义到我们这边来，比较大的有两次，第一次是1931年12月14日，赵博生、董振堂领导的宁都起义，大约一万多人；第二次是不久前高树勋在邯郸领导的起义，也是一万多人。这次郝鹏举起义人数最多，他自称两万人，我看至少也有一万七八。郝鹏举这个人，年龄不大，五十左右，有能力。冯玉祥曾派他去苏联留过学，学的炮兵。"陈毅接着说："郝鹏举是一匹烈马，他有进步的一面，也有反动的一面，我们一定要做好两种准备，既要从坏处着想，又要向好处争取，尽最大努力，骑好这匹烈马……"

第二批派去的干部到郝鹏举部后，郝鹏举设宴招待，还借着酒兴说："啊！同志们来了很好，我们人数更多了，过去都是逼着走那条路，后来我们主动提出到解放区，我们有信心，非把这支部队改造成八路军、新四军式的部队不行，你们要放手工作。"

朱克靖作为派驻的政工干部领导人，工作上认真负责，经常和同志们一起研究情况，生活中热心关怀同志。新四军政工人员都借住民房，开始谷凤鸣没有找到房子住，朱克靖平易近人，待人亲切，他们一家住里外两间，就让谷凤鸣住他家外间，他和康宁、两个孩子挤在里间。谷凤鸣和他们吃住在一起，像一家人一样。

为了对部队进行教育和改造，必须重新建立政治制度。朱克靖和刘述周拟定了一些办法，但郝鹏举坚决不同意，认为在部队里行不通。于是把新来的政工人员和旧有的混合起来，分配到各师的连队。

尽管战乱不止，生灵涂炭，但明丽的春天如约来到齐鲁大地。大地从沉睡中醒来，冰冻悄悄融化，草芽儿由黄变青，树叶儿也渐渐地绿了，萧索的村庄出现了淡淡的绿色，3月里绿油油的麦苗就挺高了。春雨刚过，这生命之绿在呼吸着，伸动着，似乎能听得见它们为春天到来的欢呼，看得见它们的萌动。

民主联军政治部主任刘澄，是国民党军统特务。新四军政工人员刘述周任政治部副主任，郭力军任政治部组织科长，邓旭初任宣传科长，康宁任文工团团长。莒县老百姓对郝军真心相待，农村妇女自动为士兵做鞋子、洗衣服，缝缝补补，视若亲人。康宁组织宣传队，教士兵唱革命歌曲。政工干部带领官兵帮助老乡担水，打扫院子，收麦割谷，修路植树，改善军民关系。郝鹏举得意地说："我军自到解放区后，不但健壮了体格，一个个锻炼得钢筋铁骨，肥肥胖胖，而且精神上得到了天上的安慰和快乐。"三四月间，新四军在前线作战，时遭蒋军飞机袭击，陈毅听说郝鹏举有日式高射机枪六挺，还曾经向他借用过两挺。

陈毅在莒县期间，曾和郝鹏举谈了部队的改造和整编等问题，并建议郝鹏举到延安学习，这使郝鹏举内心非常吃惊。因为对于他来说，军权是他的命根子，是须臾不能离手的。

朱克靖、刘述周到临沂汇报工作，郝鹏举要张润三随行，并说："你应该站在我们团体的立场上，利用你和陈军长的同学关系，力争我们民主联军的编制，原则是：宁编小，不编散。哪怕编一个师，甚至一个旅都可以，只要在一起。"

朱克靖、刘述周、张润三到临沂后，张润三转告了郝的意见，并埋怨陈毅不该交浅言深，向郝鹏举交了底。陈毅爽朗地说："我们共产党人做事光明磊落。你们在困难时拉了我一把，我决不会做对不起朋友的事。"

陈毅又对朱克靖说："我之所以要郝离开部队，完全是善意。

以郝的才干，如果能到延安好好学习一个时期，回来就可以负更大的责任。”

张润三说：“这个部队很复杂，郝本人野心很大，要改造很困难。”

陈毅勉励说：“改造这个部队是当前极其重要的政治任务，希望你协助朱克靖同志把这个任务担当起来。”

陈毅与朱克靖整整谈了一夜。

朱克靖的烟也抽了一夜。

朱克靖向陈毅详细谈了他这段时间对郝鹏举的印象：一、郝对部队抓得很紧；二、他用的完全是一套军阀统治的手段，部队成了他个人的工具，别人插不上手；三、该部官兵成分复杂；四、郝对我党我军心存猜疑，对我们当面一套，背后一套。

朱克靖接着说，郝鹏举情绪上变化无常，时热时冷，时而进步时而反动；治军上，郝鹏举重视使用骨干力量，另外培植亲信、破格提拔让部下为其卖命。听说汪伪时期，郝鹏举以金钱利诱拉拢军官，每年农历八月中秋佳节和旧历新年前夕，总是分别召见所属四个师和几个直属团、营的排以上军官，并赠给每人银行存折一个，有时也赠送现金。郝鹏举性情暴躁，对不顺眼的下属非骂即打，甚至禁闭。汪伪时期的郝鹏举甚至有一个打人升官的脾气，凡是被郝打过的人，就大多能升官……

陈毅说：“克靖兄啊！改造郝鹏举的难度是很大的。这样一支旧式的军阀部队不经过彻底改造，绝不能担负伟大的民主斗争任务！”

新四军派驻民主联军的政工干部，在朱克靖领导下，以八路军、新四军的建军原则和经验，本着民主的自觉的原则，通过说服、教育的方式，改造郝鹏举部队官兵，力图把郝鹏举的旧式部队，改造成一支真正属于人民的军队。这些干部分别在民主联军军官教导团和政治部工作。

军官教导团是轮训中高级军官的，设将校班，两个干部大队和政工大队，于3月3日上午在莒县张圩子举行开学典礼。郝鹏举自任团长，朱克靖任副团长，郝部副司令李泽州任专职教育长，谷凤鸣任政治总教官，李子新和另外几个同志任教官，同时兼任大队教导员。

朱克靖亲自给军官讲课，介绍人民军队的性质、任务和三大纪律、八项注意，对军官进行政治形势和政策教育，提高他们的思想觉悟。

在军官教导团中，郝鹏举有意掀起了两次反共风波，有一次他造谣说："解放军要围攻起义部队。"并以此为理由，把军官教导团拉到上疃。另一次，他又造谣说："我们起义后，共产党一直没有给番号，听说要把我们拉到东海边去开荒，那就成了黑人黑户了……"郝鹏举之所以这样做，目的是唆使他的军官不要跟共产党走。

一天，郝鹏举召集师、团长开会，说："军队驻防，任何时候都要严密警戒。我们驻地莒县，虽然距中央军比较远，但与友军（新四军）靠近，不可不防止发生意外事件，我们千万不能大意。"他命令各部在驻地构筑必要的防御工事，不动声色，秘密进行。工事要坚固，又不能显眼、暴露。不少师团长提出莒县一带平静，并无敌情，现在突然修工事，陈军长是否知道？郝鹏举说："陈军长对我们的态度与往常无异。但他口口声声要我们学习和接受八路军、新四军的建军宗旨，认真改造部队，我难以应付，恐怕满足不了他的要求。害人之心不可有，防人之心不可无呀！"

尽管郝鹏举严禁官兵和共产党接触，但仍有些官兵冒着生命危险偷偷和共产党接近，他们非常羡慕共产党、八路军和解放区，有的人表示再也不愿跟郝鹏举走了，更有的人冒着极大的风险为共产党送情报。而郝鹏举却将地方政府、解放区群众的真诚相待，视为惧怕他的势力大，不敢惹他，因此，郝部与地方政府的关系越来越紧张。郝鹏举夜郎自大，总想与新四军比高低。有一次，他在华东军区文工团慰问演出大会上讲；"我们是民主联军，是与八路军、新四军合作的。有人说，我们投降八路军，这是不对的。谁再这样说我们就割他的舌头……"

由于郝鹏举反动本性未改，又拒绝接受对其部队改造，军阀恶习就越来越暴露出来，对群众态度越来越粗暴，抬手就打，张口就骂。夜间不让群众出门，阻止民兵活动，甚至鸣枪威胁群众。特别阴险的是，他趁我军动员新兵支援解放战争之机，扩大自己的势力，要求增加新兵补充队伍。为了团结争取郝鹏举，华东军区答复了他的要求，责成滨海地区从扩军队伍中给他补充了一千名新兵，这些新兵都是二十来岁的小伙子，政治上可靠，有些还是共产党员。郝鹏举把他们分编到各班，每班两三人。还专门布置老兵痞对新兵监视、盯梢，限制他们的活动。更为阴险的是郝部中的反动军官，竟手拿登记本公开地吆喝："我是支部书记，谁是共产党员，出来登记。"有些共产党员不辨真伪，结果上了当，黑夜就被活埋了。

莒县县委向滨海区党委报告了郝部的种种恶迹，滨海区党委又迅速报告了华东军区，华东军区和陈毅认真研究了郝部情况，一致认为要对起义部队做到仁至义尽，只要有一线希望，仍立足于争取改造。于是，又派进了第三批干部，其中有张国民、田磊、曹礼琴、朱玉森、周美光、王泽和、蔡盖田等十多人。

有时双方政工人员之间发生纠纷，张润三和刘述周商量如何处理。郝鹏举非常不满，对很多人说张润三软弱无能，没有把政治部的工作拿起来，并说："主任不要认为是替我工作，政治部工作搞不好，一切后果都由他负责。"张润三提出辞职，郝鹏举又说："老兄，你不要误会，我那天的话是让朱部长听的，那样你以后就好负责任了。"后张润三调任秘书处长兼弘毅学校校长，监督莒县钟楼后方留守各机构。政治部由刘澄负责。

在1946年上半年这段时间内，表面上平静无事。郝鹏举也开口进步，闭口革命，花言巧语伪装进步，对朱克靖表面上很尊重，工作上也能合作。但郝鹏举内心对于中共派政工干部改造他的部队越来越害怕，担心不知不觉间部队就会被吃掉，变成红色，从而使他失掉个人对部队的控制权。改造反改造的斗争越来越尖锐化。

部队在莒县时，由郝鹏举领衔，给毛泽东主席发了一个致敬电，开始没有接到回电。有一天中午，郝集合总部的负责干部开会，大发脾气说："刘善本反正带来一架破飞机，延安的人恨不得把他捧上天，我们整整齐齐两万多人枪，却不放在他们的眼里。我们给人家去致敬电，人家也不理我们。我们以后不要挂毛主席的像了，还不如挂陈军长的像呢，因为是陈军长带领我们走向革命的。"过了几天，《大众日报》登载了中共中央给郝部的嘉奖复电，郝鹏举冷冷地说："争来的风不凉。"

虽然已经背离了国民党军，但郝鹏举始终把自己的部队当成一份"财产"，一个与人民的军队"平起平坐"的特殊团体。因为害怕共产党在落实国共签署的整军方案时，对他的部队进行整编，所以又在官兵中煽动对共产党的不满，要求他的部队"官不离兵，兵不离官；总司令不离全体，全体不离总司令；弹不离枪，枪不离身，动我们一人，就全体自杀"。

1946年6月，蒋介石撕毁停战协议，发动全面内战，国民党军参谋总长陈诚扬言，要在三到六个月内全部消灭新四军和八路军。国民党军集中三十个师的优势兵力，向鲁南解放区大规模进攻。

一时间，大军压境，高天滚滚寒流急，华东大地烽烟遍地。

第九章
汗青纪事，坚持到最后一分钟

一场风暴之前，是一种别样的宁静。

一切都在静悄悄地进行。

谁能够看出貌似平静的海面之下涌动的巨大潜流呢？

郝鹏举看到国民党军队来势汹汹，就打起了小算盘，向陈毅提出到前线“打蒋介石”的要求，实际是为了靠近蒋军，静观待变。陈毅虽看穿了他的阴谋，仍然进行最后的挽救，要他组织二十多人的将校参观团，到华东军区驻地——临沂参观。到临沂后，军区首长亲自接待了他们，请他们参观了华东军区特务团的行政管理、政治工作、群众工作、官兵关系、军民关系，还请他们参观了连队俱乐部和连队救亡史展览。晚饭后，陈毅还亲自给他们讲三年游击战争时期，部队如何依靠群众，坚持斗争，克服了各种困难，取得最后胜利的故事。陈毅讲完之后，语重心长地说："因为我们的部队是与群众同呼吸共命运，是为群众谋利益的，所以才能由小到大，由弱到强，逐步成为一支不可战胜的力量。国民党反动派的力量虽然强大，但我们真理在手，正义在胸，又有广大人民群众的拥护和支持，就一定能以少胜多，以弱胜强，取得最后胜利。"

陈毅的这次讲话长达三个多小时，那些有正义感的军官，受到一次深刻的教育，而随参观团来的国民党特务刘澄，不但拒不接受教育，反而在郝鹏举面前添油加醋，拨弄是非，诬蔑陈毅瓦解他们的部队。郝鹏举再次提出到前线去，陈毅权衡利弊，满足了郝的请求，同意该部从莒县移防至竹庭县（今江苏省赣榆县，为了纪念抗日英雄符竹庭将军，赣榆县在1945—1950年称为竹庭县）徐班庄一带，任务是反击国民党出援之敌并相机夺取海州。

郝鹏举立刻南移，为了掩人耳目，他将家属、辎重物资、留守处主任张润三留在莒县。1946年6月中旬，郝鹏举率联军星夜开赴竹庭县，路经大店、十字路、黑林等解放区时，沿途群众不识郝鹏举之庐山真面目，一路张灯结彩，送茶送饭，拥护联军参加自卫战争。

郝部东移竹庭县谷阳区的徐班庄以及欢墩埠驻防，总部驻徐班庄，八大处及特务团驻五个阎庄村，四师师部驻大沟崖村，几个团分别驻泉子坡、界车沟、古城、新集子，还有朱孟区的坡石桥村。谷阳区六十多个村子有四十多个村驻有郝鹏举的部队。郝部三师驻城头区大、小河东等村，另一个师驻四个净子埠村及三个黄泥沟村，还有一个师驻东海县境内。

在竹庭县和东海县期间，联军驻地各县党政机关组织群众向联军赠送慰问品。有的送大米白面，有的送鸡鱼肉蛋，人拉驴驮，熙熙攘攘，好不热闹。

据研究过郝鹏举的沈涛、尚爱民两位先生叙述：东海县政府送去上千双军鞋，并赠旌旗一面，上书王更生县长诗句“一声春雷响，九天蒋魔惊。举起民主纛，义气贯长虹”。表达了对郝部反蒋起义壮举的赞扬。郝鹏举被这热烈场面喜得直咧大嘴，诗兴大发，只见他摇头晃脑念道：

鹏翼万里搏云纱，茫茫苏鲁是我家。
联军声威扬天下，芸芸百姓谁不夸！

吟罢仰天大笑，旁若无人。朱克靖也在旁边，心中暗想：“这家伙野心不小，本性难移啊。”但脸上不动声色，站在一旁的地方干部也无人应声。郝鹏举一阵大笑之后，从沉闷的气氛中发觉有些不妥，忙用两眼瞟了瞟朱克靖，并连连说道：“兄弟献丑了，请克靖兄指教！指教！”

朱克靖笑了笑，只说：“腾霄是诗才，我怎敢妄加评论！”

他说着话从军鞋堆中取出一双军鞋，放在手上打量一番，接着说：“这样吧，我和一首军鞋诗吧，请腾霄及诸位指正。”随即朗声念道：

自种棉花自纺纱，农家儿女早当家。
裁剪不学新花样，做得军鞋实堪夸。
青灯寒夜意切切，万线千针情无涯。
战士穿鞋莫相忘，当为人民把敌杀！

“好！好！”朱克靖后一句还没有落音，一群地方干部竟大声叫起好来。郝鹏举也在聚精会神地听，听到后面多出来的两句更觉得有点特别的意思，不好说什么。他见大家都叫好，也跟着夸两句：“朱部长诗如其人，高！”

但心里却暗想：“这朱克靖是要好好对付的！”

慰问场上赋诗斗智，无论从思想还是从诗才，郝鹏举哪里是朱克靖的对手。

郝鹏举平时自诩儒将，好写写画画，装作斯文。几年来他积累了几十首诗，有他自己东拼西凑写成的，也有马屁文人写了署他的名的，由刘伯阳、毕书文出面，精制了一本郝鹏举诗集，名为《马上诗抄》，民主联军人手一册，叫两万多士兵对这位总司令顶礼膜拜。其次，对思想有变化、与中共党代表关系好的军官，则想方设法暗中进行收拾。他查访到司令部八大处有一个叫吴大为的参谋，与朱克靖交往密切，曾发议论说"郝鹏举治军还是旧军阀那一套"，郝鹏举怀恨在心，准备寻机严惩，杀鸡儆猴，教训全军。

一天清晨，夜色尚未褪尽，突然，几声凄厉的军号惊破了士兵们的晓梦。"啊！紧急集合令！"村子里顿时乱成一团，几分钟之后，队伍在村边一个大场上集合起来。

"立正！"随着值日官一声号令，郝鹏举在卫士的簇拥下来到队伍前。只见他板着面孔，脸上挂霜，身边的卫士也全副武装，官兵们见今日与往常有些异样，都十分紧张。

郝鹏举站定之后，并没喊"稍息"，他先用目光扫视了一下全场，然后叫道："每人把《马上诗抄》拿出来！"士兵们慌忙去摸口袋，许多人暗叫不好，由于集合匆忙竟把这玩意忘带了。

站在队前的吴参谋手伸进口袋，便再也掏不出来，脸上显出慌乱的神色。这一切都被郝鹏举看在眼里，乐在心里，实在是难寻的良机！只听郝鹏举一声厉喝："吴大为，出列！"吴大为应声跨出队列。

"你的'诗抄'呢?"郝鹏举问道。

"报告总司令，忘记带了。"吴大为照实回答。郝鹏举勃然大怒，抡起巴掌，啪啪就是两下，嘴里凶狠骂道："混蛋！你心目中哪里还有我总司令！给我捆起来！"这事来得突然，场上的士兵都愣住了。他们四处张望，寻找朱克靖，大家知道这时候只有朱克靖才能解决问题。但是他们很快失望了，原来昨晚朱克靖到邻近一个村去商谈军民共建的事情了，没能回来。

这时一个叫刘小三的卫兵自告奋勇回去取绳子。这个刘小三思想较进步，平时与吴参谋关系好，现在他跑回村里取绳子是假，想搭救吴大为是真。

一进村刘小三就找了朱克靖带来的机要秘书，要机要秘书即刻打电话报告朱克靖，要他火速回来救人。

小刘取来绳子，几个卫兵把吴参谋捆了个结结实实，而后郝鹏举满口飞沫地训起话来。开头还冠冕堂皇地讲几句要加强军纪、服从指挥的话，越讲越不上轨道，最后竟然毫无顾忌地说："我是总司令，你们就要绝对听我的，谁不听我的命令，吴大为就是个样子！——给我拉下去毙了！"

这命令使场上的官兵更吃一惊。刘小三急得头上直冒汗，他抬眼望向远方，但毫无踪影，又望了望站在队前的两个连长。他知道这两个连长均与吴参谋交情深厚，他向两人使使眼色，示意他们赶快求情。于是这两个连长急奔上前，扑通跪在郝鹏举面前同声求道：

"请总司令高抬贵手，饶吴参谋一命！"

郝鹏举一听，好家伙，竟还有人敢求情！这不是故意煞我威风吗？他暴跳如雷，连声呼叫："把他们也捆起来，各打四十扁担！"

两人各挨了四十扁担，都趴在地上爬不起来了。此时太阳渐从东方升起，郝鹏举看到了一张张不平与愤懑的脸色，心中的火焰不由再次升腾，他大喊一声："都给我拉下去，执行枪决！"

这种封建家长式的军阀手段，是郝鹏举驾驭和统治部队的基本方法。他具有强烈的领袖欲望和支配欲。对上，他把上级看成傀儡；对下，他把官兵看成奴才；对部队，他视之为个人升官发财的工具。连以上正职带兵官的任用他都亲自谈话，凡是忠于他的人才得以带兵。在正职带兵官身边又暗中安排人监视。聪明的军官不但当面对郝表示绝对服从，背后也不敢稍加非议，而竭尽歌功颂德之能事，这样就会得到提升重用。否则就会祸从天降。

一队士兵无可奈何将吴参谋等三人押上乱坟岗，子弹上了膛正欲开枪之时，忽然远方传来一声呼喊："不许开枪！"随着话音只见从东面飞来一匹枣红马。

原来朱克靖接到报告后，火速赶来，总算及时赶到。枣红马一直奔向乱坟岗，朱克靖翻身下马，即威严地下令："不许开枪。等我去见总司令。"行刑士兵立即把枪收起。

吴参谋等三人如梦初醒，只喊一声"朱部长——"便什么也说不下去了。

朱克靖严肃地批评了郝鹏举，并指出"腾霄啊，这样的事，在共产党领导的军队里是绝对不允许的！"

郝鹏举只得收回成命，把他们集体禁闭了事。但此事之后，郝鹏举心中的疙瘩愈积愈大，他心想：如此下去，恐怕有朝一日这支队伍就不姓郝了！

郝鹏举作诗让士兵背诵，江苏省赣榆县沙河镇的孙咸双也曾讲过这事。

孙咸双，是颜秀五司令的贴身卫士。郝鹏举有一段时间投奔泰州的李长江，颜秀五派孙咸双为班长，带九个卫士随郝鹏举。名为保卫，实则监视。郝鹏举喜好作个诗赋，让卫兵背诵，背不出来就要挨骂挨训。孙咸双从没进过学门，三天也背不出一首诗，不知挨了多少臭骂。

有一次，郝鹏举一大早起床后就告诫卫士班，早饭后检查背诵诗词。孙咸双明白，大家也明白，无非是用这文法子整治大家。早饭后，郝鹏举先让大家齐背，十个人扯棉带线地背出来。郝鹏举又来个单摘瓜，一个一个地查背，大家互相递着眼色，忍住内心的笑意，都说不会，会的也说不会。郝鹏举骂了起来，亲娘祖奶奶地骂得声严句厉。孙咸双挨骂早就挨够了，又有颜秀五司令是他二叔做后台，自然不怕他郝鹏举。郝鹏举腰间手枪一掏："我毙了你！"

几个卫士都是颜秀五的人，哪里吃得下郝鹏举这一套。眼看着这事就要闹大，倒是郝鹏举的女人刘琼一步三摇地晃了出来："参谋长，你也不要生气，度量再大一点就过去了。各位兄弟，参谋长对大家严格要求，也是为你们好，希望你们进步……”

俗话说：江山好改，本性难移。郝鹏举在旧社会、旧军队中养成了极端自私的利己主义和桀骜不驯、骄横恣肆的性格，要他顺顺当当地进行脱胎换骨的改造，难哪！于是，改造与反改造的斗争，就成了一场没有硝烟的战斗，无声地、然而是激烈地进行着。

时任竹庭县谷阳区代区委书记王建祥回忆：“我们在区公所驻地大沟崖村，看到郝的四师有的伙夫、马夫还留着长辫子，被群众嘲笑为‘清军’。徐班庄的干群反映郝有十三个姨太太，时常带着三四个姨太太，十几个勤务兵在徐班庄大街上迈着鸳鸯步，晃来晃去，摆架子耍威风，群众看到撇嘴嘲笑。”

这期间，开赴东北的一一五师、东北抗日义勇军和其他部队，统编为“东北民主联军”后，华东军区根据这一情况建议郝部番号由“中国民主联军”改为“华东民主联军”，郝鹏举以为他当不了大官了，因此心怀不满，又鼓吹走第三条道路。张云逸、舒同、刘贯一等都亲临徐班庄，向他耐心解释。

郝部南移后，军官教导团就解散了。为了安排派去的干部，他只得暂时成立政治工作机构。国民党特务刘澄担任总政治部主任，刘述周任副主任，各师、团也成立了政治部，田磊同志任三师政治部主任，其他三个师的政治部主任也是我们的人；张国民、朱玉林、周美光、蔡益田等同志在政治部当科长，实际上都是些有职无权的差事。郝鹏举为应付我党派去但没有工作可干的同志，又成立了特别情报室，由谷风鸣任主任，而由他的一些亲信作情报员，情报室设在解放军独立旅驻地沙河，名义上与独立旅合作搞国民党的军事情报，实则背着谷风鸣暗中搞我军的情报，密报给国民党。

6月中旬，我军在临沂召开军事会议，民主联军营以上军官也全部参加。中国人民解放军总参谋长叶剑英专程前往，为会议作报告。

在报告中，叶总长对民主联军中上层人物的动摇，谆谆告诫：不要为反动派的汹汹之势所吓倒，最后胜利一定属于人民。他说："现在有人鬼迷心窍，又想另攀高枝。这也没有什么了不起！如公开走，我们可以让出一条路；如偷偷走，那就不欢送了！"

郝鹏举听了如坐针毡，会后忙不迭地向人解释："这是误会，解放军待我这么好，我还往哪里去呢?"

为了稳住郝鹏举和起义部队，陈毅司令员于6月下旬，亲自来到郝鹏举驻地徐班庄，做郝鹏举的工作。陈毅对郝鹏举和他的上层军官，开诚布公，晓以大义，详细讲述了当前形势，指明了蒋军必败、我军必胜的前途，希望他们认清形势，识大义，顾大局，坚持走人民的道路，不要被蒋军气势汹汹貌似强大的表面现象所迷惑。陈毅坚定地表示："只要你们愿意站在人民一边，我党和人民是不会亏待你们的。如果你们不合意，要走，也不要忘记我们的君子协定：什么时候要走，告诉我们一声，我们一定以礼相送。走的时候将我们派去的同志送还我们。"

郝鹏举睹其灼灼二目，闻其朗朗笑声，虑其"讨逆"声威，连连称是，并以盛宴相待。有一道菜是用嫩苞米芯作的，陈毅风趣地说："厨师是很高明，想尽一切办法招待我，我是很感谢的，但解放区人民刚度过春荒，生活还有困难，正盼望苞米收成后，能吃饱肚子的时候，将苞米芯做菜吃，农民是会有意见的，也会给反共的人以造谣的口实，应该注意。"

在徐班庄，陈毅听取了在郝部工作人员的汇报，他说："这里的具体情况随时都有剧变可能，你们应该加强警惕。只要他们不开第一枪，他们没有撵你们，你们决不能走。你们在这里工作，也是一条战线，和其他战线一样，牺牲在所难免，但也是光荣的。"

陈毅挥戈鏖战于淮北苏北之际，郝鹏举派遣他的副参谋长王效曾，冒着特大雨水赶到前方晋谒陈毅，明里说是"请战"，暗中却是探听前方我军的强弱虚实。朱克靖乘机派政工干部邓旭初陪同王效曾前往，以便当面向陈毅汇报郝部最近的动向，请示今后工作方针。

那几天雨很大，天地间好像蒙上了雨帘，远处的景物渐渐模糊。雨点落在地上，溅起了白蒙蒙的水雾。

王效曾是个老行伍，年近六旬，身体尚健，很想为郝鹏举卖命，但一直得不到重用。这次郝赋予他如此重大使命，当然竭尽全力，以讨郝的欢心。

早在7月23日，朱克靖、刘述周就向华东局报告了郝鹏举异动的种种征候，认为郝与国民党的秘密勾连已相当成熟，异动的可能性很大，请求华东局对他们的工作进行指示。华东局即于7月28日向中央作了报告。

中央于8月2日电示华东局并告在前方的陈毅，指出：在目前内战扩大及我加紧争取国民党军退出内战的时候，如果郝鹏举投靠国民党而反对我们，在政治上对我极为不利。为此应尽一切可能采取一切办法争取和稳定他，反复向他说明蒋介石的困难与我们的有利条件，以坚定他的胜利信心，并从多方面给予鼓励，表示党对他的信任和器重。张云逸可以华东局代表名义，与郝恳切商谈其部队问题，劝他对其内部一切动摇分子指出投蒋必做内战的牺牲品，最后必将被蒋消灭。如经过反复说服后，他仍愿离我而去，则只好礼送之，不要扣留其部下一人一枪。再来者我亦再迎之。

邓旭初奉朱克靖、刘述周之命，当面来向陈毅汇报郝鹏举最近动向和请示今后工作。

陈毅和宋时轮在一间普通的民舍中接见了王效曾和邓旭初。

晚上，陈毅单独接见了邓旭初。他十分专注地听邓汇报了郝鹏举近来的情况，不解之处要邓旭初说得详尽些。

陈毅说，从军事上说，我们目前集中兵力于南、北两线，对付徐州、济南两个方向之敌，一时还抽不出兵力去解决郝鹏举。因此，我们内部一定要做好防止郝鹏举异动的充分准备，特别是派到郝部工作的同志，除体弱和不合适者可以撤回外，你们应该坚持在那里，稳住他，尽量拖延他叛变的时间，能拖迟一天都是好的。我们的同志要准备当俘虏，不到最后一分钟不要离开。”

陈毅说完后，又提笔给朱克靖写信。室外雨声哗哗，室内灯光昏黄，陈毅低头凝思，刚写了几个字，忽然停住笔，问邓旭初：“这封信你准备藏在什么地方带回去?”

邓旭初想了想，回答说：“贴身带汗水会湿透，放在外衣口袋里，会被雨水淋透。只有放在图囊里带回去。”

陈毅摇摇头，坚决地否定说：“这不成！一下子就被人搞走了。”

邓旭初保证说：“只要有我在，就不会落到敌人手中，请军长放心。”

陈毅犹豫了很久，最后说：“不怕一万，就怕万一。不是我不信任你，是要多设想各种可能出现的情况。不写信了，你回去口头传达吧!”

陈毅要邓旭初复诵一遍他说过的话，直到满意了，才派警卫员将邓送回住处。

朱克靖等联络干部接到陈毅的指示后，作了充分的研究，调整了力量，进一步加强了与后方的联系，枕戈待旦，随时准备应付突发事变。

早在7月底，郝鹏举不仅与海州来的特务仲伯尧暗中勾结，也与徐州方面来的老牌中统李克昌暗中频繁来往。他手牵几条线，脚踩几只船，慢慢地瞅着、拖着，以选择最佳行情好卖最高的价钱。他与蒋军的勾搭有增无减。经过讨价还价，蒋介石许以一个集团军司令长官的头衔，郝鹏举提出“反正”的具体时间由他见机而定，这桩买卖便拍板成交。

谁知到了8月，蒋军在鲁南、苏北连吃败仗，陷入被动。蒋介石更需举起这张王牌，他以为只要这张王牌一出，苏北鲁南战局就会大变，被动可化为主动。

8月的一天，秋高气爽，万里无云，几架飞机同时在徐州、海州、淮阴等地的上空飞翔。

不一会儿，只见从飞机上撒下无数传单，纷纷扬扬如雪花似的落遍徐海大地。那传单上写道：

郝总司令暨全体官兵公鉴：

苏北共军已被国军四面包围，危在旦夕，务望贵军立即反正，迅速占领房山至沭阳一线，配合由宿迁北进的国军，共同围剿苏北共军，建立奇功，报效国家。否则共军北窜，必将全力解决你们。深望切勿坐失良机，以免后悔。

徐州绥靖公署主任　薛　岳

有人将传单送给郝鹏举，郝鹏举看了先是一惊，随即暴跳如雷，当着部下的面大骂蒋介石混蛋！

郝部此时还在解放区内，过早暴露身份，会招致联军的全军覆没。这点利害关系，国民党哪有郝鹏举算得精细。

混迹江湖和军政多年，郝鹏举早就练就了一身撒谎不脸红，作假不认账的绝技。为传单事，他亲自找到朱克靖，说这是国民党编造谣言，挑拨离间，还大骂蒋介石无耻。他又致信陈毅，要求新四军出面辟谣，并再三保证郝某不做无义之人。

8月8日，郝鹏举还亲自拟稿向全国发表“反独裁，反内战”通电，“披沥陈词”。为掩国人耳目，那电文可写得慷慨激昂、冠冕堂皇。请看其最后一段之华词美句：

“时至今日，鹏举等不但应解人民于倒悬，亦且应救祖国于危难，誓率数万健儿，与八路军、新四军并肩合作，追随民主人士之后，为民族独立自由，为和平民主，为建立新民主主义新中国而奋斗。犹念我全国军界，或为多年战友，或为患难袍泽，虽好战分子之挟制与欺蒙，但实不乏爱护祖国、酷爱和平之英雄。尚希共举反对内战拥护民主之义旗，以冀望挽百年之大难，决祖国之命运，功罪祸福，在此一举。临电迫切，枕戈以待。”

接到郝鹏举这一通电后，陈毅于8月16日致电郝鹏举，电称："八八通电奉悉。正言谠论，足寒逆胆。今后贵我两军益当粹厉奋发，扫除障碍，奠定和平民主之大业，慰人民之热望。敬祝努力。弟陈毅谨覆。"西北军著名将领高树勋也给郝鹏举来电勉励。毛泽东主席对郝鹏举拒绝蒋介石、薛岳的勾引，坚决反对内战的行动也来电嘉奖。

郝鹏举也知道，光解释和发通电，言辞再漂亮还是没有多少人相信，必须再做出一两件响当当的事情，才能蒙混过这一关。

他突然想到一个人，此人就是薛岳派去劝其"反正"的老牌特务李克昌，他当时正作为国民党全权代表暗驻在联军总司令部。

郝部起义后的副总司令李克昌，不愿待在解放区，经郝同意，前往国民党第三绥靖区冯治安部。临走前，郝、李和毕书文三人密谋，编了密电码，规定了电台呼号和通话时间。内战开始后，李克昌来电要郝"反正"、"及时立功"、"侧击新四军的后路，袭取临沂，活捉陈毅"。不久，李克昌又奉薛岳之命秘密潜来郝部，要郝把队伍拉走。

对于李克昌在郝部的活动，朱克靖完全掌握。

朱克靖、邓旭初来到华中民主联军总部。郝鹏举见朱克靖、邓旭初到来，立即起身相迎，客气地说："朱部长，邓政委，几天不见了，很想念你们呀！请坐，请坐。"

朱克靖："我们得到确实消息，你原先的副总司令，后来叛变、投靠国民党的李克昌，奉陈诚、薛岳之命，先后两次潜入贵部，秘密策动你'反正'。此人目前尚隐匿在贵部，不知郝总司令将如何处置?"

郝鹏举始而一怔，继而勃然大怒："李克昌这个狗东西，乃本军叛徒，我早已和他一刀两断。如果朱部长所言属实，我绝对饶不了他!"

继而，郝鹏举又表白说："朱部长、邓政委，谅必你们都知道，李克昌在本军工作多年，官至副总司令，他的同僚旧友、拜把兄弟乃至狐朋狗党，为数不少。他要来，我哪里看得住呀？他来了后，隐匿之处多的是，许多人护着，替他保守秘密，我是一点风声也没有听到呀!"

后来，郝鹏举见纸里包不住火，决心借李克昌头颅来为自己开脱。

8月下旬某日，郝鹏举当着部下的面把李克昌捆绑起来，并且公开宣告："这李克昌是国民党派来的奸细！他想策动联军叛乱，拖我郝某下水。我郝鹏举岂能容人蒙骗！给我按倒，先打四十军棍！"

说罢，几个士兵上前，大打出手，把个李克昌打得皮开肉绽，哇哇直叫。打完之后，郝鹏举亲自骑着马押上李克昌送到新四军军部。

到了新四军军部，陈毅军长如同往日一样热情接见。郝鹏举先忙着表白一番："自打天上落下谣言，我发电解释，但还有人不信，我郝某就是浑身是嘴也难以说清了！万望陈军长明察！"

李克昌脚上戴上一副镣铐，脚镣上特地铸了"郝鹏举制"四个大字。

事后有人分析，郝鹏举与李克昌有个人恩怨，遂翻脸不认人。也有人说，郝鹏举与李克昌玩的是苦肉计，是一段双簧。

郝鹏举说："陈军长，我今日带来一个策反的蒋帮特务，请军长发落！"

李克昌被押进屋来，陈毅一见心中暗想：这郝鹏举真有"办法"，如今来一个一箭双雕，既表白他与国民党一刀两断，又可借我新四军的刀来杀人。

陈毅的一双火眼金睛，早把郝鹏举的心看透了。他有分寸地赞扬了郝鹏举的行动，又当着郝的面把李克昌教育一通。陈毅的话义正词严，字字千钧，语带双关，训在李克昌身上，戳在郝鹏举心里。老奸巨猾的郝鹏举奸计难逞，脸长了半截。

此时，我军已深知郝鹏举绝不是与革命同路之人，迟早要与我军分道扬镳，甚至会对我们下毒手。于是陈毅把朱克靖找来，向他分析了在联军工作的险恶性。朱克靖从革命事业出发，说工作必须做到最后一刻，即使工作最后失败，献身使命，也在所不惜。陈毅依依不舍地送走了朱克靖。

分别时是傍晚，天空中出现了一朵朵火焰般燃烧着的晚霞，晚霞呈四边形，一片片一簇簇，在太阳的映射下发出金灿灿的光芒。渐渐地，晚霞变成了一团小小的火焰，然后越来越大，上半部分的颜色逐渐变淡，下半部分越来越红。站在火焰晚霞下，朱克靖第一次看到晚霞这么绚丽、动人、明亮、色彩浓烈，他觉得自己的生命，也如这晚霞，在暗红地燃烧。为了革命胜利，哪怕自己燃成灰烬，也在所不辞。

郝鹏举自8月后，稍稍收敛了一些。但到1946年底，蒋介石调集更多兵力向苏北鲁南进剿，我军被迫北撤。郝鹏举认为，共产党已节节败退，此时不“反正”，自己的身价就要往下跌了，就加紧了他的阴谋叛变活动。国民党五十七师少校特派员仲伯尧来回穿针引线，郝鹏举叛乱迹象日益明显。

9月9日，郝鹏举又发表通电称：“本军现为人民之武装，当为人民而牺牲，誓愿竭尽驽钝，共转危局，鞠躬尽瘁，死而后已。”

中共中央华东局和新四军军部兼山东军区，多次接到朱克靖、刘述周等人报告，对郝鹏举和国民党暗中勾结的情况了如指掌。

时任谷阳区代区委书记王建祥回忆：“特别令人气愤的是，郝部在徐班庄、界车沟、古城、阎庄等村周围路口上筑起大碉堡，内中架着轻机枪，在我根据地制造如此战争气氛，目标不是对蒋，而是对付解放区军民的。许多区、村干部及群众看到这种紧张情况，暗地里不断向区委、区政府提出疑问。我们区里干部到各村去工作时，经常受到郝部岗哨无理刁难。区里同志天天提心吊胆，区干部到各村工作时身上不能带文件，以防突然事变的发生。”

“1946年10月，当时谷阳区曹村顶村发动群众进行土改。有一次群众开会斗争地主，在呼‘打倒地主恶霸’时，同时喊了一句‘打倒吃闲饭’的口号，郝鹏举的一位亲信团长立即跑到徐班庄向郝诬告，说口号是区里布置的，郝听后大为不满，亲自出面找新四军联络部朱克靖部长，郝又把我区长董自行找去，追问喊口号的原因，我区长据理反复说明这是出于农民对地主剥削、压迫的义愤，不是对民主联军的，但是郝鹏举早有投蒋意图，借此为由而已。又过了四五天，在一个晚上，郝突然把部队拉到沙河镇以南的东海县境内，只留下少数后勤人员和家属在原地，我华东军区弄清了郝的投敌企图后，朱部长亲自到郝部，规劝郝鹏举回来，山东《大众日报》又以大字标题登出我军派新四军副军长张云逸及山东省参议长马保三为首的慰问团，来郝的总部慰问起义部队的消息。在此情况下，郝部施展了两面派手法，谎称去打新浦的国民党据点，以掩盖逃跑的事实。郝用一个团的兵力去打新浦西边的刘围子据点，也未能打开，就返回了徐班庄，接受我军部及山东省首长慰问而了事。”

随着形势的变化，郝鹏举越来越反动，他召开一次政工干部会议，特务刘澄主持了这次会议，还特意把我党派去的刘述周同志邀去坐在一起，摆出共同主持会议的样子。平时开会，到会人员只能听长官讲话，而这次却一反常态，到会军官都争先恐后地发言，诬蔑共产党、新四军如何欺负他们，地方政府、老百姓如何对他们不好；并公开颂扬国民党、蒋介石。会议开了一天还没开完，晚上继续开，谷风鸣、张国民、李子新、邓旭初等同志据理反击，通过摆事实，讲道理，把那些无耻谰言驳得体无完肤。

当邓旭初讲到“跳梁小丑”一词时，刘澄拍案反问：“邓旭初，你说跳梁小丑，谁是小丑?”谷风鸣、张国民、李子新等异口同声说：“谁造谣诬蔑共产党，公开颂扬国民党，谁就是小丑!”

气氛到了剑拔弩张的地步，一直争议到晚上9点多钟，仍然僵持不下。最后，刘澄只好念了一张郝鹏举写来的字条，说：请刘述周和其他新四军干部到郝总司令那里谈谈，朱部长也在那里。

一场唇枪舌战才勉强结束了。

谷风鸣等人来到郝鹏举会议室，只见桌子上早已摆满了瓜子、点心和香茶。坐定之后，政工干部便愤慨地将听到的、看到的郝部官兵的种种劣迹全都讲了。

郝鹏举越听越坐不住，就假惺惺地设宴招待他们。为缓和气氛，还故意和朱克靖部长谈诗论词。这时东方已现鱼肚白，朱克靖说：“天快亮了，请总司令指示吧！”

郝鹏举说：“好吧，我说几句，这么长时间，没有和同志们在一起谈谈，许多情况不了解，这次同志们谈的问题，都是些军纪问题，要按军纪论处；有些军官公开颂扬国民党，诬蔑共产党，破坏共产党的威信，这是不允许的，以后要严肃处理。”

讲到这里郝鹏举话题一转：“工作原则嘛，要坚持；工作方法嘛，要灵活。如果方法不灵活，把事情干坏就不好了。当然，我们的同志不怕艰苦困难，不怕牺牲，这种精神是好的。可事情没办好，即使当了烈士，也没有什么好处。”

政工干部听出了郝鹏举话中的杀机，无不义愤填膺。刘述周一针见血地说：“郝总司令决心这么大，我们一定好好工作，把军队改造好。不过这支部队能不能改造好，不在我们的工作方法，主要在于民主联军领导人的决心，我们不愿当烈士，但在工作中，却不怕任何艰难困苦，甚至拚命流血。”

刘述周的话语刚落，郝鹏举就赶忙宣布散会了。

两天以后，派往郝部的政工干部在徐班庄村后的抗日山烈士陵园里，召开了一次碰头会。一致认为，郝鹏举叛变已成定局，至于什么时候，尚难断定。为此，他们曾专门向华东军区作过汇报。华东军区指示：时刻提高警惕，防止郝部叛变。同时，也指出不到万不得已的情况下，我们派进去的人员不准撤出，陈毅司令员已和郝部达成协议：“来则欢迎，走则欢送。”我们提前撤出工作人员就会使郝鹏举有可乘之机。遵照华东军区的指示，同志们抱着对郝部有一线希望也不放弃争取的决心，继续坚持工作。

据策反郝鹏举的仲伯尧解放后被捕后交代，郝鹏举在11月间就已经答应待机投落，暗中信使往来。

1946年11月、12月间，还发生了一件事，这就是苏皖边区实验（京）剧团遵照苏皖边区政府指示，慰问驻扎在陇海路北侧的华中民主联军。

时任剧团副指导员的周正，2014年回家乡连云港时回忆了这一段故事。周正是江苏灌云人。1939年8月参加革命，曾任新四军第三师十旅一支队二团排长，淮海实验剧团（后改为苏皖边区实验剧团、华中京剧团）队长、指导员。

周正说，与剧团一同前去的还有一批政工干部。临行前，华中区特派员张敬人专门找周正谈话，向他介绍了郝鹏举的一些情况，交代了注意事项。张敬人要求此行须小心谨慎，有情况要及时向朱克靖和刘述周请示汇报。

剧团到达民主联军司令部驻地欢墩埠后，连续演出了十多场剧目，很受欢迎。周正回忆说："我们的服装道具是从大城市新购买的，很华丽，演出质量也很高，当地一带很难看到这么精彩的节目。因此，郝鹏举一再挽留。原计划演出一周左右，后来延长至十几天。那时，我对郝部的一些动向便有所察觉。开始很不习惯，郝部仍是敌伪作风，上级打骂体罚下级很普遍。联军大多数官兵很喜欢我们的演出，想和我们交谈，但郝鹏举早已有令，不许他们与我们接近，并派特务对我全团人员进行监视，还将与我们接触过的几个军官关押起来。尤其是郝部不许唱我们的革命歌曲，要唱歌颂郝鹏举的歌。"

周正在徐州、连云港、淮阴等地做地下工作时，主要工作对象之一，就是针对郝鹏举部，对郝鹏举的底细比较了解。察觉有异后，他及时把情况报告给了刘述周。周正继而发现，郝鹏举安排了几个人常到剧团来转悠，行动诡秘，还悄悄找剧团的个别人谈话。

剧团团长姓袁，是从淮北调来的，原来是教员，缺乏对敌斗争经验和意识。

慰问演出任务结束，朱克靖召集剧团的全体党员和业务骨干来到驻地附近马鞍山烈士纪念塔前。朱克靖对剧团团员们圆满完成任务表示祝贺，说同志们很辛苦，任务完成得很出色，上级领导是满意的。随后他在与周正和部分支部成员单独谈话时，告诫大家："郝鹏举是一个很反动的家伙，现已投降我们，但又与徐州的薛岳暗中勾结，打算找机会反水，并有可能要扣留你们，作为他投靠蒋介石的见面礼，不要轻信他挽留你们的鬼话。我已通知当地政府，为你们准备好民工和车辆，你们回去后立即做准备，尽快离开此地，到滨海军区驻地三界首……”听了朱部长的讲话，大家心情都很沉重，为朱部长和大批干部的处境担心。

刘述周随后让通信员叫来了周正，询问演出什么时候结束。“本该结束了，郝鹏举不让走，要求多演几场，这才拖延了。”周正回答说。刘述周严肃说道：“你们尽快离开，时间长了影响不好。周围情况你们不了解。你们来只管唱戏，为何要唱歌颂郝鹏举的歌呢?”“袁团长没和我商量，事先我也不知道。”周正虽然感觉袁团长这样做不合适，但是却没想到事情的严重性。刘述周点点头，让周正尽快回去，安排剧团离开。

原来刘述周已经掌握了一些情况。郝鹏举暗中拉拢剧团演员，以高薪加以诱惑。“他们对演员说，你们穷得连薪水都没有，在山东那边天天吃玉米、高粱煎饼、窝窝头，到我们这边来天天都能吃上大米白面。”郝部还许诺，只要到他们部队，每月底薪十二块大洋，每演一场三块大洋。如此一来，一个月演三场，连底薪就是二十多块大洋。这在当时可是笔不小的数目。郝鹏举的军饷从何而来？说到这里，周正很是气愤：“郝鹏举是一个良心丧尽的奸诈小人。当时解放区军民生活都很艰苦，尽最大力量为郝部提供优于我军的给养。谁知他暗里虚报兵员数目吃空饷。”

周正与袁团长商量，说任务已经完成了，是不是该离开了。周正补充道：“我没把刘述周的谈话透露给他，因为他对周围的复杂情况不了解。当时还有一个情况，郝鹏举为了庆祝起义一周年，想留我们剧团在纪念日当天演出。距离纪念日还有半个多月时间，这段时间究竟会发生什么样的变故，谁也无法预料，迅速离开乃当务之急。”

得找一个借口快速离开！周正单独向刘述周作了汇报。刘述周思考一下说："山东省政府目前驻地在临沂县独树头和相官庄一带，你写封信汇报一下，请他们安排。"在刘述周的授意下，周正起草了一份报告，背着袁团长，安排通信员小朱火速骑马奔省政府送信。

报告送去后，山东省政府很快来了回函，函中写道："得知你们在华中民主联军的慰问演出任务已经完成，目前省政府和部队正筹备一次重要大会，特通知你团立即来省政府驻地慰问演出。"剧团这才有充分理由离开郝部。

在郝鹏举的宴会上，周正等人将剧团打算离开之事告知了郝鹏举，还故意说，这次是因紧急任务离开："郝司令这么看好我们剧团，我们很感激。不如这样，离起义周年纪念活动还有十几天，到时候郝司令需要的话我们还可以过来。"郝鹏举听后，也无可奈何，只好作罢。次日清晨，趁着漫天大雾，剧团离开了郝鹏举驻地。

离开郝部后，在朱克靖的精心安排下，剧团并未直奔山东省政府驻地，而是去了位于三界首、黑林的滨海军区。

1947年1月，国民党对山东解放区发动了新的进攻，集结在南北两线的蒋军组成两个突击集团。南线的欧震集团八个整编师（军）、二十个整编旅（师）为主要突击集团，从陇海路向北攻；北线李仙洲指挥三个军、九个师为辅助突击集团，从胶济线向南攻。两个突击集团南北对进，妄图夹击集结于临沂地区的华东野战军主力。此外，还把原在冀南、豫北一带驻扎的王敬久集团一个军外加三个师调到鲁西南地区，企图隔断华东野战军与晋冀鲁豫（刘邓）野战军的联系，并伺机加入鲁南、鲁中作战。

鉴于当时山东解放区严峻的形势，中共中央华东局与刚刚经过整编才成立的华东野战军指示朱克靖、刘述周应竭尽全力争取郝鹏举部，拖延其叛变时间，哪怕能拖一天也是好的。

郝鹏举错认为我军形势恶化，叛变时机已经成熟，又感到与胡宗南前嫌渐释，威胁不大，似无后顾之忧。一天，郝鹏举召集高级干部开会讨论战争形势。郝提出：“我们这条路走得对不对？今后怎么办?”要大家发表意见。

刘澄振振有词地说：“我们投奔共产党，是走错了路。共产党出于需要，一时利用我们。过来后他们没有诚意，以整编、改造为名，千方百计要吃掉我们这个团体。现在，国民党节节胜利，两淮（淮安、淮阴）已被国军收复，我们再不走，必然和他们同归于尽。”

乜庭宾激愤地说：“我们不是婊子，不能反复无常。既然投到共产党这边，就没有再回到蒋介石那边去的道理。蒋介石一贯消灭异己，我乜庭宾抱定志向，绝不跟蒋介石干，总司令要是往南定，我乜庭宾就往北走。”

乜庭宾的慷慨陈词，郝虽然内心反感，但也不得不耐着性子听。

郝又问张奇：“大可兄，你老谋深算，也得为我们团体想想呀！你有什么高见?”

张奇平时寡言少语，不像乜庭宾是个“炮筒子”，他清了清嗓子，慢条斯理地说：“依我看，投了共产党，有好处也有坏处。好处是什么呢？共产党和陈军长对我们还是真诚的，他们的经济很困难，可是供给我们的物资很丰富。天下哪有宁愿自己吃粥却让别人吃饭的傻瓜?我看共产党就是这样的傻瓜。当然投了共产党也有坏处，就是官不能做得那么大，也没有更大的番号，逛窑子、抽大烟这一套也不行了。到国民党那里去，可以得到更大的番号，可以升官，可以当集团军总司令，可以吃喝嫖赌样样干。但也有坏处，就是国民党的官也不好做，他叫我们打共产党，你不打，他就军法从事；你去打，就被共产党消灭。现在国民党的精锐部队尚且整师、整旅的被消灭；以我们的兵力和装备去和共产党作战，不是以卵击石、自取灭亡吗?”一席话，说得大家哑口无言。

参谋长刘伯阳和四师师长曾纪瑞出来打圆场，他们说，司令不是一直说走第三条道路嘛，何不将部队拉到豫陕川边境的山区，独树一帜，坐看国共两党的争战，坐收渔人之利?

会场上立时议论纷纷。有的说：“走第三条道路，靠谁？谁有钱养活我们这支几万人的部队？”

郝鹏举见讨论不出结果，把桌子一拍，说：“算了，今天就到这里，下次再议。对外千万要保密，要防止共产党对我们先下手。”

关于这次“绝密会议”的情况，张奇、乜庭宾很快向联络部人员作了汇报。他俩认为，郝鹏举投蒋的决心已下,郝对部队控制得很紧，团、营、连的正职带兵官都是他一手提拔的，希望我方密切注视郝的动向。

朱克靖、刘述周分析认为：郝鹏举投蒋叛变已迫在眉睫，只是因为尚没有和国民党反动派勾结好，时机尚难确定。必须提高警惕，准备应付突然事变。

1947年1月9日在纪念起义一周年时，郝鹏举还发表文章和演讲，他说：“蒋介石独夫及其爪牙薛岳……阴谋陷我将士于不义，在前线上亦曾不断对我各个干部进行诱惑工作；然而我军将士皆志如铁石，心比冰雪。”又给毛主席和朱总司令发电报说：“今后誓在中共及钧座领导下，与八路军新四军亲密团结，竭尽愚诚，为人民服务，拥护民主政府，献身自卫战争，虽肝脑涂地，在所不辞。”并扬言“包打”驻连云港的国民党军队，还向朱克靖提出参加共产党的要求——一副信誓旦旦的样子。但暗地里以纪念起义一周年为名，把一些留在莒县中楼的太太们全都接去了。

朱克靖对郝鹏举的行动当然一清二楚，他及时向新四军总部作了详细汇报。

几天后郝鹏举又策划了一个阴谋，计划1月15日趁“补行”起义一周年纪念活动之机，对陈毅下毒手。据张润三后来证实，郝“向各级机关发出请柬，企图趁陈毅等都到了，他好来一个一网打尽，作为向蒋介石送的一份礼物。因为陈毅及各机关首长都没来，只派来一些代表，所以这个阴谋才没有得逞。”（张润三《郝鹏举其人》）

尽管陈毅觉察到他的阴谋活动，但不放弃任何争取的机会。这年春节前，陈毅将郝鹏举等二十余人邀请到军部临沂，以礼相待，谈酒论诗，晓以利害。郝鹏举被感动得痛哭流涕，当即给毛泽东、朱德发去电报，要求“配合莱芜战役，争取立功悔过”。

陈毅很清楚郝鹏举是在表演。他们离开临沂前，陈毅嘱咐朱克靖说，郝鹏举迟早要反，大敌当前，他不仁，我们不能不义。能争取一分钟就要争取一分钟，决不能打第一枪。他语重心长地说，你们是深入虎穴啊！朱克靖坚定地表示：不入虎穴，焉得虎子。

朱克靖感到郝鹏举叛变在即，在郝部工作的同志们危在旦夕。为了保护更多的同志，朱克靖果断决定：军区文工团全体人员，还有搞报道的新闻干事，部分年轻的政工人员，迅速撤离郝部回临沂，避免不必要的牺牲；自己带领少数政工人员坚持到最后。朱克靖还想到经常来郝部工作的滨海军分区司令员刘少卿、政治委员谷牧，打电话给刘少卿预先约定：除非他本人亲自打电话，滨海军分区的同志不要到郝部来，以防不知情误入陷阱被郝鹏举诱捕。后来刘少卿说：“郝鹏举曾扬言，除了朱克靖夫妇外，还要抓刘述周、谷凤鸣和我做人质。由于朱克靖事先告警，我没有历险。没有朱克靖同志，就没有我的今天。”

1947年1月21日是农历除夕，坚守岗位的政工干部们聚会，大家谈到由于郝鹏举坚持反动立场，对郝部改造工作收效甚微，郝鹏举随时有可能叛变投靠蒋介石，同志们也随时有可能被捕牺牲，感到惋惜。朱克靖在晚会上即席赋诗抒发革命豪情，表示为革命大局不惜牺牲个人一切，最后说：“毕生受党培育，未能厚报，如果有不测，一定以生命维护党的利益，献出最后一滴血！”说罢潸然泪下。在场的同志都受到极大的感动，表示要经受住党的考验，在最艰险的岗位上，战斗到最后一分钟。

这一年，朱克靖觉着过得很漫长。“当一个炮火连天、霜月凛冽的沉夜，我抱着一颗为人民事业沸腾的热心”，来到郝部工作。但没想到终究难以感化郝鹏举的狼子野心。

明天，雨雪交加，还是艳阳高照？

黎明，离此刻还有多少时间？

1月24日，郝鹏举扬言要打新浦，擅自把队伍往南拉向陇海铁路边。其真正目的，是想进入新浦、海州与段林茂的五十七师会合。可是段林茂军队只有万把人，他既怕引狼入室侵占他经营多年的地盘，更怕郝鹏举假投降，彻底把他毁了。因此段林茂绝对不让郝鹏举进入海州，叫他往徐州靠拢。而国民党新安镇驻军也电告不让他们通过。郝鹏举只得撤回原驻地徐班庄一带。

同日，山东滨海军分区“滨南前线指挥部”（简称“前指”）司令员胡定千、参谋长王晓奉山东军区指示，去慰问郝鹏举。郝鹏举装腔作势，亲自拉开墙上作战地图的幕布，背向地图，手挥指挥棒对他们说：“为了对付海州、新浦之敌的出击，我们立配合作战，白塔埠以西由民主联军负责；白塔埠以东由贵军负责。后天我派联络副官到贵部商谈作战方案和规定联络信号。”胡定千和王晓明知他是在玩弄花招，只是点头应付，不置可否。

郝鹏举一方面加紧了叛变的步骤，另一方面对没能抓到一个共产党“大干部”不甘心。

1947年1月25日，郝鹏举又打着纪念起义一周年的旗号摆设“鸿门宴”，妄图把我滨海地区的领导干部一网打尽，作为再次投靠蒋介石的“见面礼”。为此又是发请柬，又是派人面陈，说什么“郝某自来滨海，受到地方党政军群各方面领导的关怀，为表谢意，特备浅酌，务请各位一起光临”。

谷牧根据各方面获得的情报，认为此举有诈，须提高警惕；但断然拒绝，又恐打草惊蛇，所以采取了虚以应付策略。于是派人告郝：谷牧政委正在主持一个重要会议，不能参加；覃士冕司令员正在前方打仗，也不能参加；谢辉专员下乡检查工作去了，特派军区政治部赵昭主任和徐金六副参议长等几位前往。谷牧牢记陈老总嘱咐，把争取工作做到最后一分钟。

1月26日（农历正月初五）刚刚过了春节，这天下着小雪。下午四点钟，部队就吃了晚饭。这一异常举动引起朱克靖的怀疑，朱克靖判断郝鹏举必有异动，要同志们有思想准备。

约五点钟，军官教育班主任王效增召开大队和队的两级干部联席会，邀新四军政工干部参加。郝鹏举的恶毒目的是想将政工干部一网打尽。但由于王效增不知底细，开会又没有什么事情，随便谈了谈，六点钟以前就散会了。

当刘述周、谷凤鸣、李子新、邓旭初几个同志找朱克靖部长汇报情况，来到联络部时，朱部长已被郝鹏举"请回去"了。

那是晚上6时许，郝鹏举派警卫人员"请朱部长面谈配合作战问题"。朱克靖感到其中必有蹊跷，但郝鹏举以谈工作为名，不便拒绝。为了坚持到最后一分钟，朱克靖决定单刀赴会，要康宁转告刘述周率领其余干部做好一切应变准备。

当朱克靖和四名警卫员来到郝总部院子，进入郝鹏举的房间时，不见郝鹏举，只见预先埋伏的特务营士兵一拥而上，将朱克靖绑架起来。四个警卫员还未来得及拔枪抵抗，就被叛军用匕首一一刺死。朱克靖被关押在一间土屋内。

大约在7点钟，郝鹏举命令叛军包围了联络部，刘述周带着警卫员从窗口里突围出来，叛军用机枪打伤了刘述周的胳膊。随后，郝鹏举令特务团连长邱慎谔带领一个连，包围了干训班驻地，分头逮捕政工干部，先到谷凤鸣住地喊门，遭到反击，谷凤鸣的爱人和警卫员当场牺牲，敌人连续向室内冲了三次，都被谷凤鸣、邓旭初、刘述周等击退。这些执行特殊任务的敌人，见郝部大队已走，也都匆忙而去。谷凤鸣、邓旭初、刘述周、李子新、王泽荷等同志，看到敌人已经逃跑，也撤离现场，绕道西坡转到徐班庄隐蔽的电话站，向军分区报告了郝鹏举叛逃的情况。

敌人抓走了朱克靖部长、秘书科黄宜生科长、总务科刘永清科长，还有朱玉林、周美光，以及朱克靖的爱人康宁和孩子青星、毛羽，其时康宁正怀着女儿（朱宏宇）。

郝鹏举在绑架朱克靖的同时，还扣押了亲共的高级将领第一师师长乜庭宾、第二师师长张奇和联军副总司令李泽洲。李泽洲曾将郝鹏举企图秘密逮捕陈毅的事，向乜庭宾透露过。郝鹏举准备将这些人和朱克靖一起押往徐州，献给国民党军方面，向蒋介石请功。

郝鹏举对官兵发表讲话，说我们现在“还军于国”，蒋委员长专门来电祝贺，说我们回归中央，等于“月缺重圆”。

当郝军南行到芮庄湖时，正好东海县有两个会议在那里召开：一个是东海县政府为郝军筹备军粮会议，参加会议的有县区干部共十一个人；一个是东海县河南区委召开的会议，参加者是河南区干部及积极分子共二百多人。郝军起初不知这两个会议底细，还以为是阻击他们的伏兵呢，当侦察人员把两个会议的全部情况搞清楚后，郝鹏举咧开嘴笑了，虚惊一场。毕书文觉得在公开“反正”前应尽量少生枝节，所以说：

“大哥，我们绕开他们走吧!”

“绕开他们？不!”郝鹏举把帽子一摔，露出闪亮的光头，再加上眼中透出的凶焰，显得杀气腾腾。他顿了一顿，咬牙切齿地说：“无毒不丈夫，把他们全给我逮起来!”

参加为郝军筹粮会议的代表，万万没想到竟会成为郝鹏举的阶下囚。十一名干部中有滨海军区代表陈鉴波，东海县粮食科长徐祯吉，以及区委书记徐督等人，都气得嗷嗷叫。半夜后，他们翻墙逃走，但又被抓了回来。在逃走的路上，他们发现了河南区委二百多名干部也被羁押，还得知了朱克靖全家已遭囚禁的消息。

陈鉴波是竹庭县沙河镇联合村人，原名陈文藻，字行健，1925年加入共产党。1937年7月，入延安中央党校学习。1938年任西安八路军办事处秘书，在叶剑英、林伯渠直接领导下做军事统战工作，后在延安工作，1946年9月调山东解放区工作。陈鉴波留有大胡子，人称陈大胡子。徐督是东海县新民区区委书记，斗争经验比较丰富，所以第二天由他们两人出面，坚决“要见总司令”！

“毕副总司令，我们要见朱部长！”陈鉴波又提出个要求。毕书文竭力否认此事，当陈鉴波和徐督确切讲出朱克靖的关押地点及有关细节之后，他的脸拉长了半截，额头沁出了汗珠，语无伦次地说：“这……这……”

郝鹏举隐身壁后听得一清二楚，气得他咬牙切齿：“好啊，陈大胡子，你不要欺人太甚了！”

当毕书文无奈请示时，他还气呼呼地说，“一块给宰了！”毕书文毕竟冷静些，他劝道：“大哥，我们此时还没有完全走出解放区，部分军官家属仍在徐班庄，后路不可断得太早啊！”

“那就由你操办吧！反正朱克靖绝对不能放！”郝鹏举委托给毕书文后，径自走了。

陈鉴波和徐督再次要求毕书文释放朱部长一家。

纠缠了半天，毕书文只是说：“你们可以把朱夫人及孩子带走，至于朱部长嘛，我实在无权做主！”

陈鉴波和徐督继续和他磨咕，一定要见朱克靖。到下午一点多钟，毕书文终于叫人把朱克靖和康宁及孩子带来了，朱克靖两手被手铐铐得连手背都肿得很厉害。

陈鉴波和徐督还想解救朱克靖，毕书文不耐烦了，站起来下了逐客令“我们要走了！”双手一挥，做出送客的架势。

朱克靖义正词严地对毕书文说：“我们在你部工作，是根据党的指示，为了帮助你们进步，做了不少工作，无愧于你们。两国交兵，尚且不斩来使，你们却忘恩负义。再说一切由我负责，我的同志们和我的家属孩子，有何罪过？你们连家属孩子也不放过，良心何在？人性何在？我要求你们立即放他们回去！”

毕书文无奈，只得答应：“请朱部长放心，夫人孩子我保证放回。”

离别的时刻到了，康宁竭力想忍住泪水，她想让朱克靖看到她的坚强，可是她忍不住，眼泪涌了出来。她望着朱克靖憔悴的脸，布满血丝的眼睛，她嘴唇嚅动着，嚅动着，觉得嗓子似乎冒火，她有多少话想对克靖倾诉啊，她在心里对自己说：“克靖，如果前面就是死亡，我想代替你去死！你留下我一个人带着孩子怎么办?”

两个孩子看着戴着手铐的爸爸哇哇大哭，哭声插着酸楚的翅膀飞着。

朱克靖弯下腰，抚着孩子的头，望着爱妻，往事一幕一幕快速飘过，他心里默默地说：“康宁，你别哭，我心里很难受。我欠你的，也欠孩子们的，我的工作特殊啊！假如我死了，我们来生再见，我的战友和伴侣!”他拿出笔在烟盒上写了一首诀别诗：

我生君所依，
我死君何栖；
良侣须自择，
儿女当教齐。

朱克靖已知这是最后的生离死别，在诗中安排后事，自己作了牺牲的准备。

朱克靖自被捕之时起，便把生死置之度外了，他知道诀别的时刻已到，再拖延凶多吉少，于是他大声说道“我命令你们——马上离开这儿!”

康宁和孩子们紧紧依偎在朱克靖身边，怎么也不愿离去。陈鉴波和徐督的眼睛也潮润了。猛然间朱克靖双手将妻儿用劲一推，要他们赶快走。

在哭泣中，陈鉴波和徐督带走了康宁和孩子。而后用毛驴将他们送往后方。

朱克靖和乜庭宾、张奇被捆绑着，骑在马上，夹在特务团行列中间，先押送到灌云县南城镇的一个村子里（郝部留守处）。开始，朱克靖和乜庭宾、张奇押在一起。朱克靖安慰他们并自责说：“我的政治警惕性不高，害了大家。”后来叛军将他们分开关押。

由于朱克靖据理力争，加之我方提出放回郝部后方留守处的人员和家属作为交换，被叛军抓捕的一般干部和家属得以释放，康宁和孩子回到滨海军区，后回到临沂华东野战军军部。

回到军部后，康宁开始发高烧。

牵挂，无边无际的牵挂。

恍恍惚惚，康宁度过两天两夜，她想给朱克靖写信，拿起笔来，手不听使唤，颤抖得厉害。忽然想到，信写出来，也没法寄啊。

作为亲历者的陈鉴波，专门写了一篇回忆录《郝鹏举叛变亲历记》：

1934年夏，我在领导颜秀五工作时，颜秀五经常和郝鹏举通信。原来郝鹏举是冯玉祥的警卫员，在冯玉祥和人谈判时，谈僵了，忽然隔壁枪响，和冯玉祥谈判的人害怕了，谈判得以成功。冯玉祥去苏联时郝鹏举是随行人员，接着冯玉祥决定他在苏联学习。郝鹏举回国后，曾在梁冠英部当参谋，到海州招安土匪时，就招了颜秀五当旅长。因此他俩很熟。颜秀五离开梁冠英部队后，还经常和郝鹏举通信，以后郝鹏举到孙连仲部当参谋，颜秀五经常和他通信。当时颜秀五的信就是我代写的。

1945年，我在延安看到从胡宗南那里跑过来一个军官，他说，郝鹏举从孙连仲那里又跑到陈诚那里。陈诚没用他，把他介绍给胡宗南，胡宗南用他当参谋长，后因事被胡宗南关押在终南山。后来又要把他押到一个地方去。押送他的是毕书文，郝鹏举就说服了毕书文，一起跑到南京投降了汪精卫，当上了侍从武官长。

当时日军正进攻伏牛山区，久攻不下，郝鹏举因在伏牛山区孙连仲部工作过，就将伏牛山区地图画出并加上说明，交给日军，日军才打下伏牛山区。因此日军就提拔郝鹏举为扬州专员，后来又提拔他为淮海省长。日军投降后，郝鹏举派军队远迎国民党的军队到徐州，而不迎接我军。但是国民党的军队又把他赶到台儿庄，靠近了我军。到了那时，他才举行起义，成立“民主联军”。

我在延安时，在《解放日报》上，看到毛主席和朱总司令给他们的嘉奖电。

1946年冬，我从延安到山东时，在《大众日报》上看到郝鹏举的诗，我根据对他们的了解，也写了一首诗，内容是他们“已走尽了曲折的道路”，靠近了共产党才找到了正确的道路，已不能再走弯路了！——我一方面祝贺他们起义，一方面我对他们还是不放心。

华东局干部科负责人找我谈话分配工作时。我提出过搞敌军工作，后来我回赣榆县当民政科长时，还有一个任务，就是搞对敌斗争。

到了家乡后，看到郝鹏举的“民主联军”正驻扎在赣榆县边境。军队成分很不好，军纪很坏，国民党特务又在他们内部活动。我们军部的联络人员在他们内部深入不下去，郝鹏举不让我方干部在他们部队内部工作。

我对敌斗争有经验，对郝鹏举又比较了解，郝部又正在家乡，我更有责任处理这个问题，就向地委提出要求，请求到郝鹏举部队里工作。

郝鹏举将军队拉走，开始叛变前，一部分军队正驻扎在沙河街。他走后又带队回来，显然是有阴谋的。这时地委书记兼军分区政委谷牧来电话同意我到郝部工作。接到谷政委电话我立即找县长尚明，尚明便写介绍信，让我去找在郝部工作的军区联络部朱部长。

我见到朱部长时，朱部长告诉我，要我支援郝部打海州——郝鹏举叛变了，怎么又能打海州呢?

朱部长谈到郝鹏举时，他说他是“留客”的，要做争取工作，不要送给敌人。

朱部长对我很有好感，他马上给郝鹏举打电话，说我已到，要和他面谈。

当晚夜已深，朱部长陪我去郝鹏举总部，由副总司令毕书文接待洽谈。第二天上午郝鹏举请客，朱部长作陪。当时谈得很好。我主要是谈过去对他的了解。郝鹏举很重视我和颜秀五的关系以及延安报章上登出的毛主席给他们的贺电，但都未接触到他们目前的实际问题。朱部长和谷牧政委通电话，要我在郝部当供给部副部长，谷政委同意了，郝鹏举也同意。我当时就感觉到郝鹏举是虚伪的，需要个别和他谈，引出他的心里话，好对症下药，解决他的问题，但未征求朱部长的同意（在工作关系和组织关系上，是朱部长领导我的），我未便单独主张，就和朱部长回去了。临走时，郝鹏举送我到大门口，这就使朱部长感到很满意，他认为我做的工作是成功的，没要我再和郝鹏举单独谈。

下午，郝鹏举的部长级的干部请客，只请我，没请朱部长作陪。我就下决心不喝酒，保持清醒头脑。他们担心的就是我们改编他们的部队，我当即驳斥了他们，说"我们要改编你们这样的部队干什么？我们的军队来源多得很，到处都有工农劳动人民要求参军；留着你们'民主联军'则是一面旗帜，是反对国民党反动派的一个单位，一种力量，有什么不好呢？"

他们说他们之间有"黄马褂"——黄埔毕业生，你们不会用——参加吃饭的人中，就有"黄马褂"，是政治部主任，实际是国民党特务！我说，黄埔军官学校政治部主任就是周恩来，胡宗南在西安见到周恩来时还得称老师，林彪、叶剑英、徐向前等人都是黄埔的，共产党人都很重用。他们没有话说了，他们说我了解他们，并说我诗写得好，供给部长就背诵我写给他们的一首诗，他们说他们真是"走尽了曲折的道路"，连汉奸都当过，走到现在，走到共产党这里来，已走到尽头，走到光明，不会再走弯路了。

但我对他们不放心，我还是想和郝鹏举单独谈谈思想，但朱部长认为没有必要。我说，要郝鹏举打海州，他不打怎么办？朱克靖说，他不打，就逼着他打。——这就完了，不逼他，他已经叛变，逼着他，那就更快了。但我当时还没想到郝鹏举会叛变得这么快，我要到各师里先看看。

我去了两个师，见了两个师长。

乜师长。是被我们俘虏过几次的，他谈得很少。

李铁民师长，明白告诉我：薛岳的代表早就来了。他说，郝鹏举不会叛变，要叛变早就叛变了。

我从郝部回来就回到墩尚，向华诚一部长作了汇报。当晚，正是农历除夕，接到朱部长电话，要我第二天一定要赶到丁旺庄，我问什么事？他说："我们都去！"这就是说，他和郝鹏举都去。我想，这大概是郝鹏举"打海州"前进一步了！

第二天，正是1947年正月初一，我到家乡沙河带一个民兵，做临时通讯员，当晚赶到丁旺庄乜师师部，没有见到朱部长和郝鹏举，也没有见到乜师长。在师部门外则看到南方有信号弹，我弄不清是怎么一回事，我就到了茼庄湖村，又到东海县政府去调人，还是继续准备支援郝鹏举"打海州"！

第二天早晨，我就带着东海县政府一个县干部（实业科长）、七八个区干部（区长和区书记）和我的一个临时通讯员到了丁旺庄庄外，大路上已架起了机关枪对着我们，不让前进。我要见朱部长和郝鹏举，他们说不准带枪。我还以为他们到新地方，有些害怕，又是准备作战，又不认识我，这是难免的。我就让同去的人都交了枪，但他们还是不让我们进去，反而将我们关在附近一个院子里。过了不久，就有人用绳子来绑我们，说我们之间有一个人跑了。我说你们不要绑别人，只绑我好了，他们都是我带来的，我是他们的负责人。结果，这些人把我们全都绑起来，关在附近房子里。房子里还关了许多人，有一个穿军装的小鬼告诉我，他们首长在郝部团里工作，已经被绑去。把他赶出来，离开庄，又被拦住。他说，老同志，我们要死就死在一起啊！我答应了他（后来在军分区后方我又见过他）。事情很明显，郝鹏举已经叛变了！我告诉同去的同志们，将一切责任推给我，并销毁一切证据。

到了下午，我们被押走，经过茼庄湖村，见到一个营长，我就问他：你们这是干什么，前天你们总司令还拿我当座上客，今天你们就拿我当阶下囚了，这是怎么一回事？我是你们的副部长，你们就这样对待我吗？那营长说，我也不知道是怎么一回事，我只知道执行上级的命令。我让他把别人都放掉，一切事由我负责。他把绳子都松开，但不放我们走，只说送我们去一个地方去吃饭。

送来的饭，只够我一人吃的。我就将一个人的饭分作十几份，一人一口。我说：这才叫有福同享，有罪同受！我又叫人再搞饭吃。

饭未吃完，又把我们送到一个地方，马上又绑起来，连成一长串，押到一个灶房里，关起来。我向门岗要了些稻草，大家睡下，我向同志们做思想工作，情况是严重的，必须有最坏的准备。最坏不过一死，那对共产党员来说，也尽到了自己最后的责任，但也可能不死，因为我们不是孤立的，我们有党，有军队，一定会设法营救我们，但我们万万不能动摇。我将我和敌人斗争的情况，坐牢的情况，都告诉他们。在他们面前，我是个老资格了，我有责任向他们做思想工作，但他们没有一个人讲话。

到了半夜，约有一连的军队，武装整齐，带着背包和铁锹，把我们押到一个大院的门外。门口站着双岗，显然是等候命令出发的。我估计：不是送到海州出卖，就是送出庄外活埋。在千钧一发之际，我只有尽力争取不被出卖，不被活埋。我对每个出来进去的人大声说，让他们转告郝鹏举：我有非常重要的事，对他关系很大的事，非和他面谈不可！来往出出进进的人是不断的，我这种大声讲话也是不断的。当时正下雪，我们在风雪里站了两个钟头，又被带回原来的灶房里关了起来——这显然有了变化，我就向同志们分析，敌人是有了顾虑了。

第二天一早，进来一个营长。我又对他说，我有非常重要的事，必须见郝鹏举！他说马上转告。随后又来了一个团长，把捆绑我们的绳索放开，指明要我和东海县的一个县干部到总部去。

我们刚出门，就见到朱部长和他的爱人，朱部长说他估计我一定会来，他一夜写了几次信给郝鹏举，要他一定放掉我！

我们和朱部长夫妇一起被带到“总部”，房间里已经摆上一桌菜。毕书文和我们谈话，乜师长陪着。毕书文说他们要走了，说了他们要走（叛变）的理由。然后说将我带去的人放回，把朱部长的爱人也放回，但将朱部长和他的两个干部（一个秘书、一个科长）都带走，他说我们也扣留了他们的人。

我当即告诉毕书文，你们又走了错路，过去你们走错了很多路，才回到正道上来，现在悬崖勒马还不晚。若再走下去，一定会后悔的！即使你们一定要这样做，也不能带走我们的人，要留个以后和我们见面的机会；若是一定要带走我们的人，那就将我带走，把朱部长等三同志都留下（后来知道他们还扣留了我们派到他们团里工作的两位同志）。我还告诉他们：我们扣留你们的人，我们随时都可以放；你们扣留我们的人，到了海州，你们就做不了主了，那我们以后就不好见面了——我让他们重新考虑，他说这是会议决定的，他只能传达，不能更改！

这时，朱部长过来和我紧紧地握手，他说我的话说晚了，现在说已经没有用——到这时，我也觉得无能为力了，想不出更好的办法。依依不舍中，我和朱部长告别，又和朱部长的秘书和科长告别！带着和我同去的十几个同志以及朱部长的爱人回来了。

我未能把朱部长等三同志（后来知道还有团里的两同志）救回来或换回来，这是终生一大憾事！

我回来以后，华诚一部长告诉我，他在当时也曾写信给郝鹏举，要他释放我们。

过了十几天，正月十五，军分区司令员就打电话给我，要我准备大批军队给养。我当时正在沙河镇，电话一挂，军队就到了。来了七纵和二纵两个纵队，任务是打郝鹏举。经过一昼夜的战斗，消灭郝鹏举的两个师和一个总司令部，活捉了郝鹏举。

陈毅军长赐见郝鹏举时问他：我打电报叫你不要带走我们的人，

你为什么带走我们的人？郝鹏举说：我该死！我该死！不久，朝秦暮楚、反复无常的郝鹏举结束了他可耻的一生。

朱克靖在郝部最艰难的日子里，外围的党组织一直在配合着他的工作，牵挂着他的安危，滨海地委书记兼军分区政委谷牧就是其中一位。笔者从谷牧的勤务员李美林那里得到当时情境的贴切描述。

李美林的历史也很传奇。

李美林1928年生于东北，1939年参军，1944年加入共产党。抗日战争参加的大战斗有：甲子山反顽、石沟崖歼灭战、血战悬崮顶、挺进诸胶边等；解放战争参加的大战役有：鲁南战役、济南战役、淮海战役、渡江战役等。曾先后为祝月、牛福海、万毅、肖华、许世友、谷牧等高级将领担任过勤务员或警卫员。1950年复员回家，居住临沂河东区刘店子乡坊上村安享晚年。

他说，谷牧单刀赴会，随身只带我们仨警卫员。

李美林说，1947年元旦后某天，郝鹏举邀请谷书记到他的司令部赴宴。当时种种迹象表明郝鹏举已准备叛变革命。谷书记认为，郝鹏举如能不叛变对山东战局有利，于是决心利用这次机会再争取争取郝鹏举。

为了不让郝鹏举起疑心，谷书记决定只带我们三名警卫员去。记得当时白涛副专员很激动地说："那怎么能行，那不成了'单刀赴会'了吗？"谷书记留下话说："那就算单刀赴会吧！如果我今天回不来，那郝鹏举一定是叛变了，你们就报告陈老总，消灭他。"就这样，谷书记带着我、朱洪德、薛鼎贵三名警卫员前去位于竹庭县徐班庄郝鹏举的司令部，闯闯这个将要叛变的军营。

一进庄就看到平时吊儿郎当的民主联军，今天个个佩戴整齐。他们似乎都有重要任务在身，整个徐班庄弥漫着一股紧张的气氛。我们三个警卫员六把匣子枪的机头都张开着，随时准备战斗。谷书记则气定神闲，径直催马来到郝鹏举的司令部。

通报后，先是从门里窜出条大洋狗，接着郝鹏举迎了出来。进门后才发现各个门都加了岗，到处是卫兵。郝鹏举用火锅招待谷书记，司令、副司令、参谋长围了一桌子，上了刺刀的卫兵站在两边。我们警卫员就站在首长身后，匣子枪的机头依然张着，心紧张得提到了嗓子眼，时刻观察着周围的情况以及郝鹏举的表情变化。

煮开的火锅咕噜咕噜响，屋里雾气腾腾，飘着一股辣椒味。那条大洋狗窜来窜去，比郝鹏举还嚣张。当它张着大嘴耷拉着舌头在谷书记身上嗅来嗅去时，我上前一脚把它给踹到边上去了。它正要扑我，谷书记顺手夹了块羊肉扔过去，说："这个东西没个饱，谁给他吃的跟谁走。"看到我们一行没个胆小的，谷书记更是从容不迫，郝鹏举赶紧叫卫兵把这狗东西牵了出去。

鲁南战役后，陈毅老总曾把郝鹏举叫去看战场，实际是让他受教育。谷书记问郝鹏举参观鲁南战役有何感想并劝诫郝鹏举，不要再对老蒋抱有幻想。"鲁南战役你去看过，胜利最终属于人民，希望你能站在人民的一边；老蒋的全面进攻，最终将是全面失败"，谷书记还说，"陈老总曾与你约好'来去自由'，你是敲着洋鼓吹着洋号，轰轰烈烈地来滨海的；如果要走希望也是大大方方，但最好把目光放得远一些好！"

席间，不时有参谋与郝鹏举耳语，我们警卫员也攥紧枪把，看准郝鹏举的脑壳。好在这顿饭安稳地吃完了，之后郝鹏举陪着谷书记在池塘边散步，我们警卫员和郝的卫兵都不远不近地跟着。他的卫兵都背着大刀，端着刺刀，一晃一晃的，像押解犯人一样透着杀气。

那天谷书记还会见了朱克靖参议和原滨海三团政委谷凤鸣。谷凤鸣说："这么危险，谷书记你怎么来了，郝鹏举起了贰心，你赶紧离开这个地方。"谷书记说："留人难留心，郝鹏举是要走了，但郝鹏举他逃不出我滨海，陈老总也不会同意，你们要注意安全，随时应对突发事件。"回来的路上，遇到中途迎接的特务营，我们警卫员的心这才实落了。

事后没几天，郝鹏举派了一个加强连来偷袭滨海军区司令部。我们警卫人员爬上墙头屋顶投入战斗，王晓参谋长电话急调莒南县大队增援，在里外夹击下这个连全部被俘虏。

郝鹏举被歼灭后，他的李副司令说，那天请客吃火锅，郝鹏举是打算把谷牧控制留下的，最终要送往南京见蒋介石。但由于谷牧在敌营虎穴中临危不惧，儒雅坦荡地交谈，绵里藏针地劝诫，才使这个“变色龙”放弃了杀机。

时任竹庭县谷阳区代区委书记的王建祥回忆：

郝在纪念所谓起义一周年后，于1947年1月26日晚上叛逃投蒋。这天下午开始下小雪，我在抗日山东北角汪家红爽工作，我军联络部黄科长派警卫员（姓徐）骑着马找到我，看警卫员同志神态与往常不同，他示意我让别的同志出去一下，然后对我说：朱部长（朱克靖）、黄科长转告你，郝今天晚上要出问题，看现象是今晚行动，对此，朱部长、黄科长的意见是死马当活马医。区里干部今晚要提高警惕，防止万一，并交给我一封信，要我连夜派两个忠实可靠的人，送到驻莒南县的滨海军区，内里还夹一封给山东军区的信。我答应马上去办，并倒了一碗开水，徐同志喝了两口，对我说：“王指导员，我要回徐班庄，再晚了徐班庄进不去了。”我送出门外，徐同志急忙上马返回徐班庄。事后了解，徐同志返回徐班庄进我军联络部门时，即牺牲了。此时已过下午四点，向郝的防区净埠子、大沟崖区公所等地找区干部已不可能，只找到两个民兵，通知红爽村附近的几个区干部今晚上天黑时到窦家红爽找我有事，我自己跑了两里多路到刘家红爽找到村支书记刘成金同志讲有一封紧急信，让他带一个可靠的党员民兵去完成，刘说为革命需要我坚决去完成任务，不多会找到一个民兵，两人吃了两个煎饼喝了几口水，每人扛着一只步枪，冒着纷飞大雪，去滨海军区。我送走刘成金同志后也离开刘家红爽，经于沟村到窦家红爽。这时天已黑了（这晚住在村团长窦怀邦家），我路上已听到站岗的民兵告诉我，山前边不断传来枪响声，在晚上约十二点左右，我军派驻郝部的谷凤鸣等六位同志，从孟家班庄（郝部教导队驻地）冲出包围圈后，经过界车沟、新集子、钱集等村田野荒坡，摸索到抗日山后在窦家红爽村见到了我，他们又累又冷，我先让他们烤烤火，又喊房东大娘烧了小米地瓜干子稀饭，他们吃了。谷凤鸣同志讲，郝鹏举已经叛变了，我新四军联络部朱部长、黄科长、曹科长等人被他劫走，我们六个人六枝匣枪抵抗了他们一个连的包围半个多小时，因郝在逃跑时欺骗他们士兵说，解放军已有好几个团占领了抗日山，要消灭他们，要士兵们赶快向南跑，这个连队敌人，也不敢久战，慌忙南逃。谷又说，他们左胳膊上均带着白手巾为记号，天亮前谷等六人离开谷阳去滨海军区。

27号早晨我到区公所驻地大沟崖，吴子良讲："昨晚天黑时郝的四师一个连包围了区公所，各房间翻箱倒柜，捕捉董自行、王建祥两人，并威逼我同几个炊事员，我说他两人好几天就不在区里了，不知去向。郝的部下边骂边走了。"

我军派驻郝部各团的干部们，看到风向不对，事先均与驻地村干部联系好，隐蔽起来了，因此未被劫走；本地干部只有县委宣传部副部长王劲等三人在事发前两天临时来到我区净埠子村检查工作，不慎被他们带走，还有徐班庄支书李秀红，阎庄村长马为焕等四个村干也被带走，三天后即放回。驻在朱孟区坡石桥村的郝部一个排逃走时漏掉了，天亮后被朱孟区民兵缴了械。我记得在郝叛变的第四天下午，滨海地委、军分区及教导队在谷牧政委率领下来到徐班庄了解处理郝叛逃后有关善后工作，当晚即通知我去回报情况。我到谷政委处不久，朱克靖部长爱人康宁同志由朱孟区两个民夫用一头毛驴子送到徐班庄谷政委处。康宁同志一见谷政委边说边流泪，痛诉郝叛逃时劫持朱部长的情况和她返回经过：郝部天黑时，从徐班庄叛逃，第二天天亮到了东海境内，在苘庄湖一带停下，第三天朱部长了解到郝在叛逃途中，捕了我军联络部及竹庭县朱孟、沙河两区区干几十人（还有县陈鉴波科长在沙河区工作也被抓走），在苘庄湖开会的东海县、区干部近百人也被郝扣留，朱部长决定找郝鹏举、毕书文交涉。毕接见了朱部长，朱部长向毕书文重申我党我军对郝部的一贯原则立场，“仍然是来则欢迎，走时敲锣打鼓欢送，解放战争胜利必定属于人民，你们这两万人对解放战争影响没有什么了不起，你们如真要走，理应向华东军区打招呼”。朱部长又说，“据我所知，你们途中还捉了我们几百名地方干部，不知是何原因，如果你们走是对共产党有意见，我是共产党员，是华东军区派来驻你部的代表，由我一人承担，与我联络部及竹庭、东海两县地方干部毫无关系，应当马上把他们放回去。”毕书文当场未全部答复，要回去同郝商量。以上是康宁同志和谷牧政委谈话的大体内容，我在场听了。康宁同志两个孩子是在这种情况下返回的，朱部长同毕书文当面斗争后一两天，我军联络部少数同志及竹庭县县、区干部包括王劲、陈鉴波同志及东海县百余干部即被放回，朱克靖部长宁肯牺牲自己，保存了我党一批干部，他同敌人进行了面对面严肃斗争。朱部长临危不惧，不畏强暴敢于同敌人斗争的高尚品质值得我们永远学习！

那一年冬天，苏北滨海的天气特别冷。

那一年冬天，苏北鲁南大地上的雪是红的。

那一年，乡亲们心里的血流成了河。

第十章 复仇之剑，风卷红旗如画

山东临沂。

新四军总部会议室。

陈毅正向军中人员讲话：“老实讲，郝鹏举拖走队伍我是料到了的，而他们竟对我派去的同志下毒手，我没有料到……这件事，我是有责任的。我总是想以诚感人，对郝鹏举与人民为敌的本质，还认识不够……但是，对郝鹏举的罪行我们一定要彻底清算！”

再说郝鹏举，1月27日晚，在仲伯尧带领下，郝鹏举乘吉普车进入海州段林茂官邸，两个刽子手握手言欢。段林茂为其接风洗尘，一口一个总司令，把这个叛徒心头的疑虑吹得一干二净。当日夜，郝鹏举正式向全国发出了臭名昭著的“反正”电文，公开宣布叛变。

那电文，是又一篇“杰作”。

电文先是肉麻地称颂“民主、和平、团结、统一为政府的一贯政策”，吹捧“政府曲尽忍让为国之诚”，接着大肆攻击“中共仍欲凭恃武力作政争之工具，竭尽民力，滋长内乱”。最后宣称：“鹏举率全军将士自愿即日还军于国，为天下倡。兹蒙政府不弃庸愚，任命郝鹏举为鲁南绥靖区司令长官兼第四十二集团军总司令……”

人民还记得，郝鹏举在1月9日纪念起义一周年的时候，曾发通电，做讲演，口口声声要“实行民主，反对内战”，再三声明“我们的反蒋是站在政治路线上的反蒋，而不是个人彼此利害的反蒋”，并且发出豪言壮语：“海可枯，石可烂，我们的政治立场是不可移的。”

时间仅仅过了十几天，大海依然翻腾，青石依然屹立，而郝鹏举的腔调却大变，立场从人民的一面转移到“政府”方面去了。郝鹏举把自己的嘴巴打得噼啪响，充分暴露了他出尔反尔的变色龙嘴脸。

“反正”通电第三天，即1月29日，郝鹏举便乘坐蒋军空运大队的专机飞到徐州，去拜见国民党参谋总长陈诚和绥靖主任薛岳。

他踌躇满志，以为能受到蒋介石的重用。他怀中装着蒋介石发来的“嘉勉”电报，心里乐滋滋地念叨着蒋介石来电称赞他“还军于国”、“月缺重圆”的甜言蜜语，兴冲冲地赶到徐州“晋谒”陈诚，准备领赏。

举目四望，蓝天如碧、白云飘飘，郝鹏举坐在飞机上俯瞰陇海大地，只见运河蜿蜒，铁路纵横，仿佛辽阔的徐州大地，又回到他郝鹏举手中了。

谁知到了徐州，机场上冷冷清清没来什么人迎接，只有一个不知姓名的副官把他带上汽车而去。郝鹏举暗皱眉头：“我郝某率部反正，震动全国，连蒋老头子也另眼相看。陈诚作为参谋总长，不来迎接倒也罢了，你薛岳和我彼此彼此，拿什么架子，竟也不来相迎！”

那陈诚和薛岳本来是蒋介石的嫡系红人，从骨子里瞧不起这个没有脊梁骨的癞皮狗。现在郝部已经从解放军中拉出来了，谅他再也没有什么猴跳了。

见郝鹏举来了，陈诚倒笑容可掬迎到门口，薛岳只是抬抬手：“郝总司令辛苦了，请坐。”

陈诚拉着郝鹏举的手，说：“郝将军在匪我决战之紧要关头，临阵反正，毅然回到党国怀抱，英雄壮举，可敬可佩!”

一番吹捧，使郝鹏举满心欢喜。不料陈诚话锋一转，说：“此次剿匪作战，为我党国成败的最后关键，关系到党国命运前途。鲁南、苏北地区为主要战场，望郝将军立即督促所部，按照命令规定的时间，从白塔埠、房山街一线向匪区进攻，负责从侧翼掩护向临沂进攻的主力，不得有所懈怠。”

郝鹏举正欲张口讨价还价，陈诚又接着说：“郝将军今后可用鲁南绥靖分区的名义指挥部队。至于四十二集团军的番号，只是一个号召，已不宜再用，因为国军的战区和集团军番号均已撤销。你的老朋友冯治安的三十三集团军，不是早就改成第三绥靖区了吗?”

郝鹏举听至此，心中暗暗叫苦，大呼上当。然而这时他已上了“贼船”，身不由己，追悔也来不及了。他灵机一动，还想捞点“油水”，于是提出了装备、供应等问题。

陈诚答复说：“目前国军的后勤供应远远不能跟上战争的需要，你部可就近向驻海州的五十七师暂借一部分。钱不够，暂时以军米抵充。以后待南京拨来后，再供应你部。”

至此，郝鹏举才真正明白，蒋介石、陈诚、薛岳等人对自己完全是利用一下而已。他们对西北军以及其他一切所谓的“杂牌”，依然是歧视、排斥、伺机消灭的老政策，无非是花样翻新而已。

陈诚的话归结为三条，即是：一是郝部不准进驻海州城；二是郝部立即进驻东陇海线一带；三是暂不发军饷，吃粮先向段林茂部写条暂借。

郝鹏举顿时从头顶凉到脚后跟："原来我这个鲁南绥靖区司令长官兼第四十二集团军总司令，还要受段林茂五十七师的节制！"他只有哑巴吃黄连——把苦闷在心里了。

他装出笑容，"是，是，多谢总长关怀。"

从徐州回来之后，郝鹏举向毕书文和刘伯阳诉说所受的冷遇，大骂陈诚薛岳不是玩意。使郝鹏举更为难堪的是，他的部队不得进入海州城，连开"欢迎大会"也只准他带少数人前往。五十七师"借"给他的军粮，每包名为二百斤，实际上只有一百三四十斤。部队吃不上饭，吸不上烟，穿不上鞋。对比在解放区时，衣食充裕，待遇比八路军、新四军还好，加之他叛变投敌时，广大官兵都蒙在鼓里，天亮开到国民党统治区后，郝才向下宣布"奉命改为国军"。真相大白后，许多官兵大骂郝鹏举"没有良心！吃八路，穿八路，现在又来坑八路。跟着他有什么干头呢！"部队怨声载道，人心涣散，跑回解放区的人络绎不绝。

但是解放军这边的路已经断绝，既然爬上蒋介石的战车，只好任其驱使，甘效犬马之劳了。自以为还有两万人马，又有几十万蒋军做后盾，谁奈我何！竟然置陈毅再三警告于不顾，悍然对我解放区发动进攻。他把军队分为两路，一路由自己亲率两个师，向东进发，驻白塔埠、董马庄一带。另一路由毕书文、刘伯阳率领向陈家岭、欢墩埠、董家沟进军，又对人民犯下新的罪行。

郝鹏举的反动行径，激起了解放区军民的极大义愤，纷纷要求予以讨伐和严惩。陈毅、粟裕、谭震林经过周密计划，并报请中央军委批准，决定在"郝部北进时予以歼灭，但不因之妨碍我们主要的歼灭薛（岳）、陈（诚）部队的任务"。

陈毅军长亲自向华野二纵韦国清司令员下达命令：要迅速歼灭郝部主力，活捉叛首郝鹏举。特别强调了擒贼先擒王，一定不让郝鹏举漏网。

二纵三万健儿受命后摩拳擦掌，纵队司令部立即派出数股侦察人员，到达叛军所在地的东海、竹庭（赣榆）等县，在当地政府的配合下，迅速摸清了郝部的兵力布置情况。

2月1日起，大军四面包围了东海县白塔埠、董马庄、石榴村一带。并在白塔埠以东地区布置重兵，准备随时切断郝部与海州蒋军的联系，阻击连云港、海州的援军。

钢枪擦亮了，子弹擦亮了。

刺刀擦亮了，就连目光都擦亮了。

战士们就等待攻击的一声令下。

对人民解放军的行动，郝鹏举心里十分恐慌，一面命令部下加强工事，准备死守。一面出马往返于海州、徐州之间，要大洋，要枪弹，要援助。那几天郝鹏举来往频繁、行踪诡秘。二纵虽然已经完成了对郝部的包围，为了彻底掌握郝鹏举的行踪，确保擒贼擒王任务的完成，故而总攻的时间难以最后确定。

为了配合二纵打好讨逆战役，东海县委敌工部在白塔埠内外建立了严密的情报网，每天将重要情报及时向二纵参谋处作报告。韦国清最关心的是郝鹏举的行踪，但自2月1日起连续五天送来的情报都是"郝不在白塔埠"。

2月6日清晨，郝鹏举悄悄从海州回到白塔埠总部，中共情报站人员很快探知这一消息，马上派人出镇，可是镇上所有路口都被郝军把死，无法通过。

中共情报人员冒着生命危险想尽一切办法，把情报送到了二纵参谋处。首长紧紧抓住老李等人的手，激动地说："我们正等着这个情报呐！"

二纵立即决定当日（6日）夜12时发动总攻。

夜半之时，一颗粉红色信号弹划空而起，讨逆总攻正式开始。白塔埠四周各火力点齐向预定目标发射，一时间，火龙飞窜，声震大地。

郝鹏举从睡梦中惊醒，急喊："怎么回事！"当卫兵告诉他解放军发动总攻了，他衣服穿了一半就呆坐在床上。但他毕竟是沙场老将，怎甘束手就擒。他立即召集部下，进行紧急部署，欲作困兽之斗。

叛军哪里是解放军的对手，不到天亮，白塔埠外围就被扫清。到7日日出之后，包围圈开始向白塔埠镇内收缩。郝鹏举一边抵抗，一边急电南京、徐州火速支援。

上午10时许，薛岳从徐州派四架飞机前来救援，郝鹏举心头为之一喜。他仰头看着蓝天暗自祈祷，巴望天上能掉下千军万马，好救他于危难。他又多次引颈东望海州，希望段林茂大发慈悲，拨兵前来增援。薛岳倒是命令段林茂救援郝鹏举，可是刚一伸头就被解放军揍了回去。徐州来的飞机，扔下一通炸弹后，像叫魂似的在天空飞了几圈，便扬长而去。气得郝鹏举破口大骂。

中午后，解放军阵地继续向前推进，郝鹏举眼看救援无望，只能靠自己突围。凭着他多年的经验，估计在东南方向一定有重兵把守，以防他与段林茂会合。他决定从西北突围，如能冲出，再右转弯折向东南往海州靠拢。

他从两个师中挑选出两千人组成敢死队，于下午1时开始行动，强行突围。

敌人在逃，逃得失魂落魄。

解放军在追，追得精神抖擞。

郝鹏举无论从哪儿突围，都逃不出解放军的手心。解放军已经用优势兵力把白塔埠围得像铁桶似的。郝军一开始行动，解放军二纵重兵马上压了过去。叛军三次冲锋均告失败，抛下几百具尸体，其余队伍又龟缩回去。郝鹏举腿上也受了伤，动弹不得，被士兵抬回来，安放在冯家圩子一地主家屋中的草堆上，他绝望地长叹一声："完了，这么快就完了！"

正痛苦地长吁短叹之际，只听得轰的一声冲天巨响，副官跑来报告，冯家圩子的圩墙已被炸塌一面。郝鹏举企图让警卫排掩护他出逃，警卫排装备精良，经过特种训练，每人身上有冲锋枪、手枪、匕首三大件。郝鹏举由副官和士兵帮忙，换上了老百姓的对襟便服。由于身肥体胖，衣服显得十分窄小，那隆起的肚子更为凸出。

解放军教导员王家齐和战士手持手榴弹冲入，举起手榴弹大声喝道："你们马上投降，否则我们与你们同归于尽！"警卫们全都吓破了胆，纷纷缴械投降。

郝鹏举说："我的脚痛，请原谅我不能起来。我早就说不打了，打什么呢?"

就这样，郝鹏举做了解放军的俘虏。在北线，叛军副司令毕书文及参谋长刘伯阳所率两个师亦受重创，向徐州方向仓皇逃窜。蒋介石辛辛苦苦搞了几个月交易而产生的鲁南绥靖区和第四十二集团军竟如此短命，刚生下来就夭亡了。这又是轰动全国的一大新闻。

十几天之前，郝鹏举的大名多么响，这"反正"司令作为新闻人物瞩目全国。南京当局的宣传喉舌《中央日报》曾于二月二十八日以大字标题报道"郝鹏举反正，率部五万，还军于国，通电拥护中央，受命防卫鲁南！"同时还发布重要社论，对郝"反正大举"大吹大擂，肉麻地吹捧"郝氏以次诸将领"能"深明大义、见义勇为"是"知利害，明是非，识时务"，并大肆鼓吹郝氏此举"不特有军事得失，对于今后我国时局的澄清将有很大的贡献！"此后数日，该报都在显要位置报道郝鹏举的行踪及谈话摘要，简直把郝鹏举捧成举世无双的英雄。

十多天之后，郝军被歼，"反正"司令被俘，这犹如当头一棒，把"中央社"的吹牛专家打懵了头，好几天说不出话来。

直到2月11日，《中央日报》才含混其词地发了一则短得不能再短的短讯："郝鹏举忽然失踪。"实在叫人摸不着头脑。2月12日，该报又吞吞吐吐地补充了一点消息："郝鹏举将军，8日督师遇伏，在白塔埠附近为共军劫持。"同日，还发了漏网之鱼毕书文、刘伯阳等人的"通电"。编造了一个荒唐透顶的神话，说什么"郝总司令指挥有方，将士用命，血战两昼夜，歼灭共军二万余人。我郝总司令亲自督率，分头追剿。卒能克奏朕功，乃以奋勇深追，却与少数警卫遇伏，被共军劫持……"真是滑天下之大稽。

2月11日，华东人民解放军向全国人民发表第十号公报，报告“我军于2月6日晚上12时在白塔埠周围地区，对叛军郝鹏举发动自卫讨逆反击，至7日黄昏结束战斗，歼灭叛军六千人，生俘叛逆郝鹏举，收复埠后村、蔷薇村、董马村、上林村等据点。”11日《大众日报》发表《叛离人民者，自取灭亡》的社论，接着《新华日报》、《解放日报》都刊登歼灭郝鹏举的消息和《人民叛逆郝鹏举就擒记》的战地报道。从而使真相大白于天下。

白塔埠一战，震慑了徐州的西线之敌，为下一步的莱芜战役创造了有利条件。

2月10日，毛泽东同志又为中共中央起草致陈毅、饶漱石、粟裕、谭震林电：“庆祝你们歼灭郝部及俘虏郝逆之大胜利，有功将士予以嘉奖。”

再说二纵打了个漂亮的歼灭战之后，马上转移。待敌五十七师、二十八师赶来之时，哪见解放军踪影。向北转移途中，为便于行军，让郝鹏举和被俘人员都穿上解放军的服装。所以每到一地，老百姓不知真相，对他还很客气，又端茶，又让座。后来得知他是郝鹏举，老百姓气坏了，自发地围上来，要求惩罚坏蛋。多亏干部及时做工作，才劝退群众使郝鹏举免遭痛打。郝鹏举大为震动，似乎认识到自己罪恶深重，整日胆战心惊，多次请求会见陈毅军长。

郝鹏举于2月13日被押解至临沂城东的前河湾村，这里地处沂河东岸，与临沂城隔河相望，是华东野战军总部所在地。陈毅答应再次会会这个忘恩负义之徒。

2月19日的“新华社鲁南电”，发表参加这次接见的记者张剑采写的《陈军长赐见郝逆鹏举谈话记》，记录了当时他们对话的历史性场面：

郝鹏举见着陈军长，即说：“万分对不起人民，对不起军长，今天能见军长一面，虽死无憾，不知军长能原谅我吗？”

陈军长答：“请坐下慢慢谈。”

郝此时手足无措，感愧交集，眼泪夺眶而出。

陈："我这里明白告诉你，对于你们拖走部队是料定了的，对于拖走后如敢反噬定可迅速缉拿归案惩办也是早料定了的；我又可以告诉你，对于你们拖走部队时，竟捕杀我派去的联络人员，则出乎我之意料，因为我不料人之无良心竟到了这种地步！"

郝俯首点头顿足叹息作答："对于临走枪杀军长派来之联络员一事，完全是禽兽行为，本人不知道，是部下干的，我不能控制部下，罪该万死。"

陈："目前你既然到了此地，一切应由人民处理，还能够保全、能够宽恕的地方，人民定可准予考虑。不过你做的事太坏，太对不起人民，太违反人情，再次背叛国家民族，罪恶实在太大，要看人民是否能宽恕你。我立刻送你到后方去，听候发落好了。"

陈军长谈话至此，即令退，郝俯首辞出。连呼："一切由我负责，我太对不起人民，对不起中共，对不起军长……"

整个会见过程，陈毅有理有节、淋漓如刀的痛斥，使得郝鹏举无地自容。陈毅随后奋笔疾书，作了一首《示郝鹏举》：

教尔作人不作人，
教尔不苟竟狗苟。
而今俯首尔就擒，
仍自教尔分人狗。

1947年4月初，国民党重兵合击临沂，陈毅指挥华东野战军运筹帷幄，撤至莱芜、新泰、蒙阴一线隐蔽待机。鲁南地区军民则撤往更远的后方渤海解放区，郝鹏举及其部分军官也被押解随行。他将要被送往中共渤海区委、八路军渤海军区所在地——山东省滨州，接受审判和处理。

负责押解郝鹏举一行的是华东军区政治部秘书长、鲁南区党委城工部长王少庸。

滨州城南有一条河叫小清河。押解人员在过河时，突然遭遇国民党飞机的轰炸阻击，郝鹏举趁机逃跑，被王少庸和战士们击毙在河滩上。这个一生首鼠两端、反复无常的人终得到应有的下场。

至于被国民党军裹挟去的乜庭宾，1948年8月在江苏靖江和泰州率部起义；张奇于1949年2月7日，在芜湖率领一个师起义。

1987年，在纪念“白塔埠战役胜利四十周年”时，原二纵司令员韦国清专门题字：“背叛人民自取灭亡”。

但对于郝鹏举之死，唯独赣榆县作者薛明光提出了不同的说法：

郝鹏举被押在古城村过了一夜，第二天，就要送他去临沂。本来，部队已经派了押送人员，可陈鉴波偏偏要亲自押送这个大俘虏。陈毅觉得陈鉴波是老党员老军人老干部，做事又很勇敢，也就让他去了。陈鉴波向陈毅表示：“决误不了事，说到做到，早去早回！”

陈鉴波率三个军人押郝鹏举去临沂，用的是小马车，车上搭个席棚子，走了一天，就进了山里。天黑后，马车来到一个小山沟，这里四面没有村庄，夜里更没有行人。为了给死难的战友们报仇，陈鉴波把郝鹏举处死了。

为此，他受到陈毅的严厉处分，被关了八个月禁闭。

第十一章 壮士非无泪，不为断头流

雨后初霁，苍翠欲滴，一道彩虹挂在雨花台上。

雨花台，紫薇生长得枝繁叶盛，还有红枫、海棠、白玉兰、广玉兰、火棘、深山含笑、翠竹等等。

这里的紫薇花朵繁茂，色彩艳丽，花期特长，从7月能盛开到9月。每年夏季，紫薇盛开的时节，陵园纪念区里开满了紫薇花，有鲜艳的红色、娇嫩的粉色、梦幻般的紫色、纯洁的白色，无论哪种颜色，都绽放得热烈而绚烂，如火如霞。

四处盛开的紫薇花，恰是那些长眠于这里，名字被永远镌刻在碑上的英灵们生命之花的象征。

烈士们用身体举起了雨花台，我看见他们的名字在云中飞翔，雨花台在飞翔！

这里每一个令人肃然起敬的名字，都有一段光荣的历史，都充溢着一股凛然的正气，都包含着一个英勇悲壮的故事，都滚着硝烟，裹着烈火，都是歌，是诗。

月光照耀着雨花台，把一片清辉静静地洒向那些安眠的名字，洒向紫薇祭坛，无数英灵静静地躺在这里。

在我们昧昧酣睡时，雨花台目光炯炯，表情肃穆。它端坐在黑夜的中心，向我们的内心传送火光。我们看见它走来，向我们说话。

雨花台是一本书，需要我们静了心凝了神细心阅读。

斜阳照耀着雨花台。

定格了的雨花台。

鲜血凝成的雨花台。

雨花台虚怀若谷，雨花台博大精深。

再说朱克靖。

郝鹏举派兵押解他们五个人，在海州移交给国民党陈诚部队。

郝鹏举知道朱克靖的价值，作为中共早期党员，大革命时期的风云人物，国民革命军第三军党代表兼政治部主任，南昌起义时任第九军党代表……郝鹏举相信朱克靖的案子能“通天”，那是由蒋介石亲自决定的。

陈诚即命部队速将朱克靖等由海州押解到徐州，脱离前线。朱克靖在徐州又被拘押数日，转往苏州监狱。

郝鹏举献上朱克靖作为晋见礼。蒋介石对郝鹏举不屑一顾，对朱克靖却极为重视，命令立即送到南京。

朱克靖在囚车里朝远处望去，他的目光掠过河流、沟壑，掠过山林、道路，掠过村庄、田野……

他似乎听到了陈、粟部队反击的隆隆炮声。

似乎看到人民军队的战马奔腾，铁流滚滚，那是一个多么壮观的场面……

蒋介石对朱克靖抱有幻想，希望朱克靖能投向党国怀抱，跟着他走，借以影响中共的士气。

1947年2月22日，朱克靖被移送到南京。

2月23日《和平日报》第二版发表国民党中央社记者题为“陈毅政治部秘书长朱克靖昨解抵首都”的新闻：［中央社讯］共军陈毅之政治部中将秘书长朱克靖，在鲁南被俘，昨（二十二）日解抵京，其秘书王（黄）宜生、总务科长刘永青，及不吐姓名之政治员二人，同时解到。朱系湖南醴陵人，现年五十岁，苏联东方大学毕业，随共军从事政治工作多年。

国民党喉舌歪曲报道，把朱克靖说成是在鲁南战场被俘，避而不提是因郝鹏举叛变将朱克靖出卖给蒋介石押送到南京的。

朱克靖被关押在南京城里宁海路19号，外表看是一栋独门独院二层一底的小楼，很少人知道这里是国防部保密局看守所。

2015年暮春，笔者来到这里，“宁海路19号”的原址紧靠着现在的颐和路十二片区5号门。

1939年9月，汪精卫在颐和路21号建立汪伪特工总部南京部。此后，该部门承担职能越来越复杂，人员越来越多，便在宁海路25号建了一座看守所。抗战胜利后，看守所被国民党接收，因为距离江苏路39号的宪兵司令部非常近，一旦发生越狱，司令部的士兵能够几分钟内赶到，所以变成了保密局看守所。因此，宁海路25号的门牌也被更改为宁海路19号。

虽然看守所已不复存在，但曾经战斗在这里的革命英雄和他们的故事永远都不会被忘记。

徐楚光、朱克靖、周镐、谢庆云、王清瀚、祝元福……宁海路19号，多少仁人志士在这里走向牺牲!

对于宁海路19号监狱的情况，笔者能找到的资料少之又少，唯一看到的是余心清先生1981年由文史资料出版社出版的一本书《在蒋牢中》(这本书解放初期曾在香港有少量印本)。

1947年9月，在国民党统治下的北平发生了一起轰动一时的“共谍”案，主犯之一即第十一战区政治设计委员会副主任委员余心清中将。

余心清（1898—1966)，是一位从民主革命时期就和中共合作共事的爱国民主战士，在抗日战争和解放战争中，做了许多有益于革命和人民的工作，后因策动国民党将领孙连仲起义，被捕入狱，坚贞不屈。《在蒋牢中》真实感人地记述了他被捕前的政治活动以及被捕后在北平、南京两地的狱中生活。书中第四部分标题便是《宁海路十九号》，作者列了四个小标题：隆重的起解、人间阿鼻地狱、可耻的欺骗、相依为命的日子。

笔者年轻时读过《伏契克文集》，尤其是那篇《绞刑架下的报告》，内心深深地震撼过。再读《在蒋牢中》，感受到同样的黑暗与残酷。阿鼻地狱即永受痛苦无有间断的地狱，余心清是这样描写他从北平监狱押解到南京宁海路19号的：

北平的监狱生活，总算是告了一个结束。南京是这杀人不眨眼的魔王的魔窟。蒋介石的王座在这里，特务的首脑部也在这里，这里将有什么“花头”，我们还没有接触到，但是，可以想象到的是，这里的做法一定和别处不同!在这里我们将受到一个新的考验，这是蒋介石和他的特务头子们，亲手监制的。

江南的气候是多么温暖，风吹在脸上，是多么的柔和；我们冻僵了的肢体，顿时恢复过来。机场上停了两辆交通部警察总队的卡车，车身离地很高，我们被掐着两条腿很费力地才爬了上去。车子向西驶，驶过中正路、新街口，这里是我从小生长的地方，这些街道对我太熟悉了，我察觉到每一个走在街上的人，都充满南京式的表情和姿态——温和而机警。那些妇女们，仍然穿戴着和北方不同的衣饰与色彩，车走过我读书的神学院门前，车走过我家门的后山旁，童年回忆，使我深深地叹了一口气。我的白发老母，还住在那破旧的瓦屋里，终日老泪纵横，但梦想不到，我此刻正走过她的身旁。

车子把我们带到对着巷子的一扇包着铁皮的大门前停下了。铁门上挖了一个小方孔。一个警卫探出头来望一望，随即把铁门打开，我们这群受了伤的猛兽，被赶进院子里。甬道旁摆着两排凳子，一个操安徽口音，面孔狰狞的家伙，挺着胸脯子，从姓双的小子手里接过那本名册子，神气活现地点着我们的名字。点完后，姓双的小子就吩咐喽罗们“把铐子打开”。手铐打开了，他们三步当作二步地走开了，我们好像一批宝贵珍品，被送到了另一个仓库，重新地分发封存起来。当那个高个儿的黑麻子脸拿着铁锤，钻子，铁钳，把我们的脚镣斩开时，锁铐了一天的手脚得到了暂时的放松，肉体感到了一点微微的舒畅。后来知道那点名的家伙就是这里的所长，黑麻子是看守长。

这里是一座小楼，完全是普通住家的房子，只有围墙上牵了电网，墙边竖着几个小岗楼。西北角浮搭着两间矮矮的厨房和下房。楼里面的每一间房（除了一间办公室），都作了牢房，窗上安上了铁条，铁条外挂了一张竹帘子，大概是防备里边的人向外面窥视，后来才知道这是鼎鼎大名的“宁海路十九号”……

走进这个地方——宁海路十九号，也有一番检查，情形却和北平不同。“所长”、“副所长”自以为了不起似的瞪着黑夜里猫头鹰般的眼睛，注视着一个粗壮的小特务，打开我们的铺盖，用他那熟练的动作，一寸寸地摸索我们的枕头，衣服的领子，四围的镶边……检查完以后，就随手向布满口痰鼻涕的地上一扔。然后就检查身上，外边的衣服脱完后，便向仅剩的衬褂内裤摸索一遍。还有什么可摸索的呢？除了每个人的干瘦的皮包着骨头，而骨头，不用摸，那照例是顶硬的。这一番检查又有许多东西被扣下来。

这座监牢是一楼一底。规定十二个人住一方丈大的一块地方。后来被惨杀的五位烈士，除了空军参谋赵连璋，其余四位都和我住在一起，我们互相握手以后，大家都感到了无限温暖，不管今后的命运如何，至少在牢里我们有这么多的人生活在一起，不会感到孤独寂寞，何况在我们外边，正有半个中国那么多的人民，安慰着我们呢!

楼上一共有六个房间，我们住的是新六号，每一间的房门上，也挖了一个五寸见方的洞，上面安上一个小门，每一个小门上贴一个纸条，写着“此门不许推开，也不许在旁人的门前窥视，有违重办!”这里的规模毕竟不同别处!“洋楼监狱”，“君子协定”，在蒋介石的身旁，倒是和李宗仁那儿不大一样。

……

在我们集体地从一间厕所回来之后，就到指定睡觉的当口了，那个豹头环眼的所长，穿着一件毛线上衣，拖着一双拖鞋，恶狠狠地站在我们回屋子的过道中，检阅似的看我们一个一个地走进去。我们一整天，谁也没有吃过一滴水，又喝了刚才那几口咸菜汤，越发地渴了。喉咙像烧着火，干燥，起炎。我不揣冒昧地走到这家伙的身旁对他说：“我们自从昨天夜晚十二点钟被叫起来准备出发以后，直到现在还没有喝过水，你能不能够给我们一点开水，就是每人一小杯都好。”他头一动也不动的带着“征服者”的姿态，慢慢张开那张喝人血的嘴，说了个“可以！”那位粗壮看守立刻把我拉开来说：“你不能站在这里!”我便带着羞辱走回屋里。过了一会，半铁壶热水提进来了，我们找出自己的漱口盅，很公道地把它平均分配了一下。

……

屋子里不许高声说话。中国人说话的习惯向来是大声的，我们好多人因为说话忘了抑制，时常被特务大大训斥一番，我也碰过一次钉子，当然唱歌更是绝对禁止的。于是大家相对静默的时间，多过于说话的时间。

这里一件最叫人头疼的事就是大小便，楼上住了三四十人，茅房只有一间，里面尿池、马桶、洗脸盆各一个，难友们的大小便和洗脸漱口，都得起床以后吃早饭以前办完。我是每天早上必须大便的，好多人都有这样的习惯。有几位便秘的一坐在桶上非十分钟以上不可。但是一个屋子里的人，所能允许的洗脸拉尿的全部时间，只有十分钟。时间一到，看守便进来，不管你结束没结束，带推带搡地统统从这里赶回去。每天规定有六次小便时间，每次仓促地放出去，照样仓促地撵回来，夜里就不再开门。

……

这里面最恐怖的一件事，就是夜间“掉号子”（即枪毙），如果那夜叉般的看守们半夜打开你的房门，对你说收拾你的铺盖，搬到另一个房子去，从此这个人就再也不会活着了！

尤为可贵的是，余心清在《在蒋牢中》侧面地写到了朱克靖：

……叫做朱建功的搬了进来，这小子很会说话，口若悬河，坐牢的经验极丰富，尤其对这里的情形更熟悉，他已经调过了好几个屋子，他认识许多苦难的朋友，也知道他们的生活经验，他特别钦佩的一位赵先生（是不是姓赵，他的名字叫什么？现在我的记忆都模糊了）。他告诉我们，这位先生是中共派到郝鹏举军队里的政治部主任，后来郝叛变，他被郝当礼物献到“中央”。据说，他是由国内最早送至莫斯科读书的学生之一，他和贺衷寒等都是同学。关在这里的时候，很多要人都来看过他，给他带来烟卷和零花钱，屡次劝他为他们工作，他说：“我的历史和地位已经决定了我今后的命运。”他每天的生活很有秩序，他运动，手不释卷。在劳动上，他把摊派在别人身上的工作（像扫地，倒痰桶等）都做了。他劝他们多运动，免得将来出去作事的时候，本钱没有了。他教这家伙读唐诗，并且为他详细地讲解诗句的意义和作诗的方法，后来这位老先生也被移解走了。我听了这一番话，深深地被感动。

余心清这里写的“赵先生”，无疑指的就是朱克靖，牢狱里不断变换的狱友，再加上事隔多年，难免会记错名姓，再说朱、赵二字声母相同，很容易听混了。

伏契克在人们熟知的那篇《二六七号牢房》里说："生活里没有歌声，犹如生命里没有阳光。在牢房里我们更是需要加倍地歌唱，因为阳光照耀不到我们。267号牢房是朝北的，只有在夏日的几个月里，落日的余晖才会在东边的墙上投下片刻铁栅栏的斜影。这时老爹总是倚床而立，凝视着那稍纵即逝的阳光的影子……他的眼神是在这里所能见到的最忧郁的那种。"但在宁海路十九号，连大声说话都不可以，唱歌更是绝对禁止的。这里关押着上至六七十岁的白发老翁，下至"十二三岁的勤务兵和小鬼"。

著名作家赵勤轩先生在其书里介绍：朱克靖被关押在宁海路十九号看守所一间单独的囚室里。对被视为"人间阿鼻地狱"的看守所，朱克靖却另有一番调侃，他把这座外形似公馆，内设大牢、小牢、黑牢、水牢的粉红色小楼监狱，称为"粉红色的坟墓"。

朱克靖开始和随员褚谊民关在一间囚室，一周后看守所把他们分开。黄宜生、刘永清、曹美光几个同志，不久被转移到镇江集中营关押。分别时，朱克靖和他们久久地握手，嘱咐他们坚持斗争。

朱克靖说："你们中间如果有人回到我们那边去，请把我在狱中的情形告诉党组织。"

朱克靖从被捕之日起，就作了牺牲的准备。

战争，犹如一场死神的盛宴。一旦踏上战场，就等于随时准备献出生命。

黄宜生、曹美光等同志转到镇江集中营，后借战乱之机逃出集中营。

赵勤轩先生说："几十年后在南宁市一所医院病房里，当问到还记得朱克靖部长被捕后的事吗？黄宜生老人用颤抖的手写下歪歪扭扭的一行字：在分开前，他说：'生为人民，死为人民，永不投降，永不叛变！'"

当初一听到朱克靖被捕的消息，萧仲之就带着十二岁的大儿子朱文泉，从南京赶去南京探监。他们守在监狱冷冷的铁门外，想见朱克靖一面，无奈墙高院深，最终没有见到。

朱克靖初入狱，国民党军政要人一时如过江之鲫，纷纷来探监，他们以同乡、同学、北伐“袍泽”等身份，游说朱克靖改弦易辙。

蒋介石也特别关照：“朱克靖北伐时是三军党代表，不许饿饭，不许用刑，劝他脱离共产党，为党国效力。”

国民党国防部保密局是解放前蒋介石规模最大的一个特务机关，它继承了特务头子戴笠的衣钵，由军统改组而成立的。

保密局的实权派、副局长毛人凤极力在蒋介石面前争功的是策反郝鹏举的事件。现在看到蒋介石重视朱克靖，就在策反朱克靖方面费了不少心思。保密局第二处专设有策反科，他派二处副处长黄逸公来策反朱克靖。

黄逸公早年加入共产党，曾在莫斯科东方劳动者共产主义大学学习三年，回国后被捕叛变成为国民党军统特务，伙同张国焘企图“搞垮共产党”，受毛人凤赏识任保密局二处副处长，主管对共产党宣传、心理作战以及拉拢策反共产党人的业务。黄逸公利用和朱克靖同学的关系，给朱克靖送香烟等生活必需品，劝朱克靖说：“老同学，识时务者为俊杰，为个人生命前程着想，改弦易辙吧。只要登报脱离共产党，必获重用。”

朱克靖回答：“叫我死，叫我回家种地则可，让我骂共产党，为国民党宣传，是痴心妄想!”

保密局设计委员会主任张严佛（毅夫）和朱克靖沾亲带故（朱妻是张妻的姑母），也来看望朱克靖。(张严佛后在湖南参加程潜起义。)

保密局处长叶翔之，也曾在苏联留学，有时也来和朱克靖谈话。保密局总务处长沈醉，几乎每天都来看望朱克靖。

国民党军政治部秘书长贺衷寒，湖南岳阳人，北伐时任过团党代表，在苏联伏龙芝军事学院学习过，是国民党中央执委，也来看望朱克靖。

贺衷寒、叶翔之等婉言相劝，希望朱克靖归顺蒋介石，只要跟蒋介石走，官阶地位绝不在他们之下。

朱克靖一笑置之，不为所动。他说："我的历史和地位已经决定了我今后的命运。"

说客们无功而返，蒋介石委员长亲自出马，三次请朱克靖在总统府吃饭，想把朱克靖拉到党国的怀抱。

赵勤轩先生叙述了蒋介石三宴朱克靖的过程：每次去总统府赴宴，保密局特务们要朱克靖脱去囚服，换上便装，由保密局副局长毛人凤陪同，乘专车前往。

蒋介石与朱培德交往之前就熟知朱克靖，现在见到朱克靖他连声说："老朱同志，你受苦了！"

朱克靖则说："蒋先生，南昌一别，二十年不见了。"

"是啊，当年北伐军进攻南昌之战，你们第三军是有功劳的。"

"那时总司令亲到前线督师。"

蒋介石示意朱克靖喝茶，故意问："陈毅、粟裕怎么连你这样高级将领都保不住，被俘虏了？"

朱克靖正色说："蒋先生，郝鹏举没向蒋先生报告吗？我不是在战场被俘的，是郝鹏举叛变，把我骗到他的办公室，将我绑架作为礼物献给南京的。"

蒋介石说："郝鹏举要见我，我才不见这个反复无常的汉奸。现在不用我枪毙他，陈毅已将他的部队消灭，他也成了俘虏。"

"这就是善有善报，恶有恶报。"

毛人凤连忙见机劝菜，以便另转话题。

朱克靖说："我在报纸上看到新闻：汤恩伯指挥第一兵团八个整编师向沂水、坦埠方向进攻，雄师北指，气吞沂蒙。不过依我之见，顾祝同、汤恩伯决非陈毅、粟裕的对手。"

“噢”，蒋介石略一欠身，“老朱同志不妨说说看。”

朱克靖说：“整个抗战期间，我和陈毅、粟裕都在一起。据我观察，陈毅文韬武略，气度恢弘，运筹帷幄，有统帅之才；粟裕是中共后起之秀，指挥若定，战术高超，经常面对地图思考，计划周密，善于调动对方，集中兵力打歼灭战，是常胜将军。国军中似无出其右者。”

蒋介石一时无语，继而感叹道：“我也搞不明白，为什么周恩来、叶剑英、陈毅、粟裕这些人才，还有你和叶挺，都跑到共产党那边去。”

环顾四座，毛人凤等俱无言以对。

朱克靖答道：“人各有志，信仰使然。”

蒋介石又说：“老朱同志在新四军效力多年，才任一个什么团长，太埋没了吧!”

朱克靖答：“蒋先生在庐山号召国民人无分老幼，地无分南北，都有守土抗战之责。我到新四军就是为了抗日救国，尽一个中国人的使命，只要对抗战有益，做什么工作都可以，官衔更无所谓。”

蒋介石视而不见地说：“老朱同志，你到我这里来吧！帮帮我，我不会亏待你。你看贺衷寒、刘斐北伐时官衔比你低，现在都是中将，我保证你不低于他们。你如不愿在军队，可以再回江西省当个省长副省长。”

朱克靖说：“蒋先生那岂不是让我做郝鹏举那种人吗?”

蒋介石第二次接朱克靖去吃饭。

这一次蒋介石显得很开心：“最近国军在战场上节节胜利，像赶鸭子一样打得陈、粟到处跑。”

朱克靖微笑：“我从报纸看到，整编第七十四师在孟良崮作战失利，师长张灵甫战死。我说过顾祝同、汤恩伯不是陈毅、粟裕的对手。”

蒋介石脸色一暗：“灵甫阵亡，最可痛心。不过我亲自到徐州召开作战会议总结经验教训。现在山东战场局面已经扭转，共军失败大局已定。”

朱克靖站起来亢声道：“蒋先生，抗战胜利后，全国人民渴望和平、民主，本应恢复国力，造福人民。不料内战连连，同室操戈，违背了民意。国家满目疮痍，生灵涂炭，政治领袖何以安心？克靖呼吁蒋先生停止内战，实行民主，建设国家。”

蒋介石面显愠色：“我也不愿打内战。可是卧榻之侧，岂容猛虎酣睡？我不消灭共产党，共产党早晚要消灭我。你回去好好反省！”

风雨晦暝中，朱克靖像战场上的勇士，一手持着信仰的盾牌，一手挥砍着意志的宝剑。

第三次请朱克靖吃饭，寒暄过后，蒋介石问：“反省得怎么样了？”

朱克靖坦然自若地说：“我有两个生命，一个是肉体生命，一个是政治生命。我虽跨党从事革命，但我是为共产党打天下。现在我已成阶下囚，我宁愿牺牲我的肉体生命。我为共产主义理想奋斗了大半生，我不能牺牲我的政治生命。”

蒋介石叹道：“不听我的劝告，你将后悔莫及。”

朱克靖反诘蒋介石：“如果蒋先生处于我目前的境遇，你将如何选择？”

蒋介石不无尴尬地说：“我肯定和你一样，忠实于我的政治生命，保持晚节。好吧，你我这是最后一次谈话了。”

从蒋介石的话中，朱克靖已读出杀机，但他坦然面对。

这一次吃饭前，蒋介石生出一计，授意毛人凤制造一个骗局。由毛人凤、叶翔之和看守所特务管森保阴谋策划假记者招待会，几个特务冒充报社记者，准备在朱克靖穿着西装来到时，突然给朱克靖拍照，想把朱克靖的照片配以“欢迎中共朱克靖将军回归党国怀抱”的说明，刊登在中央日报上，造成朱克靖投降的既成事实。朱克靖一到现场，就觉察这一阴谋，他机警地以手掩面，躲避拍照，特务们弄巧成拙，不得不灰溜溜地收场。

朱克靖在狱中每天读书看报，狱中有图书室、报纸，对朱克靖还算优待。读书看报是狱中获得外界情况的唯一渠道，从书报新闻中可以了解和分析国内外政治军事形势的发展。朱克靖每天读书看报，他有丰富的政治经验，善于从国民党报纸上的反动虚假新闻中发现它背后隐藏的真实，从而分析解放战争的形势，把我军在战场上取得的胜利告诉狱中的同志和难友，鼓舞大家。

保密局在解放战争期间，对被解放地区的情报工作一直无法开展，毛人凤为此经常遭到蒋介石的责备。他每次被训过一顿后，便照例对外勤各单位也来一次指示和训令。

为加强看守所管理和思想控制，一度禁止狱中读书看报，看守所特务刑讯逼供打骂难友更是家常便饭。朱克靖以一句诗说明这种非人待遇：新伤旧伤伤上伤，生难死难难又难。

为了抗议国民党当局法西斯暴行，朱克靖带领难友们在狱中举行一次“八一行动”，要求看书看报的权利和取消狱中人身虐待，否则将绝食到底。保密局特务头子听说朱克靖要带头绝食，怕出了问题蒋介石追究责任，只好答应他们的条件。

朱克靖在狱中，仍然习惯地做着联络和统战工作。他和接触到的每一个党内党外难友谈话，了解案情，给他们对策和鼓励；也和军统特务谈话，从中了解情报。

狱中有个难友赵良璋，是空军学校毕业，曾到美国受训，在北平任国民党空军司令部作战参谋，为人活泼、能干，谈笑风生，刚结婚不久，太太在北京。赵良璋是北平地下党领导的地下情报工作者，在北平“共谍案”中被捕。朱克靖在狱中和赵良璋交谈，了解他的情况，给予鼓励。赵良璋表示已作牺牲的准备。赵良璋后被在南京军法局处死，临刑时昂首挺胸，呼喊口号，毫无畏惧。法官的脸都吓白了。一个优秀青年就这样被残杀，连押解的狱警都被感动。第二天中午突降大雷雨。朱克靖得知赵良璋牺牲，心情非常悲痛，他约集党员难友，在狱中秘密开了追悼会。

据赵勤轩先生说：朱克靖在狱中结识一个名为亢歌的年轻人。此人在戴笠办的兰州训练班受训时，与万里浪（藏名拉里拉尼，西藏王爷的儿子）谈到延安情况，被怀疑是共产党地下人员，他们二人潜逃，被通缉逮捕。万里浪开始关押在西安，亢歌被关在宁海路19号看守所。亢歌开始与朱克靖同一间牢房，听朱克靖讲诗词故事。朱克靖了解到他们的案情仅是“共党嫌疑”，并得知亢歌的舅舅和国民党政府国防部长徐永昌上将是结义兄弟，认为他可能被释放。

不久万里浪也被押解到南京宁海路19号，因为他被捕后遭刑讯逼供，曾招认亢歌是共产党，所以来南京当堂对质。朱克靖和万里浪秘密谈话，万里浪表示对共产党人的看法和向往解放区。朱克靖给他出主意，对他说：“只要你死不承认亢歌是共产党，亢歌必有救；亢歌有救，你也有救。如承认，你们二人将被处死。”

按照朱克靖的指点，万里浪坚决翻供，说：“在西安严刑拷打，不得不说亢歌是共产党，现在来南京，在政府的光明照耀下，我应当说实话。”

朱克靖判断亢歌他们不久可能出狱，就有意识地把自己的历史，在欧洲考查、赴苏留法的一些经历和对共产主义坚定不移的信念，和苏北抗战，郝鹏举背信弃义叛变投蒋的全过程，以及蒋介石几次请他吃饭劝降，保密局特务头子企图搞假记者招待会，都对亢歌讲了。朱克靖托付亢歌说：“你出去后如有机会，请给朱德总司令写封信，汇报我在狱中的情况。”亢歌被朱克靖的事迹所感动，对朱克靖非常敬佩，答应一定照办。

看守所的特务担心亢歌受朱克靖影响，把亢歌调开，亢歌又认识了褚谊民，并向褚谊民传达了朱克靖的近况。

褚谊民很受感动，说：“我的主意已定，和朱部长一样，坚决以生命殉职。”

2015年秋，笔者与作家赵勤轩先生电话了解得知，他曾几次与亢歌书信来往，亢歌信中向他谈了朱克靖在狱中不屈斗争的经历。

1950年，亢歌由台湾潜返大陆，经学习后在哈尔滨市群众艺术馆工作，约在1956年他写信给朱德委员长，说明是“受朱克靖将军之托，汇报朱克靖将军在狱中的情况”，并请示可否将朱克靖在狱中的事迹写成文章。朱德委员长指示：可以写，不仅写朱克靖在狱中，还应写他的一生。后由总政批转《解放军文艺》接待，意在将朱克靖的生平事迹和诗词整理发表，解放军作家王愿坚接待了亢歌，但因王愿坚不久被打成右派，此事被搁置起来。

另有资料显示，亢歌曾是我党东北社会部的情报员，他的联络员丁予则在1949年从台湾撤回。亢歌去台湾之前曾经和朱克靖关在同一间牢房，经徐永昌保释出狱后在台湾粮食部门做过秘书。

在狱中，朱克靖每时每刻地注视革命局势的变化，关心陈粟大军的进展，关怀着战友和家人。

他每天读书看报，从国民党报纸中分析解放战争的形势。他满怀胜利豪情地对难友说，江南很快就要解放了。

好消息令他竟夕难眠，他在逼仄的斗室来回踱步，写诗填词以抒发壮志：

伏枥托骅骝，
不为恩仇，
江南春意可全收。
棋局从容经此日，
宿愿方休。

诗中用“伏枥”老马比喻身陷牢狱的自己，用陈毅当时骑的枣红色马“骅骝”喻陈毅，表达了寄希望于我军解放江南以慰平生的宏大宿愿。这应是一首词的半阙，是朱克靖同狱难友亢歌记忆的，另一半已记不得了。

诗行里虽然没有硝烟，但染着炮火的灰尘，跳跃着诗人的思索以及宽阔的情怀，梦中都为战友们的未来而振奋和鼓舞。

无情未必真豪杰，怜子如何不丈夫。深夜，透过狱中铁窗，仰望天穹皎皎明月，朱克靖思念妻子和孩子，度日如年。康宁通过关系给朱克靖寄去衣物用品。朱克靖写诗抒发对亲人的怀念：

风雨打牢墙，
南冠客思长。
寄衣人不见，
日日依囚窗。

读这样的诗你没法不感受到心灵的震颤，除非你心似坚冰。

除非你心如木石。

一别生死两茫茫，不思量，自难忘。

监狱是共产党人和敌人进行斗争的特殊战场。在监狱这个特殊的学校里，共产党人经受了生和死的抉择，精神和肉体的折磨。

国民党屡次劝降不成，恼羞成怒，对朱克靖轮番审讯，百般恫吓，企图迫使他投降。尽管敌人软硬兼施，朱克靖坦然相对，大义凛然，不断大声痛骂国民党蒋介石和军统特务。他在监狱里写诗词，抒发革命情怀。可惜的是，这些战斗诗篇大多失散了。仅有难友记录下来的断简残篇。其中一首古风是：

此身早许国，
被卖作楚囚。
壮士非无泪，
不为断头流！
一颗为民心，
万古终不眠。
身心献党国，
一死何足愁！

这首诗写在一张解放区生产的“大生产”香烟盒纸上，是华中民主联军副司令李泽洲记录下来的，李泽洲后来被国民党河南省主席刘茂恩保释。

这可视作朱克靖的绝命诗了。其胸怀不可谓不宽广，其内涵不可谓不深沉，其情感不可谓不豪迈！

这首诗让我们想起很多革命志士的生命华章：

恽代英：浪迹江湖忆旧游，故人生死各千秋。已摈忧患寻常事，留得豪情作楚囚。

杨振铎：十年寒窗易寒窗，年争日斗履冰霜。监牢饮马长江水，禁遏英雄呈豪光。

谢士炎：人生自古谁无死，况复男儿失意时。多少头颅多少血，续成民主自由诗。

……

这些泛光的诗行,镌刻在中国大地之上。

朱克靖对难友说过：以他和蒋介石的关系，蒋绝对不会对他苦刑加身，也不会饿死他，他对蒋介石的抗议和责难，只有自己实行绝食。

1947年深秋，解放战争进行了一年，国民党大势已去，人心惶惶。蒋介石无力回天，开始谋划退路。

秋风秋雨愁煞人。朱克靖开始绝食斗争，向蒋介石表示抗议。

据说保密局局长郑介民请示蒋介石对朱克靖如何处理。蒋介石犹豫再三，说："朱克靖是个人才，既然他不买我的账，拒绝为党国效力，也不能留给共产党。你们就成全他吧。"

据查最近开放阅览之台湾国史馆藏《蒋中正总统档案事略稿本》"民国三十六年十一"记述，国防部保密局向蒋介石呈报："查前策反匪伪华中民主联军郝鹏举部时，俘获匪党派驻该部之联络部长朱克靖。自奉部令寄押本局以来，曾迭次派员劝导，并予优待，使其悔悟前非。讵该犯既不念政府之宽怀，且在看守所发表荒谬言论，宣传共产主义，煽惑同禁奸伪分子，图谋不轨，实属可恶以极。复查朱克靖现年五十岁，莫斯科东方大学毕业，曾任匪新四军服务团长，秘书长等职，系奸党老党员。揆诸以往经历，该犯实已无悔悟诚意，拟恳准将该犯处以极刑。”1947年11月7日，“公复许之”。

保密局给蒋介石的报告，是对朱克靖在狱中的表现最真实的鉴定，也是朱克靖在炼狱坚贞不屈，拒绝国民党诱降，坚持和宣传共产主义信仰，组织狱中难友进行斗争的有力证明。

经蒋介石批准，国民党保密局特务将朱克靖秘密处死，由保密局军法处长李希成命令看守所的行动特务，将朱克靖押上预先停留在看守所大门口的救护车上，用绳索绞杀，将烈士遗体掩埋在南京郊外雨花台荒野。

朱克靖，为共产主义理想和中国人民的解放事业献出了宝贵的生命，牺牲时年仅五十二岁。

夜风低吟，山泉呜咽，旷野瑟瑟，天地同悲。

烈士从此去，英名耀千秋！

“每一个牺牲都是永垂不朽的”，这是电影《集结号》的宣传口号。但对于“每一个牺牲都是永垂不朽”这句话，应有不同的解释，就是看你是为谁而战！凡是为正义事业牺牲的军人都是值得纪念的，也是必须纪念的。因为他们不是为了自己而献出生命，而是为人民做出的牺牲。

同样是流血，同样是死亡，其性质却大相径庭。

人的一生，有的人死得壮烈，有的人死得平静，都说逝者已矣，但仍有人愿意用青春来换取亡魂的安息。

开始华东我军方面并不知道朱克靖已经牺牲。朱克靖爱人康宁还给陈毅夫人张茜同志写信，询问有无朱克靖的消息。1948年初张茜给康宁回信说：“我回来后曾向各方打听老朱的消息，都没有什么特别可告的结果……现在国民党内部很动摇混乱，怕我们把他们当成战犯处置，他们都觉得大势已去的时候，为恶也有所畏葸了。我叮嘱老陈若遇到可靠的关系，打听老朱的下落，但他们顾虑，怕因为我们提出打听老朱的消息，反而使对方注意老朱，影响老朱的安全，只要对方不特别注意的人，将来都有获释的希望的。”

战友的希望和亲人的期盼终于由于敌人的残暴和疯狂而落空。

1949年8月5日，陈毅在上海悲痛地说：朱克靖恐怕不在了。

历史没有忘记朱克靖。

1972年1月，朱克靖女儿朱丽丹给郭沫若写信，郭沫若回信说：“令尊克靖同志常在记忆中。”

钟期光上将在与朱克靖女儿青星和毛羽的交谈中以及在《钟期光回忆录》里，都对朱克靖对革命的贡献作了很高的评价。

南京历史上的六次大屠杀，蒋介石“剿共”是一次，在雨花台这个刑场，屠杀共产党人和革命群众达十万之多。

在雨花台烈士纪念馆，笔者找到了朱克靖的遗照，默默向他致敬。管理人员告诉我，由于年代久远，烈士骸骨所在已不可考。

也许，英灵已化作梅岗上红梅千株，抑或仍萦绕在那含着淡淡幽怨的丁香枝头，山间那几株争春早开的杜鹃，庶几就是烈士英魂钟灵毓秀所致。

有一次去雨花台时已是黄昏，西边的天空涂着几笔血一样的红。陵园还处于半明半暗之中，这是笔者第一次在暮色中看见如此大的英烈营地，心里一阵阵发紧。

让我们来抚摸一下掩映于雨花台花丛中的碑塔吧，再想想碑塔镌刻的英名。他们的出身各不相同，但是他们共同遭遇了一个伟大民族的劫难，于是他们采取了共同的行动：拿起了武器，共赴民族苦难。他们当然不是为了报答什么知遇之恩，甚至有的也不是单纯的报家国之仇、民族之恨，而完全出于人类的正义感。他们为了正义的事业，奋斗着，牺牲着。他们绽放的生命之花，比夏花更绚烂！

雨花台是不死的，无论斗转星移，岁月沧桑，它的风骨和品质从没改变。

雨花台是中国军民生命的一部分，它像父亲一样，给了我们任何人和事物都无法给予的精神品格。我们的双腿因此而硬朗，我们的血管因此而纯净，我们因此得以健康成长。

雨花台是江苏人民的雨花台，是中国人民的雨花台，是世界反法西斯人民的雨花台。

面对雨花台，我们应该做的，是踮起脚尖走上前去，鞠躬行礼，然后恭恭敬敬地坐下来，以无知晚辈的身份聆听其教诲。为先烈们献上一束花，千言万语都化成一句“谢谢”，感谢你们的无私、勇敢与牺牲！

参考文献

1. 朱克靖:《回忆与感想——为庆祝新四军成立六周年纪念而作》
2. 赵勤轩、康青星:《朱克靖传》
3. 赵勤轩:《朱克靖传奇》
4. 房维中、金冲及:《李富春传》
5. 陈红民等:《朱培德传》
6. 石言、望昊等:《新四军故事集》
7. 惠浴宇:《惠浴宇文存》
8. 管文蔚:《管文蔚回忆录》
9. 沈涛:《海雨天风》
10. 石言:《哀军北渡》
11. 朱强娣:《新四军女兵》
12. 薛明光:《特别的将军》